오월춘추

가검성 지음

임진호 옮김

글터

옮긴이의 말

　춘추시대 중엽 이전까지 중원에 살고 있던 중국인들에게 있어 중국의 남방지역은 변경에 지나지 않았다. 그래서 중원의 각국 눈에는 오吳나라와 월越나라가 그저 오랑캐가 사는 나라에 지나지 않아 크게 관심을 두지 않았다. 그러나 오나라의 합려闔閭와 부차夫差가, 월나라의 구천이 오와 월나라를 통치하게 되면서 상황이 크게 달라지기 시작하였다. 이들은 나라를 다스리며 부국강병에 힘써 중원의 각국에 영향력을 행사하기 시작했으며, 마침내 춘추오패春秋五霸로 불리어지게 될 만큼 강력한 국가로 성장하게 되었다.

　『오월춘추』는 바로 이러한 오나라와 월나라 양국의 역사를 기본 골격으로 두 나라가 서로 경쟁하며 패권을 차지하기까지 흥망성쇠의 과정을 생생하게 그려낸 역사서이다. 일찍이 역사학자들은 이 책의 사실성과 객관성을 의심해 정통 사서에서 배제하기도 했으나, 『사기史記』, 『좌전左傳』, 『국어國語』 등의 역사서에서 언급되고 있는 내용뿐만 아니라, 이들 역사서에서조차 언급하지 않은 내용도 많이 포함하고 있어 역대로 많은 역사학자들로부터 충분한 그 사료적 가치를 인정받아 오고 있다. 또한 우리 일상에서 많이 회자되고 있는 오월동주吳越同舟, 와신상담臥薪嘗膽, 일모도원日暮途遠, 동병상련

同病相憐 등의 유명한 고사성어가 바로 이 책에서 나왔을 뿐만 아니라, 오늘 날에는 역사연의歷史演義 소설의 남상濫觴으로 평가받아 문학서로서도 커다 란 의미를 지니고 있다.

일찍이 가검성 선생이 서문에서 이 책의 "고사 속을 들여다보면 그 안에 는 피와 눈물이 있어 그 역동적인 내용에 사람들의 마음을 들썩이게 된다. 그리하여 읽는 이로 하여금 기뻐하고, 노하고, 슬퍼하고, 즐거워하며 책상 과 가슴을 치게 만드는 가슴 깊은 곳을 울리는 감동을 느끼게 한다."고 밝히고 있는 바와 같이 고루한 역사적 사실의 서술에만 그친 것이 아니라 속도감 있는 전개와 짜임새 있는 줄거리, 그리고 다양하고 개성 있는 캐릭 터를 등장시켜 현재를 살아가는 우리들에게 호쾌한 문학적 재미와 감동을 선사해 주고 있다.

이 책은 1975년 대만에서 가검성柯劍星 선생이 조엽趙曄의 『오월춘추吳越春 秋』를 저본으로 오늘날의 일반 독자들이 당시의 역사적 상황을 쉽게 이해할 수 있도록 백화문으로 옮겨 놓은 『오월춘추고사吳越春秋故事』를 번역한 것이 다. 그러나 아타깝게도 작자가 이미 작고한 지 오래된지라 2009년 작자의 아들 가작홍柯作洪 선생으로부터 한국어 출판의 동의를 받아 이 책을 출판하게 되었음을 밝혀 두며, 뒤늦게나마 지면을 빌려 삼가 이미 고인이 되신 가겸성 선생의 명복을 비는 바이다.

2018년 7월 4일
동학골에서
임 진 호

『오월춘추』는 한대의 조엽趙曄이 지은 역사 고사故事서이다. 책 속의 고사는 사실상 전설도 역사적 사실도 아니지만, 조엽이 영웅들의 무용담을 이야기로 묘사해 놓음으로서 매우 사실적이고 생동감 있게 느껴진다.

『오월춘추』의 고사 중에는 월왕 구천이 와신상담臥薪嘗膽: 가시가 많은 나무에 누워 자고 쓰디쓴 곰쓸개를 핥으며 패전의 굴욕을 잊지 않겠다 하며 10년이란 긴 세월동안 국력을 양성하고, 또 다시 10년을 기다려 백성들을 훈련시켜 마침내, 월나라를 부흥시켰다는 유명한 고사가 있다. 이 고사는 2천여 년 이래로 많은 지사志士와 인인仁人들이 설치복국雪恥復國: 치욕을 씻고 나라를 되찾음 의 귀감으로 삼고 있으며, 후대 사람들의 찬탄과 전송傳誦을 받아오고 있다.

또 다른 고사인, 전제專諸가 왕료王僚를 찔러 죽인 일화를 볼 수 있는데, 이 안에는 옛 선인들이 "자신이 승낙한 말을 중히 여기며," 사위지기자사士爲知己者死: 선비는 자신을 알아주는 사람을 위해 죽는다 와 같은 의협심을 엿보게 해준다. 이러한 고사 자체만으로도 사람들은 감동에 빠지게 된다.

이 외에도 오자서가 오나라를 찾아간 고사, 오왕 합려의 고사, 서시의 고사등과 같이 읽는 이를 감동시킬 만한 이야기들로 가득하다.

이렇듯『오월춘추』속에는 많은 고사들이 전해오고 있다. 이 고사 속을 들여다보면, 그 안에는 피와 눈물이 있어, 그 역동적인 내용에 사람들의 마음이 들썩이게 된다. 그리하여 읽는 이로 하여금 기뻐하고, 노하고, 슬퍼하고, 즐거워하며, 책상과 가슴을 치게 만드는 가슴 깊은 곳을 울리는 감동을 느끼게 한다.『오월춘추』는 현대에도 즐기며 읽기에 충분한 구성과 내용을 담고 있다. 그래서 이 책을 독자들이 다 읽은 후에는, 중국역사에서 말하고 있는 '춘추시대'의 상황을 어느 정도는 이해할 수 있게 될 것이다.

　조금 안타까운 점이 있다면,『오월춘추』원저는 그 당시의 문자로 쓰여 있어, 일반 독자들이 읽기에 너무 어렵고 힘든 불편함이 있다는 것이다. 그래서 나는 일반 독자들에게도 이 중국의 고대 명저를 온전히 즐길 수 있도록 하기 위해서 몇 가지 수정을 하게 되었다.

　우선, 특별히 알기 쉽도록 백화문으로 써서, 책속의 고사를 모두 다시 재구성하였다. 그렇지만,『오월춘추』본래부터 갖고 있던 내용은 그대로 두고, 이 책의 '형식'에 대해서만 다소 수정을 하였다. 또 읽기 편하도록 하기 위해서 중요한 사건은『사기』에서 취해 온 자료를 운용하였는데, 이 점

역시 적지 않은 필자의 개인적인 억측이 담겨져 있다는 것을 유념해야 할 것이다.

그 외에 편폭이 한정되어 있는 관계로 필자는 책 전체의 고사를 「오국부분」과 「월국부분」으로 나누어 기술하였다.

「오국 부분」에서는 오나라의 흥기를 말하고 있는데, 그 속에는 오자서, 전제가 왕료를 죽인 일, 요리가 경기를 죽인 일화 등 사람들을 감동시킬 만한 여러 편의 고사들로 엮었다.

「월국부분」에서는 월왕 구천의 설치복국 雪恥復國: 치욕을 씻고 나라를 되찾은 을 위주로 기술해 놓았는데, 여기에서는 서시, 범려 등의 인물들과 관련된 고사를 찾아볼 수 있다.

이 두 부분은 독자의 편의대로 나누어서 보아도 되고, 연결시켜 보아도 관계없다.

"역사는 인명 이외에 사건이 반드시 사실인 것만은 아니며, 소설의 경우에는 인명이외에 사건은 반드시 사실이다."라는 말을 정확히 기억하지는 못하지만, 어디에선가 들은 듯하다. 그러니, 내가 풀어낸 "『오월춘추』의 고사"는 이미 원저의 모습과는 일치하지는 않는다. 그러기에 독자는 그것을 사실史實로 인식할 필요는 없다. 그렇다고 해서 소설으로만 여길 것은 아니다.

내가 『오월춘추』를 통해 말하고자 함은, 읽는 이로 하여금 중국의 고대 명저 가운데 『오월춘추』가 있었음을 알게 하고 싶음이다. 또한, 중국 고대와 관계가 깊은 '오'와 '월' 두 지역 간의 이야기가 후대에 전해 내려져 현대까지도 사람들에게 감동을 주고 있는 고사가 되었으면 하는 바람에서 이를 소개하고자 함이다.

가검성

차례

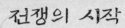

전쟁의 시작

·

태호의 심야

밤이 으슥해지자 끝도 없이 넓은 태호 남쪽기슭에서 한 무리의 새가 날개를 퍼득이며 화살처럼 빠르게 호수를 지나 동서쪽으로 날아갔다. 하늘 저 멀리 차- 차- 소리와 함께 새들 둥지에 한동안 동요가 일었다. 그때 물새무리와 조금 떨어진 갈대숲에서 배들이 하나씩 화살처럼 나와 호수 북쪽기슭으로 곧장 다가가고 있었다. 배 위에는 사람들이 가득 실려 있었지만 수심이 깊어 힘들이지 않고 노를 저어 물살을 빠르게 헤쳐 갈 수 있었다. 수면 위에 떠있던 마른 잎새들이 잔잔한 파문을 일으키며 비켜섰다.

태호는 마치 손이 동남쪽을 향하여 편 형상이었다. 호수의 남쪽 부근에는 하나의 좁고 긴 골짜기가 있어 동에서 서남쪽으로 곧게 호수의 중심까지 뻗어 있었다. 이 좁고 긴 골짜기에서부터 호수 남쪽 기슭의 중간 수면까지 는 새끼손가락의 형상을 하고 있었다. 그 수면의 넓이는 채 몇 리도 되지 않았다. 호수를 가르는 몇 척의 배는 바로 이 골짜기의 남단을 향하고 있었다.

이 때, 태호의 동남쪽 우뚝 솟은 언덕 위에 기대어 남쪽 기슭을 향해가는 배의 수를 세는 이가 있었다. 밤은 깊어 어두웠다. 하지만, 호수에 비친 희미한 수많은 별빛은 배의 수를 식별 하는데 충분하였다. 언덕 위의 사나이는 한 척, 두 척…… 열아홉 척, 이렇게 백오십칠 척까지 배를 세었다.

"그 수가 정확하진 않지만, 아마 그렇게 틀리진 않을 것입니다." 그가 누군가에게 보고하는 소리가 들려 왔다. 이를 보고 받는 이의 모습은 신체가 건장하고 차림새가 장군 같아 보이는 사람이었다. 그는 "좋다"는 말을 한 후, 고개를 돌려 뒤에 서 있는 몇 명의 사람들에게 말하였다.

"우리는 지금 여기에서 기다린다. 적이 곧 도착 할 것이니, 모두들 정신 바짝 차리고 있으라. 언덕 위에 붉은 등이 걸리면 즉시 활에 화살을 메기도록 하라. 적의 배가 기슭 가에 닿고 언덕 위의 붉은 등이 내려지면, 곧바로 배에 활을 쏠 수 있도록 만반의 준비를 하도록 하라. 우리는 그들의 전력을 상실하게 한 후, 그들을 전멸시킬 것이다."

북쪽을 향하는 배위에서는 소근 소근 이야기하는 이들이 있었다.

"큰 형님, 형님이 보시기에 우리의 이번 고소姑蘇 습격이 성공하리라 보십니까? 대왕의 말씀은 매우 낙관적이십니다만, 제 마음은 몹시 불안합니다. 사실 적들 가운데도 이 방면에 뛰어난 사람이 있지 않겠습니까!"

"안심하거라, 대왕께서 보고를 받으실 때 너도 곁에 있지 않았느냐? 오왕 부차夫差가 팔천의 병사를 거느리고 오늘 해가 질 무렵에 평망平望으로 떠나는 바람에 고소姑蘇가 텅 비어 여자와 아이들만이 남아 있다고 하지 않았느냐. 그런데도 넌 여전히 성공하지 못할까 두려운 것이냐?"

선대船隊의 맨 앞에는 긴 칼을 차고 갑옷과 투구로 무장 한 채 목적지를 향해 두 눈을 부릅뜨고 서있는 이가 있었다. 밤바람이 불어 그의 투구 끈을 흔들고 지나가자 그의 눈앞에 저 멀리 문득 험하고 가파른 골짜기가 보이기 시작하였다. 이 골짜기는 어둠 속에 시커먼 모습으로 우뚝 서 있어, 마치 불길한 일이 곧 닥칠 것 같은 예감이 들게 했다. 그러나 이 돌연한 예감을 개의치 않고 그는 고개를 돌려 명령하였다.

"명령을 전달하라! 예정된 계획대로 모두 진행한다! 내가 휘파람을 한번 불면, 전군은 즉시 동동정산東洞庭山의 남, 서, 북 세 방면으로 나누어 여울을 건너 뭍으로 오른다. 알겠는가!"

그는 대답은 채 듣지도 않고 즉시 자기가 타고 있는 배를 저어 먼저 기슭가로 저어 갔다. 그런 후, 수하로 하여금 다른 배들 역시 골짜기의 뾰족하고 삼면의 물이 얕은 곳으로 다가가도록 명령을 전하였다.

"대왕, 제가 보기엔 형세가 조금 안 좋은 듯합니다. 이 동쪽의 동정산 위에서 불빛이 번쩍인 것 같습니다. 혹시 적이 방비하고 있는 건 아닐까

요?."

"그럴 리가 없다. 부차夫는差 일찌감치 떠났다 하였는데, 여기에 무슨 방비하는 적이 있겠느냐!" 그는 말을 마치고 엄지손가락과 식지로 작은 원을 만들어 입안에 대고 힘껏 휘파람을 불었다.

"휘이익―"

휘바람 소리와 함께 백 여척의 배들이 앞 다투어 모래벌을 향해 다가섰다. 그와 동시에 배위의 병사들도 분분히 뛰어내리며 그들의 대장 지시에 따라 한 걸음씩 모래벌 앞의 높은 언덕을 향해 전진해 나갔다. 저 멀리 회색빛의 모래벌 위에 잠시 희끗희끗 사람의 그림자가 비치는가 싶더니 순식간에 언덕위로 사라져 버렸다. 천지에 나는 소리라곤 발에 모래 밟히는 소리만 들릴 뿐, 아무런 말소리조차 들리지 않았다. 이는 병사들이 자신의 갑옷과 투구를 단단히 묶어 아무소리도 나지 않게 대비하였기 때문이었다.

병사들이 "대왕"이라고 부른 사람이 바로 월나라의 왕 구천句踐이었다.

그는 뱃머리에 서서 자신의 대군이 언덕위로 올라가는 모습을 보면서, 이번 기습으로 분명 오나라의 경성京城을 무너뜨릴 수 있을 것이라는 확신이 들었다. 그러자 가슴속에 꿈틀 꿈틀 기쁨이 솟아오르고, 이를 감추지 못한 채 흐뭇한 표정으로 고개를 돌려 그의 등 뒤에 서 있던 수하에게 말하였다.

"상서로운 바람이 도와주고 있으니, 우린 예정된 시간에 기슭에 닿을 수 있을 것이다. 몇 시간 내에 고소姑蘇를 공격할 수 있을 것이니라. 부차가 제 아무리 약다고 해도 이번 기습은 미처 생각지 못했을 것이다!"

구천은 상대방이 미처 대답을 하기도 전에 성큼 배 위에서 모래벌로 뛰어내렸다. 그가 기슭으로 막 올라서려고 하는 순간 모래벌 앞쪽 언덕 위에서 별안간 한 줄기 커다란 불빛이 솟아올랐다. 불빛이 너무 강해 눈도 제대로 뜰 수가 없었다. 불빛 아래에서 수많은 오나라군이 창과 칼을 치켜들고 서서 큰 소리로 외쳐댔다.

"월나라의 야만인들아, 꼼짝마라! 너희를 기다린 지 오래다."

이어서 구천의 눈에 언덕 위의 수많은 무장 부대가 위에서 언덕 아래로 공격하여 내려오는 모습이 보였다. 그의 부대는 머리를 숙이고 위로 기어오르는 상황이라 미처 방비할 겨를조차 없이 계속 뒤로 밀리며 죽어 나갔다. 그들은 대부분 등에 매고 있던 무기도 미처 빼보지도 못한 채 어이없이 죽어가는 장면이 연출되었다. 구천은 이와 같은 상황을 보자 즉시 공격 명령을 내렸다. 그는 자신의 대군을 향해 "공격! 공격하라! 후퇴하지 말고 계속 공격하라!"는 고함을 치며 자신도 칼을 빼들고 적군을 향해 공격해 나갔다.

고요하던 밤은 금새 창- 창- 창창 무기 부딪히는 소리와 서로 죽고 죽이는 비참한 비명소리로 가득 찼다. 달아나던 월나라 군대는 몸을 돌려 적에게 맞서고자 하였으나 언덕 위에서 아래로 맹렬히 공격을 퍼붓는 적을 당해낼 수 없었다. 더욱이 병기조차 오군의 병기와 부딪힐 때마다 창! 하는 소리와 함께 두 동강이 나고 말았다. 이처럼 월나라 군대는 싸움도 제대로 하지 못한 채 부상을 입고 황망히 몸을 돌려 달아나는 처지가 되었다.

불빛 속에서 건장한 한 사내가 모습을 드러냈다. 그는 언덕 위에서 아래로 공격하는 군사들을 지휘하였다.

"죽여라! 모조리 죽여라! 구천이 도망가지 못하게 하라!"

큰 소리로 명령을 내리면서 자신의 평두극平頭戟을 들고 곁에 칼을 든 십여 명의 무사와 함께 언덕 위에서 아래로 공격하여 내려왔다.

구천은 눈앞의 정세가 급격하게 돌변하는 것을 보고 이미 언덕 위에서 공격해 오는 오나라 군대를 물리치기에는 현실적으로 불가능하다는 사실을 깨달았다. 이번 전투에서 자신이 지휘하던 천여 명의 병사가운데서 이미 삼분지 일을 잃었고, 더구나 뒤를 받쳐줄 만한 후원병이 없는데, 적은 계속해서 후원군이 도착하는 실정이었다.

구천은 더 이상 공격해 볼만한 방법이 없자 무모한 희생을 계속 하기보다는 배로 퇴각하여 뒷날을 기약하는 것이 낫겠다는 결론을 내렸다. 그는 즉시 병사들에게 배로 퇴각하라는 명령을 내렸다. 다행히 오나라 군대에게는 배가 없어 쫓아 오지 못 할 것처럼 보였다. 군사들이 여울가에서 급하게 배에 뛰어 오르는 가운데 배가 출발하였다. 이때 미처 배에 오르지 못하고 모래여울에서 적에게 붙잡힌 병사들은 적의 포로가 되거나 죽임을 당하고 말았다.

구천이 배에 올라 여울가를 벗어날 무렵에도 곳곳에서 작은 전투가 끊이지 않고 계속되었다. 하지만 구천에게는 거기까지 신경 쓸 겨를이 없었다. 배로 퇴각한 구천의 군대는 빠른 속도로 방금 전투가 벌어졌던 동쪽 동정산을 벗어나 태호 남쪽기슭에서 수십 리 떨어진 수로에 도착하였다. 비록 구천은 이번 기습공격에서 실패하였으나, 아직 대부분의 병력을 보존하고 있었다.

'여하튼 불행 중 다행이다.'

라고 구천은 생각하였다. 한편 그는 마음속으로

'비록 이번 기습이 성공하지는 못 했지만, 지금 당장 군대를 이끌고 취리橋李로 가서 부차를 측면에서 공격한다면 반드시 성공할 수 있을 것이다.'
라고 생각하였다.

어쨌든 이번에 부차와의 조우는 생각지 못 했던 일이었다. 군사들이 탄 배가 기슭에 막 닿자마자 갑자기 화살이 우박처럼 쏟아져 내려 병사들은 미처 피하지 못하고 화살에 맞아 죽었다. 또한 다친 부상자들이 속출하였다. 이로 인해 사기왕성하던 월나라 병사들은 적군의 기습공격으로 인해 순식간에 전투력을 상실하고 말았다.

갑자기 칠흑같이 어두운 갈대 숲속에서 날카로운 갈고리가 달린 긴 장대들이 불쑥 불쑥 수없이 튀어나왔다. 그러더니 월나라 배들을 해안가로 끌고 가 월나라 군사들을 기습하여 생포 한 후 밧줄에 묶어 언덕위로 끌고 갔다.

구천 역시 그의 수하들과 함께 기습적으로 나타난 적에게 제대로 저항도

하지 못 한 채 적의 포로가 되고 말았다. 구천은 오나라 병사들이 자신이 월나라 왕임을 알아보지 못하기만을 바랄 뿐이었다. 날이 밝아오자 아침 햇살은 태호를 온통 황금빛으로 물들였다. 새벽안개가 숲으로부터 뭉개뭉개 일어나는 광경은 마치 어제저녁 이 곳에서 아무 일도 없었다는 듯 고요하기만 하였다. 물안개가 피어나는 고요한 이 호숫가에서 간밤에 한 나라의 존망이 달린 전투가 있었다고 상상이나 할 수 있겠는가.

"장군, 이 자가 바로 월왕 구천이옵니다."

모시로 된 긴 옷을 걸친 키 작은 사람이 구천을 가리키며, 고개를 돌려 건장한 체구의 한 장군에게 보고하였다. 그러자 그 장군은 구천에게 급히 다가와 자신의 칼을 빼어 구천을 묶고 있던 밧줄을 끊고 예를 취하며 말을 걸었다.

"죄송합니다. 어제 밤은 너무 어두워 저 손무가 대왕께서 배에 계셨던 걸 모르고 이런 불경한 짓을 저질렀습니다. 용서하십시오."

라고 말하는 한편, 손무는 급히 자신의 수하에게 말깔개를 가져오게 한 후 호숫가 돌 위에 깔아 구천에게 앉도록 권하였다. 이미 몸도 마음도 모두 전의를 상실한 구천은 넋을 잃고, 아무런 반항도 하지 않은 채 그저 뭉게뭉게 피어오르는 아침 안개를 멍하니 바라보았다. 그의 머리속에서는 여러 가지 복잡한 문제들이 맴돌고 있었다.

이 전쟁은 동주東周 주경왕周敬王 26년 때 발생 하였다. 기원전 494년 9월 전당강錢塘江 남쪽가에 자리한 월나라의 왕 구천이 오나라의 수도를 기습코자 출정하였다가 부초夫椒-동정산(洞庭山)에서 계획이 좌절된 후, 태호 남쪽 기슭으로 퇴각하다가 그 곳에 매복해 있던 오나라의 장군 손무에게 포로로 붙잡히고 만 것이다. 이때부터 원래 서로 대등한 관계였던 오나라와 월나라 양국의 관계는 돌연 정복자와 피정복자의 관계가 되었으며, 이로 인해 한 나라가 한 나라의 노예로 전락하는 처지가 되었다. 이후 월나라 사람들은 훗날을 기약하고 치욕을 참으며 각고의 노력 끝에 결국 오나라를 무너뜨리고 월나라를 다시 재건하게 된다. 바로 이 전쟁이 이 이야기의 시작이다.

오나라 월나라와 원수가 되다

오늘날 절강성 항현杭縣에서 서남쪽으로 부춘강富春江을 따라 용유龍游, 구현衢縣과 강서성의 신강信江 하구진河口鎭에 이르렀다가 다시 방향을 바꿔 동남쪽으로 송양松陽, 여수麗水, 청전靑田, 영가永嘉, 평양平陽을 지나 곧바로 해변가에 있는 지역에 이르게 되는데, 이 지역이 바로 춘추시대 월나라의 영토이다.

지금부터 하고자 하는 이 이야기와 고사는 바로 이 지역에서 일어난 일이다.

월나라 왕의 성씨는 사姒씨로 하夏나라 때의 개국공신이었던 대우大禹의 후손이다.

대우는 치수에 성공하자 당시 각지 백성들의 추앙을 받아 천하의 천자가 되었다. 훗날 대우가 천하를 순시할 때 회계산會稽山: 회계산은 지금의 절강성 소흥현

(紹興縣) 남쪽에 있다. 원래는 모산(茅山)이라 불렀으나 후에 대우가 이곳에서 각국의 제후들을 모아 놓고 그들의 업적을 논하였기 때문에 회계산으로 바꿔 부르게 되었다에 이르게 되었다.

얼마 후 대우가 이곳에서 병들어 죽자 회계산 북쪽기슭에 매장하였다. 당시 각국의 제후들이 대우의 공적를 기리기 위하여 대우의 아들인 사계姒啓에게 오늘날의 산서성 하현夏縣 북쪽가에 당시 안읍安邑이라 불리던 지역에 나라를 세우고 왕으로 추대하였다. 사계姒啓가 죽은 후 아들 태강太康이 왕위에 올랐으며, 태강이 죽은 후에는 그의 아우인 중강中康이 그의 뒤를 이어 왕이 되었다. 훗날 소강小康대에 이르러 소강이 절강성 남쪽에 위치해 있는 고조부 대우왕의 무덤을 돌보고자 하였다. 하여 그의 아들 가운데 하나를 절강성 회계산 부근에 땅을 주고 나라를 세우게 하여 대우大禹왕의 제사를 받들게 하였다. 그리고 그에게 "무여無余라는 칭호를 내렸다. 고서에서는 "無余"라고 쓰여 있는 곳이 있다 이것이 바로 월나라의 유래이며, 무여는 월나라의 시조가 되었다. 무여가 절강에 월나라를 세운 것은 기원전 60년경으로 지금으로부터 대략 4천여 년 전의 일이다.

무여는 회계산 서북쪽 평지에 나라를 세우고 대우왕의 무덤을 돌보게 되었는데, 이 지역은 아마도 오늘날의 제기諸暨, 의오義烏 일대로 추측된다. 훗날 그의 자손 가운데 일족이 오늘날의 어잠현於潛縣에서 동쪽으로 15킬로미터쯤 되는 곳에 옮겨가 살게 되면서 그곳에 "월왕성越王城"을 세웠다. 그 당시에는 회계산 주위에 사는 사람들의 수가 그다지 많지 않아 매년 무여가 거둬들이는 세금으로 겨우 제사를 지낼 수 있을 정도였다. 그래서 그는 왕궁마저도 제대로 짓지 못하고 일반 백성들의 삶처럼 매우 간소한 생활을 하였다.

무여가 죽은 후 40여 대를 지나면서 그곳의 백성들은 무여의 자손이 매우 어리석음을 보고 더이상 세금을 내지 않게 되었고, 무여의 자손들은 결국 대우왕의 제사를 지낼 비용조차 마련하지 못하게 되었다. 이러 상황 속에서 무임無壬이 등장하였다.

고서의 기록에 의하면 무임은 출생하면서 바로 말을 할 줄 알았다고 전해진다.

"나는 대우왕의 후손이다. 나는 대우왕의 제사를 다시 지내고 백성들을 위해 하늘에 복을 구하고자 한다."

무임의 이와 같은 말은 백성들이 모두 그를 좋아하여 따르게 만들었으며, 그를 도와 대우왕의 제사를 성대하게 지냈다. 그가 성장한 후 모두 그를 월나라의 왕으로 추대하였다.

이어서 무임의 아들 무역無譯, 무역의 아들 부담夫譚이 왕위를 계승하였다. 이들이 비록 왕으로 불렸다고는 하나 당시 월나라에는 정치제도가 정비되어 있지 않았기 때문에 정사를 논할 만한 정부와 민정을 살필 수 있는 관원, 성곽이나 성을 보호할 수 있는 해자, 그리고 곡식을 저장할 만한 창고도 없었다. 군대는 더더욱 말할 필요조차 없었다.

부담의 아들 원상元常: 일부 고서에서는 그의 이름을 "윤상(允常)"으로 기록하고 있다이 왕위에 오를 무렵 시대는 이미 춘추시대로 접어들게 된다. 이때는 무여가 나라를 세운지 이미 1500년이 흐른 뒤였다. 원상은 서쪽으로 오늘날의 마간산莫干山 지역까지 영토를 확대하였는데, 동쪽으로 덕청德淸, 동향桐鄕, 가흥嘉興, 평호平湖 일대까지 영토를 넓히는 한편, 회계산 북쪽에 있던 옛 도성 이외에 또 다시 "월왕성"을 수도로 삼아 북쪽으로 영토를 넓혀나가고자 하는 전략을 꾀하였다. 그러나 이 당시 월나라 북쪽에는 오나라가 자리 잡고 있었으며, 오나라 역시 남쪽으로 영토를 넓히려는 야심을 갖고 있었다. 이렇게 되니 월나라와 오나라 양국은 국경문제로 항상 잦은 분쟁이 일어났다.

오나라는 주무왕周武王 희창姬昌의 큰 할아버지 주태백周太伯이 건립한 국가이다. 처음에는 국호를 구오句吳라고 불렀으며, 수도를 매리梅里: 지금의 강소성 무석현(無錫縣) 동남쪽 30리쯤 되는 곳으로 매리(梅李)라고도 부른다에 세웠다. 그 후 무왕이 주周왕조를 세울 때 구오의 통치자였던 재≠가 제후로 봉해졌다. 그 후 수백 년이 지나면서 구오의 국세가 날로 강성해져 구오의 통치자도 자신을 왕이라 부르는 동시에 수도 역시 매리에서 고소姑蘇: 오늘날의 강소성 오현(吳縣)이며, 소주(蘇州)라고도 부른다로 옮겨 국호를 오吳라고 고쳐 부르게 되었다.

오나라와 월나라 양국이 가장 치열하게 전투를 벌인 곳은 취리檇李: 일부 고서에는 취리(醉李)라고 쓰여 있다라는 지역이다. 취리는 지금의 절강성 가흥현嘉興縣 남쪽으로 대략 70여리쯤 떨어진 곳에 위치한다. 전하는 말에 의하면 맛있는 오얏이 많이 생산되었기 때문에 취리라는 이름이 붙었다고 한다.

이 시기의 원상元常은 스스로 "월왕"이라 자칭하고 있었지만 월나라에는 여전히 정식 군대가 없었다. 그나마도 병사들은 대부분 농민들로 구성되어 있었다. 이들이 사용한 무기는 고작 호미나 괭이, 또는 몽둥이나 대나무와 같은 농기구들이 전부였다. 이러한 월나라 군사들이 날카로운 창과 칼을 가진 훈련받은 오나라 군대와 맞서 싸워 이길 수 없는 것은 당연한 결과였다. 이러한 실정 때문에 월나라는 매년 오나라에 공물을 바쳐야만 했다.

기원전 510년, 이 해는 주경왕周敬王 10년이며, 오나라의 왕 합려闔閭 5년이 되던 해였다. 이해 오나라의 왕 합려闔閭는 군대를 동원하여 초나라를 공격하면서 월나라의 왕 원상에게 사람을 보내 군대를 파병하도록 요구하였다. 원상이 이에 대답을 하지 않자 오나라 왕은 바로 군대를 보내 월나라를 공격하도록 하였다. 그러자 원상은 오나라 합려에게 사신을 보내 경고를 하였다.

"오나라가 오랜 우호관계를 무시하고 지금 군대를 동원하여 공격하니 이는 옳지 못한 행동입니다. 청하옵건대 대왕께서는 서둘러 군사를 거두어 물러가시오"

그러나 오나라 왕 합려는 원상의 말을 전혀 개의치 않고 취리를 점령하여 많은 월나라 사람들을 노예로 삼았다. 원상은 힘이 없는 처지였기 때문에 오나라에 대항하지 못하고 훗날을 기약하며 울분을 참아 가슴에 담아 둘 수밖에 없었다.

오나라 군대가 초나라의 수도인 정성郢城을 공격한지 두 해가 되던 해였다.

기원전 505년 월나라의 왕 원상은 오나라 왕이 군대를 이끌고 초를 공격한 틈을 타 군대를 보내어 취리를 탈환하고 수많은 오나라 사람들을 죽여 5년 전의 원수를 갚았다.

이 공격이 있기 전 원상은 오나라가 강성한 이유를 면밀히 살피게 된다. 그리하여 오나라가 인재를 모아 군대를 훈련시키고, 병기를 제조하고, 금전과 식량을 비축하여 나라를 부강하게 만들었다는 사실을 파악하였다. 그래서 원상 역시 오나라의 국정운영을 본받아 국내외에서 재능 있는 인재들을 찾아내어 국사를 돕도록 하였다. 또한, 군대를 훈련시켰으며 다른 한편으로 백성들의 생산을 장려하였다. 또 광산을 개발하여 구리를 캐어 무기를 만들었다. 이러한 노력으로 인해 월나라는 점차 강성한 나라가 되어갔다.

원상의 아들 구천句踐은 이미 장성한 청년이었다.

구천은 키가 크지 않았으며, 목이 길고 입이 뾰족하며 눈에서는 강열한 빛이 쏟아져 나왔다. 그가 사람을 뚫어지게 처다볼 때의 모습은 마치 독수리가 먹이를 노리는 듯 하였다. 게다가 구천은 대단히 총명하여 인재를 가려 쓸 줄 알았다. 또한, 재능 있는 사람에게는 왕자라는 신분을 떠나 자신을 낮추어 존경으로 대하였다. 그러니 월나라의 현명한 사람들은 모두 그를 존경하고 따랐으며, 다른 나라의 재능 있는 인재들도 그를 찾아와 벗하기를 좋아하였다.

구천의 주변에는 인재들이 많았다.

당시 뛰어난 지혜를 갖추고 있던 사람으로 월나라의 계예計倪: 일부 고서에서는 계예(計倪) 또는 계연(計然)이라고 기록하고 있다, 문종文種, 부동扶同: 또한 방동(逄同)이라고도 한다, 고성苦成과 계예의 학생, 초나라에서 온 범려范蠡, 여기에 지금의 호북성으로 간 농업전문가 제계영諸稽郢 등이 있었다.

이들 중 계예計倪의 나이가 제일 많았으며, 더욱이 학문 역시 그들 중에서 가장 뛰어났다. 그 외의 나머지 사람들은 대부분 젊은 사람들이었다.

문종文種은 당시로서는 가장 뛰어난 인재라 할 수 있었다. 그는 추鄒나라 사람으로 추나라가 초나라에게 점령당하자 월나라로 도망쳐 왔다. 그는 정치에 대해 깊은 학식을 갖추고 있었는데, 국가를 다스리는 원칙과 방법에 대해 모르는 것이 거의 없을 정도였다. 그러나 그의 지식은 학문적인 깊이만 있을 뿐 실제경험은 부족한 상태였다. 그래서, 문종은 자신의 지식을 활용하여 경험할 수 있는 곳이 필요했다. 원상이 왕이 된 후 국가의 규모를 갖추긴 하였지만, 완전한 궤도에는 오르지 못한 월나라는 문종에게 그의 재능을 펼치기에 적당한 곳이었다. 문종은 자가 회會였으므로 어떤 이들은 그를 문회文會라고도 불렀다.

범려는 문종과 같이 젊은 나이였지만 재능 면에서 문종보다 한 수 더 뛰어났다. 고서에 전하는 바에 따르면, 그의 자는 소백少伯이며, 살던 곳은 삼시三尸: 지금의 하남성 서남부 석천현(淅川縣)의 서남쪽 단강丹江의 북쪽기슭徐州사람이라고도 한다이었다고 한다. 그는 계예라는 학문이 매우 깊은 사람이 월나라에 있다는 말을 듣고 직접 찾아가 배우기를 청하여 그의 학생이 되었다. 2년이 지난 후 그는 알지 못하는 것이 없을 정도의 실력을 갖추게 되었다. 더욱이 갖가지 기묘한 방법들을 생각해내는 능력을 갖추고 있어 어떠한 돌변 사태에도 대처할 수 있는 능력이 있었다. 게다가 그는 뛰어난 관찰력을 가지고 있어 다른 사람의 성격을 잘 파악했을 뿐만 아니라 다양한 사람들을 어떻게 대하고 대처해야 할지 잘 알고 있었다.

제계영은 제계성諸稽成이라고도 부르는데, 그의 부친은 산동의 제성諸城사람이었다. 당시 제성諸城은 제후의 봉지였기 때문에 그의 부친 역시 그 곳의 사람들과 마찬가지로 관습에 따라 그 제후의 성인 "제諸"씨로 불렸다. 그 후 그의 부친이 산동성에서 안휘성安徽省 오현鳧縣: 당시에는 초(譙)라고 불렀다의 계산 아래로 도망가 살게 되었는데, 제계영이 바로 이 때 계산 아래에서 출생하였다. 이런 까닭에 제계영은 제계諸稽라고 성을 고쳐 부르게 되었던 것이다.

한때, 제계영은 진陳나라 땅이었던 계산의 북쪽 주야株野: 지금은 자성(柘城)으로 부른다에서 지낸 일이 있었다. 그 곳에서 그는 현지 주민들과 함께 들에서 야생 사탕수수당시에는 야생의 사탕수수를 "柘"라고 불렀다를 잘라 당분을 짜는 일을 했었다. 그는 초나라의 수도였던 영성에서도 지낸 일이 있어, 나중에 그가 월나라에 와서 사람들에게 야생 사탕수수를 식별하는 법과 당분 짜는 방법을 전수할 수 있었던 것이다. 그래서 당시 월나라 사람들은 그를 "자영柘郢"이라고도 불렀는데, 이는 영성에서 온 사탕수수 당분을 짜는 사람이란 의미이다.

훗날 제계영은 월나라에 도착하여 포양강浦陽江가의 산비탈아래에 기름지고 관개가 용이한 땅을 골라 그 곳에 정착하게 되었다. 이곳에 "주야株野"에서 가지고 온 사탕수수를 심고 가꾸었다. 그리고 그 곳의 토착민들에게 권술과 칼 쓰는 법을 가르쳐 주었다. 그래서 후에 사람들은 제계영이 사탕수수를 심은 산을 일러 "제산諸山"이라고 부르게 되었으며, 산아래 기포曁浦라 불리는 곳이 훗날 하나의 현縣으로 분리되어 나누어지면서 "제산"과 "기포"를 합쳐 "제기諸曁"라고 부르게 되었던 것이다.

이에 월나라 구천은 제계영이 월나라에 처음으로 사탕수수를 심고 그 곳 사람들에게 무예를 가르친 공과 그의 재능을 인정하여 오나라의 장군으로 삼았다. 제계영은 또한 말 재주가 뛰어나 일찍이 월나라의 구천을 대표하여 오나라에 가서 화평조약을 맺기도 한 외교가이기도 하였다.

오나라의 왕 합려는 초나라를 공격하여 초나라 수도인 영성을 점령하고 대략 1년 정도 머물다 오나라로 돌아갔다.

합려는 마음속으로

'천하 가운데 가장 강력한 국가는 북방에 있는 진晉나라와 남쪽에 있는 초나라라고 할 수 있다. 이제 초나라를 점령했을 뿐 아니라, 초나라의 왕이 꼭꼭 숨어 감히 내 앞에 나서지 조차 못하고 있으니, 이미 우리 오나라의 군사력이 초나라를 능가하였음이 자명한 일이다. 앞으로 진나라와도 한번 겨뤄보아야겠다'

고 생각했다. 합려가 이러한 생각을 할 정도로 당시 오나라의 군사력은 막강하였다.

"내가 보기에 비록 진나라 군대와 아직 진짜 실력을 겨뤄보지 않았으나, 적어도 진나라 군대와 필적할 만큼 강하다는 사실은 틀림없다."

합려는 득의양양하게 그의 신하들에게 말하였다.

이러한 때 월나라가 대담하게도 자신이 초나라를 공격하기 위해 본국을 비운사이 그 틈을 이용하여 자신의 후방을 노린다는 소식을 접하자 오왕 합려는 분노하였다. 그래서 중원으로 나가 진나라와 우열을 가리기 전에 월나라에게 먼저 본때를 보여주고자 벼르고 있었다.

"원상, 그 촌놈에게 본때를 보여주리라"

합려는 초나라에서 본국으로 돌아오자마자 무기와 식량을 비축시키는 한편 신병을 훈련시켜 초나라와의 전투에서 잃은 병력을 보충하였다. 이때, 그가 가장 신뢰하고 의지하던 대신大臣 오자서가 오왕 합려에게 권고하여 말하였다.

"왕께서 중원에 나아가 천하의 패자가 되는 것과는 별개로, 월나라는 우리 오나라에게 있어 가장 큰 골칫거리임에 틀림없습니다. 월나라는 우리 오나라 후방에 있어 언제든 문제를 일으킬 가능성이 있습니다. 그러니 대왕께서는 강을 건너 북방으로 진격하시기 전에 먼저 월나라의 문제를 철저히 해결하여 훗날 다른 불상사가 발생치 않도록 하는 것이 좋을 듯합니다."

합려가 초나라에서 돌아온 그 다음 해 오나라 군대는 오늘날 강서성의 주요 거점 지역인 번양 繁陽: 지금의 안휘성 서쪽모퉁이에 있는 임천현(臨泉縣)의 동양(胴陽)부근에서 초나라와 싸워 승리하였다. 이와 때를 같이 하여 합려가 다시 선단을 이끌고 강 서쪽을 공격할 태세를 갖추자 초나라의 소왕은 놀라서 수도를 영성에서 악북鄀北 의성宜城 부근의 약성鄀城으로 급히 천도하였다.

합려는 군대를 파견하여 전쟁을 하면서도, 다른 한편으로는 국내에서 신병을 훈련하였다. 또 다른 한편으로 백성을 소집하여 여러 채의 호화로운 궁전을 지었다. 그는 먼저 고소 동북성 밖에 이궁離宮을 지어 "낙석성樂石城"이라 불렀으며, 또 성의 서남쪽 30리쯤 되는 태호주변 산비탈에 "고서대姑婿臺", 일명 고소대姑蘇臺를 지었고, 화지창리華池昌里와 안양리安陽里에 각각 사대射臺를 한 채씩 지었다. 이곳 외에 장락리長樂里에도 한 채의 남궁南宮을 지었다.

합려는 매년 가을과 겨울 동안은 성안에서 정사를 돌보았으나, 봄과 여름에는 성 밖에서 생활하였다. 평소 그는 고소대에서 음악을 듣고 경치를 즐기거나, 호숫가에서 들오리를 잡거나 사냥개를 데리고 사냥을 다녔다. 이러한 생활을 합려는 대단히 만족스러워하며 즐겼다.

주경왕周敬王24년, 기원전 496년 합려는 친히 군대를 이끌고 월나라를 치기로 결심하였다. 당시 상국相國이었던 오자서와 장군 손무에게 군대를 잘 정비토록 지시하였다.
그리고는

'보나마나 원상이란 촌놈은 아무런 재주도 없이 무능한 놈일 것이다.'

라고 내심 생각하며 군사 5천 명을 거느리고 월나라를 향해 출발하였다.
합려가 막 고소성을 나설 무렵 급히 병사 하나가 뛰어와 말하였다.

"원상은 며칠 전 병으로 죽었다고 합니다. 그래서 그의 아들 구천이 왕위를 계승하였다고 합니다."

이 소식을 들은 오자서는 바로 합려에게 다가가,

"대왕, 저는 옛 사람들 말 가운데 '다른 나라의 슬픈 일을 틈 타 공격하는 것은 옳은 일이 아니다'는 말을 들은 적이 있습니다. 그러하오니 대왕께서도 며칠 더 기다리셨다가 정벌하는 것이 좋을 것입니다."고 권하였다.

그러자, 합려는

"흥! 난 그 따위 미신은 믿지 않는다. 만약 여기서 다시 더 지체한다면 내가 준비한 모든 것이 물거품이 될 것 아닌가. 원상이 이미 죽었다고 하니 그의 아들놈이라도 잡아와 내 말 씻기는 일을 시킬 것이다"

말을 마치고 합려는 바로 출병 명령을 내렸다.
오나라의 군대는 즉시 고소를 떠나 동남쪽으로 210여리쯤 떨어져 있는 취리橋李를 향해 진군하였다.

구천은 부친의 상을 당해 상사를 돌보느라 정신이 없었다.
이 때 오왕 합려가 군사를 이끌고 월나라를 공격하여 온다는 소식을 듣자, 황급히 대신들을 불러 대책을 마련하였다. 어쩔 수 없이, 이제 막 훈련을 끝낸 병사들을 전투에 나가 싸우도록 하는 수밖에 없었다. 안타깝게도, 이들은 전투 경험이 전무 한데다가, 숫자도 겨우 일이천 여 명에 불과하였다.
고민 끝에 구천은 수백 명의 사형수들을 풀어 군사로 삼기로 하였다. 사형수들에게 무기를 내주어 무기 잡는 법을 가르치고는, 그들에게

"너희들이 만일 이번 전투에서 공을 세우면 너희들 모두 무죄 석방 될 것이다. 그리고 만약 전투에서 죽는다면 난 너희들 가족의 노역을 면제해 줄 것이다."

고 하였다. 그리하여 사형수들 역시 전투에 참가하게 되었다.

오나라와 월나라는 또 다시 취리에서 서로 맞붙게 되었다.

오나라 왕 합려는 그의 부대를 질서정연하게 편대를 이루어 전진토록
하였다. 그들의 빛나는 갑옷과 투구, 그리고 날카로운 창과 칼은 햇빛 아래
장엄한 모습을 연출하였다.

월나라 구천은 오나라 군대의 기세를 보고 몹시 두려움을 느꼈다.

'오나라 군대는 이미 수차례 전쟁을 치러 전투경험이 풍부하건만 우리
병사는 이제 막 훈련을 끝낸 어린 신병들이라 적군을 당해내지 못할 것인데
큰일이구나. 그러니 좋은 방법을 찾아야할 텐데'

구천이 이런 생각을 하고 있을 때였다. 계예가 갑자기 구천에게 다가와
귀에 대고 몇 마디 읊조리자 구천의 얼굴에 미소가 떠올랐다.

구천은 고개를 돌려 죄수들에게 말하였다.

"이제 공을 세워 너희들의 죄를 씻을 때가 왔도다! 이리와 내말을 들으라!
너희들은 앞으로…… 이렇게 하라"

그의 말에 거지떼와 다를 바 없이 볼품없는 죄수부대는 고개를 끄덕이며
수긍을 하였다. 그리고는 곧바로 스스럼없이 무기를 들고 삼삼오오 무리를
지어 오나라 군대를 향해 앞으로 나아갔다. 그리고 그들은 곧장 합려의
말 앞에 한 사람씩 땅에 무릎을 꿇고 앉았다. 행색이 초라한 이들의 대장쯤

되어 보이는 죄수가 합려에게 말하기를

"지금 여기에 두 왕께서 모두 계시니 감히 저희 같은 죄수들 주제에 함부로 군대 앞을 나서는 결례를 저지를 수는 없습니다. 더더군다나 감히 처벌을 피해 도망갈 생각은 하지도 않습니다."

라고 하였다. 말이 끝나기 무섭게

죄수들이 칼을 뽑아 들고 자신들의 목을 찔러 자결하는 것이 아닌가.
오나라의 병사들은 모두 월나라 죄수들의 집단 자살 장면을 신기해하며 바라보고 있었다.

그 틈을 노려 월나라 부대는 좌우 양쪽에서 오나라의 군대를 기습공격하였다. 순식간에 벌어진 일이라 오나라 군대는 손쓸 겨를도 없이 월나라 군에게 속절없이 죽임을 당하고. 살아난 자는 도망치기에 급급하였다.

오나라 왕 합려도 예외는 아니었다. 월나라 대부 영고부靈姑浮가 휘두른 창에 그만 오른손 중지에 상처를 입고 피를 쏟는 부상을 당하였다. 당시의 창은 청동으로 만들어 졌기 때문에, 독이 합려의 혈관을 따라 온 몸에 퍼지는 바람에 오나라의 수도 고소로 미처 돌아가지 못하고 그만 도중에 죽고 말았다.

이 때, 어린 나이의 월나라 왕 구천은 전쟁 경험이 풍부한 합려를 무찌르게 되었으며, 이 일로 오와 월 두 나라의 원한은 더욱 더 깊어만 갔다.

오왕 부차夫差가 월나라를 무찌르다

이 시기, 오나라에는 젊은 태자 부차夫差가 있었다.

그는 오왕 합려의 장손이었다.

일찍이 합려가 초나라를 이기고 고소로 돌아와 고소성 서북쪽 창문閶門을 "파초문破楚門이라고 개명하고, 같은 해 사람을 제齊나라에 보내 제 경공景公에게 그의 딸을 자기 아들 희파姬波의 첩으로 보내줄 것을 요청하였다. 그러면서 만일 그렇게 하지 않을 경우 출병하여 제나라를 치겠다고 위협하였다.

제 경공에게 아들은 많았으나, 딸은 오직 하나였다. 더구나 그녀의 나이 이제 겨우 13세에 불과한데 반해 희파는 이미 불혹에 가까운 나이였다. 그렇기에 제 경공이 받아들일 수 없는 요청이었다. 그러나 오나라는 초나라를 이긴지 얼마 안되어 막강한 군사력을 자랑하고 있는 상황인데다가 제나라가 그들의 공격을 막아낼 수 없다는 것은 명백한 사실이었다.

때문에 제 경공은 어쩔 수 없이 딸을 오나라로 시집보내지 않을 수 없었다.

　제 경공의 딸은 오나라에 시집 간지 얼마 안 되어 집에 대한 그리움으로
아무것도 먹지 못 한 채 병들어 죽고, 합려의 아들 희파 역시 1년 후 세상을
떠나버렸다.

　합려는 희파가 죽자 다른 아들 가운데서 태자를 삼으려고 하였다.

　당시 희파의 큰아들 부차는 이미 19살이었다. 그는 자신이 부친의 뒤를
이어 태자가 되려는 야망을 품고 있었다. 그런 부차는 조정에서 오자서伍子胥
의 영향력이 가장 크다는 사실을 간파하고 오자서에게 찾아가 자신을 도와
줄 것을 청하였다.

　"조부께서 이제 다시 태자를 세우시려 합니다. 그 태자의 자리는 원래
제 아버님의 자리였습니다. 그러므로 자연히 제가 계승하는 것이 마땅하다
생각됩니다. 그렇지만 제가 태자의 자리에 오르느냐 그렇지 못하느냐의
문제는 모두 당신의 한마디에 달려있습니다."

　마침내 합려가 태자를 세우는 문제로 오자서를 찾자 오자서는 부차를
추천하며 말하였다.

　"자고로 어떤 국가이든 아버지가 죽으면 아들이 그 자리를 계승하는 것
으로 왕위의 계승문제를 해결해왔습니다. 이제 태자 희파가 세상을 떠났으
니, 왕께서는 당연히 그의 아들인 부차를 태자로 삼으셔야 그 전통에 어긋
나지 않을 겁니다."

그러나 합려는 평소 부차의 자질이 우매하고 어진 마음이 결여되어 있다고 생각하고 있었다. 이러한 이유에서 장래 훌륭한 국왕이 되지 못할까 염려하였던 터라 쉽게 동의하지 못했다. 그렇지만 오자서는 부차를 위해

"부차는 신용이 매우 두텁고, 다른 사람을 동정하며 또한 불쌍히 여길 줄도 압니다. 또한, 사람 됨됨이가 도리에 벗어나지 않습니다. 더구나 아버지가 죽으면 그 아들이 왕위를 계승하는 것이 도리라고 옛 책에도 분명하게 쓰여 있지 않습니까?"

합려는 자신이 가장 신임하는 오자서의 말을 들어 부차를 오나라의 태자로 삼았다.

이후 그를 안휘성과 호북성 중간에 위치한 오나라와 초나라 변경에 보내어 군사와 행정에 대한 견식을 넓히고 경험을 쌓아 장래에 나라를 다스리는 데 도움이 되도록 하였다. 부차는 이에 합려의 기대를 저버리지 않고 남쪽으로 파양鄱陽을 점령하며, 또 북쪽으로는 동양綱陽에서 초나라 군대를 크게 무찔러 오나라의 위망을 떨쳤다.

오나라가 월나라에 패하여 합려가 중상으로 죽음을 맞이했을 때, 부차는 이미 태자가 된지 10년이 지나있었다. 이 때 그의 나이는 29살이었다.

합려가 죽었다는 소식을 접한 부차는 안휘성 육안六安에서 급히 고소로 돌아왔다.

그리고는 왕의 자리에 오르는 동시에 합려의 장사를 지냈다. 그는 취리의 전투 상황을 낱낱이 물어 본 후, 조부 합려를 대신해 복수를 결심하였다.

그는 자신의 수하에게 매일 왕궁 현관에 서 있다가 자신을 볼 때마다

"부차, 당신은 구천이 당신의 조부를 죽인 원수라는 사실을 잊었습니까?"

라는 말을 하도록 지시하였다.

동시에 오자서에게는 가능한 짧은 시간 내에 군대를 정비하라고 지시하는 한편, 손무에게 군사를 소집하여 새로운 전법을 가르치도록 명령하였다. 그리고 백비伯嚭에게는 월나라의 산천과 지리를 연구하여 공격 노선을 확정하라고 명령하였다.

어느 날 부차가 궁 안에 앉아 있는데, 손무가 들어와 그에게 물었다.

"대왕, 대왕께서는 원수를 갚으실 생각이십니까? 아니면 갚지 않으실 생각이십니까?"

"그것이 무슨 소리더냐? 누가 안 갚는다고 하였느냐!"

부차는 마치 손무가 여러 번이나 이런 말을 한 듯 눈살을 찌푸리며 화를 내었다.

"난 사람을 시켜 매일 '부차, 당신은 당신의 조부를 죽인 원수를 잊었습니까?'라고 나를 일깨우게 하고 있다. 이것이 다 무엇 때문이겠는가?"

하고 말하였다. 그러자 손무가

"저 또한 대왕께서 이 깊은 원한을 잊지 않고 계시다는 것을 잘 알고 있습니다. 그러나 대왕께서 선왕의 원한을 갚고자, 지금 준비하고 계신 군사훈련이나 전략연구 등 모든 것이 월나라에 치명적인 타격을 주기에는 부족한 점이 있습니다. 그러니 대왕께서는 다른 효과적인 방법을 마련하셔야 할 것입니다."

"어떤 방법 말인가?"

"대왕께서는 선왕께서 일찍이 공야자公冶子라는 사람에게 칼을 몇 자루 주조하게 하셨던 일을 기억하고 계십니까?"

"알고 있소"

"어제 제가 공야자를 만나 보았습니다. 그가 하는 말이 최근에 새로운 광물을 발견 하였는데, 화로에 녹여 잡물을 제거하고 보니 청동보다 더 견고한 물건이 되었다고 합니다. 그 공야자 말이 '만일 이것으로 병기를 만든다면 틀림없이 손쉽게 월나라 군대를 쳐부술 수 있을것이다'라고 말했습니다."

부차는 이 말을 듣고 별로 믿기지는 않았으나, 손무에게 공야자를 데리고 오게 하였다. 그리고 공야자에게 다시금 이야기 하게 하였다. 공야자는 자신이 발견한 새로운 광물과 이 광물을 녹여 만든 물건도 함께 가지고 왔다.

부차는 동검을 들어 '화로에서 녹여낸 물건'을 내리쳤다. 그런데, 그 물건은 전혀 손상되지 않았다. 오히려 동검에 홈이 생기고 말았다. 부차는 심히 놀라며,

"이것이 도대체 무슨 물건이냐?"고 물었다.

공야자가 공손하게 답하였다.

"처음엔 저도 잘 몰랐으나, 선하령仙霞嶺 위에 사는 사람이 말하는 것을 듣고 비로소 이것을 철이라고 부른다는 것을 알게 되었습니다. 처음에 어떤 것은 누런색을 또 어떤 것은 검은 색을 띠었는데, 제가 이것을 화로에 넣고 센 불로 녹이자 구리처럼 녹아 내렸습니다. 이것을 다시 돌 위에 두드린 후 물에 넣어 담금질을 하자, 잡물이 모두 떨어져 나가고 일종의 회색빛을 띠는 물건이 되었습니다. 동보다 훨씬 견고하기 때문에, 제 생각에는 만일 이것으로 무기를 만든다면 분명 지금 쓰는 동검보다 훨씬 유용할 것이라 생각됩니다."

이 말에 부차는 고개를 끄덕였다.

그는 공야자에게 돌아가서 철로 칼 한 자루를 만들어 가지고 오라고 하여 시험해 보기로 하였다. 철검을 단단한 돌 위에 내리친 후 살펴보니 과연 철검은 동검과 달리 칼날이 조금 말렸을 뿐이었다. 더욱이 철검을 잘 갈아 살펴보니 역시 동검에 비해 훨씬 예리하였다.

부차는 즉시 비밀리에 공야자에게 철광을 찾아 철을 정련한 후 병기를 만들도록 명령하였다. 공야자는 그 해 1년 동안 부차를 대신하여 3천 자루의 철검을 만들었다.

이후 부차가 오나라 왕이 된지 2년째 되던 해, 그리고 구천이 월나라 왕으로 즉위한 지 3년째기원전 494년가 되는 해였다.

그 해 여름이 막 지났을 무렵, 월나라 왕 구천은 대부 범려와 제계영에게 취리에서 출병하여 오나라 군대의 정면을 돌파하도록 하였다. 그리고는, 그 자신은 또 한 무리의 군대를 이끌고 천목산天目山 북쪽기슭에서 출발하여 배를 타고 태호에 진입한 후 동쪽 동정산洞庭山에서 뭍에 올라 신발모양을 한 골짜기를 따라 곧바로 고소로 쳐들어가도록 만반의 계획을 세웠다. 구천이 이와 같은 계획을 세운 까닭은 그가 오나라 군을 격파한 후 오왕 합려가 심하게 상처를 입고 돌아가는 길에 죽었기 때문에 조만간 오나라 군대가 복수를 위해 공격해 오리라 판단하였기 때문이다. 그래서 그는 "먼저 공격하는 쪽이 유리하다"는 생각으로 줄곧 병사를 훈련시켜 오나라 군이 쳐들어오기 전에 먼저 오나라를 기습하고자 계획을 세우고 준비했던 것이다.

그러나 이러한 구천의 계획이 오왕 부차에게 알려지고 말았다.

오왕 부차는 이 첩보를 전해 듣고는 곧바로 회의를 열었다. 부차 자신이 직접 8천 여 명의 정예부대를 이끌고 취리에서 한판 승부를 내리라 마음먹었다.

그는 손무에게 4천여 명의 병사를 주어 태호 서남쪽에서 만을 돌아 태호 남쪽에서 구천을 기다리도록 지시하였다. 그리고 또 오자서에게는 3천여 명의 정예부대를 주고 공야자가 만든 철검을 차고 동쪽 동정산 정상에서 적당한 곳에 진을 치고 있으라고 명령하였다.

이것은 월나라 군이 뭍에 오르지 못하도록 방어망을 구축하고 있다가 구천이 태호 남쪽기슭으로 퇴각할 때 손무로 하여금 월나라 군을 포위하여 구천을 반드시 사로잡게 한 다음, 구천을 인질로 삼아 월나라의 심장부, 즉 어잠於潛 동쪽 15리 밖에 있는 월왕성을 공격하면서 구천을 위협해 취리에 있는 월나라 군이 투항하게 만드는 작전이었다.

오나라는 이를 위해 만반의 계획을 세웠다.

전쟁이 시작되자 범려와 제계영이 이끄는 만 여명의 월나라 군은 취리 북쪽에서 몇 리밖에 떨어지지 않은 곳에서 오나라 군과 맞서 싸우게 되었다.

처음 오나라 군이 흙먼지 날리는 북풍을 등에 지고 남쪽으로 전진하자 월나라 군은 흙먼지로 인해 눈조차 제대로 뜰 수 없는 불리한 상황에서 기세가 꺾여 얼마 버티지 못하고 수많은 병마를 잃고 퇴각하고 말았다.

범려와 제계영은 군사를 이끌고 적군과 싸우는 한편 정해진 계획에 따라 취리로 퇴각하였다. 이와 동시에 월나라 군은 오나라 군과 계속 접전을 벌이며, 은밀히 3천 인마를 거느리고 매복하고 있던 대부 고성苦成과 부동扶同에게 동북쪽 유권由拳(지금은 嘉善)이라고 부름에서 오나라 후방을 포위하도록 하였다.

이에 오나라 군은 월나라 군의 양면 작전에 휘말려 앞뒤에서 곤경에 처하게 되었다. 방금 전까지 오나라 군에게 유리하던 전세는 완전히 뒤바뀌어 겨우 오왕 부차의 용맹과 백비의 지휘에 의지해 힘겹게 싸움을 지탱해 나갔다.

4일째 되던 날, 범려는 이번 전투에서 오나라 군을 쳐부수고 부차를 사로

오왕 부차가 월나라를 무찌르다

잡아 큰 공을 세울 수 있을 거라 생각하며 한참을 몹시 흐뭇해하고 있었다. 그때, 말 한 필이 손살 같이 그가 있던 사령부 천막으로 달려왔다. 그리고는 무기를 내려놓고 투항하라는 월왕 구천의 친필서를 내놓았다. 범려의 스승이었던 계예 역시 편지 한 통을 보내와 구천이 이런 서신을 보낸 상황을 설명하였다. 범려와 제계영은 서신을 읽고 나자 둘 다 너무 놀라 얼이 빠지고 말았다.

서두에서 말했던, 월왕 구천이 거느린 배가 동쪽 동정산 남쪽기슭으로 다가가 뭍에 막 오르려 했던 그 때, 바로 그 시각이 결전의 순간이었던 것이다.

이 시각, 월왕 구천은 오나라 손무와 오자서가 이끄는 매복군에 사로잡혀 포로가 되었다. 포로가 된 구천은 어쩔 수 없이 친서를 보내 범려에게 취리에 있는 월나라 군을 이끌고 오나라에 투항할 것을 전해오게 된 것이다.

투항

　　　　범려, 제계영, 고성, 부동 등의 월나라 장군들은 밤새 논의를 거듭했지만 좋은 방도가 떠오르지 않았다. 그들에게 있어 오직 오나라 부차에게 먼저 화의를 청한 후 항복한 다음 구천의 생명을 먼저 구하는 것이 최선의 선택이었다. 그래서 그들은 "청산만 남길 수 있다면 장작이 없다고 걱정할 필요 없다"는 마음으로 울분을 삭히며 훗날의 복수를 가슴 속에 다짐할 수밖에 없었다.

　　범려는 포로로 잡았던 오나라의 병사 하나를 월나라 진영에 보내었다. 그리고

　　오나라 주장主將에게

'월나라군은 오왕 구천의 명에 따라 즉시 투항할 것이니, 투항하는 월나라 군을 오나라 군은 도의로써 대접해 주길 바란다'고 통보하였다.

이어서 투항한다는 결정이 각 부대에 전달되었다. 그러자 이 소식을 접한 월나라 병사들은 통곡하였고, 그 통곡소리가 온통 하늘을 진동했다.

"싸우다가 져서 투항한다면 순응 할 수 있겠지만, 지금처럼 싸워보지도 않고 적군에게 투항하다니 원통하기 그지없구나."

곳곳에서 투항하느니 차라리 자살하겠다고 칼을 뽑아 드는 병사들이 속출하였다.

오왕 부차는 범려를 비롯한 월나라 장군들이 받치는 군도軍刀를 받는 동시에 수하를 시켜 월나라 군의 무기를 거두게 하였다. 그런 후 백비를 파견하여 투항한 월나라 군을 취리에 포로로 묶어두게 하였다. 이어서 오왕은 다시 백비와 투항한 장군 범려를 데리고 월왕성을 향하여 진격하였다. 다른 한편으로 사람을 보내 먼저 손무를 위로하고 그에게 구천의 투항의식을 맡아서 처리하도록 명령하였다.

주 경왕 26년 9월 그 달이 다가기 4일 전, 오왕 부차는 큰 말을 타고 월왕성에 입성하였다. 부차는 땅바닥에 꿇어 앉아 있는 구천 옆을 지나면서도 그에게 눈길 한번 주지 않았다.

구천은 상복을 입고 머리에는 아무것도 쓰지 않았는데, 목에는 마로 꼰 새끼줄을 비껴 쓰고, 입에는 월나라의 국보인 옥을 물고, 손에는 양 한 마리가 들려 있었다.

이것은 고대 왕이 투항할 때의 예절로써, 구천은 상복을 입은 채 목에는 새끼줄을 매고, 입에는 옥을 물고, 손에 양을 잡은 채로 꿇어앉아 오왕 부차가 친히 부축해 일으켜주길 기다려야만 했다. 그렇지만 뜻밖에도 그를 부축해 일으켜 준 사람은 백비였고, 오왕 부차는 끝내 예절로 그를 대접해 주지 않았다.

그의 무례함에도 구천은 아무 말도 하지 못하고, 그저 일어서서 말을 타고 가는 오왕 부차의 뒤를 따라 가는 수밖에 없었다.

구천은 걸어가면서 패전하여 항복한 자신의 낭패스러운 모습이, 길옆에 늘어선 백성의 눈에는 몹시 수치스럽고, 참기 어려운 일로 비춰지리라 여겨졌다. 이러한 생각이 떠오르자 그는 오나라 군에게 포로로 잡히기 전 자살하지 않은 자신이 몹시 후회되었다.

"차라리 전쟁터에서 죽는 것이 지금 이 지경보다는 훨씬 떳떳하였을 것을……"

그는 이런 생각을 하면서 고개를 숙이고 걸어갔다. 그러다 눈을 살짝 치켜 떠 양옆을 둘러보고는 눈앞의 상황에 깜짝 놀라지 않을 수 없었다. 갑자기 누군가 자신의 머리에 찬물을 쏟아 붓는 것처럼 그의 생각은 정지되어 버렸다. 길옆에 서 있던 월나라 백성들 모두 손으로 자신들의 울음소리가 밖으로 새나가지 않도록 입을 막고 있었다. 그렇지만 흘러나오는 눈물까지는 어떻게 할 수 없어, 두 눈에선 구슬처럼 눈물이 하염없이 떨어져 내리고 있었다. 또 어떤 사람은 눈을 크게 부릅뜨고 이를 악물고 얼굴에 아무런 침통한 감정도 없는 것처럼 보이려고 애쓰는 모습이었다.

구천은 이 모습을 보며, 월나라 백성들 가운데 지금처럼 쉽게 적에게 항복하길 원하는 사람은 한 사람도 없다는 사실을 깨달았다. 그들은 모두 국가의 운명에 몹시 상심하고 있었다. 월나라 백성들은 흔쾌히 자신의 생명을 국가의 행복과 자유를 위해 내어줄 용의가 있었다. 다만 맨 몸으로 양 옆을 호위하고 있는 오나라 군대의 예리한 무기에 맞서 빈손으로 싸울 수는 없었다. 비록 월나라가 패했다고는 하나, 월나라 백성들은 마음속에서 결코 항복하지 않았던 것이었다.

"서라!"

우레와 같은 목소리가 구천의 생각을 멈추게 하였다. 구천은 천천히 걷고 있던 걸음을 멈추고 고개를 들었다. 오왕 부차가 자신이 평소 백성들과 접견하는 장소로 사용하던 왕궁 앞 계단 위에 팔짱을 끼고 두 다리를 벌린 채 위풍당당하게 서 있었다.

"무릎을 꿇어라! 구천! 무릎을 꿇어라"

양옆에 서 있던 오나라 군대가 일제히 소리쳤다.
구천은 어쩔 수 없이 무릎을 꿇었다.
구천은 순간 뇌리에 다시는 자신의 땅을 되찾지 못할 것 같다는 생각이 스쳐지나갔다. 그러자 자신도 모르게 몇 방울의 눈물이 흘러 내렸다.

"구천! 네 죄를 아느냐?"

부차는 목소리를 높여 말했다. 그러고는, 허리를 굽혀 오른손 식지로 구천의 머리를 찌를 듯이 손가락질하며 말했다.

"너의 월이란 나라는 동해 변두리의 미개한 작은 나라임에도 불구하고 감히 왕이라 자칭해 왔다. 우리 오나라가 주 왕실의 명을 받아 너희 월나라를 토벌하겠다는 명을 너희에게 통보했건만, 너희는 수차례 명을 어겨왔다. 심지어 몇 해 전에는 감히 우리 선왕까지 해치는 만행을 저질렀다. 정녕 네가 한 짓이 죽을 죄라는 것을 알겠느냐?"

구천은 한 마디도 못하고 그의 앞에 꿇어앉아 있었다.
부차는 계속해 말하였다.

"여봐라! 구천을 끌어내 처형하라!"

네 명의 크고 건장한 호위병이 부차 뒤에서 나와 계단을 뛰어 내려갔다. 앞쪽의 두 호위병은 구천의 옆으로 가더니 그의 양팔을 뒤로 비틀어 꼼짝 못하게 잡아 올렸다.
뒤쪽의 두 호위병 가운데 한 명은 번쩍 번쩍 빛나는 큰 칼을 빼어들고 또 한 명은 허리춤에서 거친 마로 엮은 새끼줄을 풀어내어, 구천의 가슴에서 등으로 몇 번을 꽁꽁 묶은 다음 구천의 몸을 앞으로 밀어내렸다. 그때,

"잠깐 기다리시오! 잠깐!"

하는 급박한 외침소리가 부차 오른쪽에 있는 위사衛士 뒤에서 들렸다. 한 사람이 위사의 제지를 뿌리치고 부차 앞으로 뛰어와 꿇어앉았다. 부차는 그가 바로 자신과 함께 취리에서 온 월나라 대부 범려라는 것을 알았다. 부차가 말하였다.

"범려! 무엇이냐? 구천은 마땅히 죽어야 할 사람이 아니더냐?"

그러자 범려가 대답하였다

"오나라 입장에서 본다면 우리 월왕 구천은 분명 죽어 마땅하지만 저의 생각에는 대왕께서 그를 용서해 주시길 바랍니다."

"무엇 때문이냐?"

"왜냐하면 구천은 대우왕의 제사를 받드는 책임이 있는 사람입니다. 옛 사람들도 말하지 않았습니까? 나라를 멸망시킬 수는 있으나 자손을 끊어 제사를 못 지내게 해서는 안된다고 말입니다. 구천은 장가든지 얼마 안되어 아직 자손이 없습니다. 만일 대왕께서 구천을 죽인다면 그것은 대우왕의 자손을 끊어버리는 일입니다. 장강과 태호는 예전에 항상 홍수에 시달리던 지역으로 그 당시 대우왕이 치수를 잘 하지 않았다면 지금의 고소가 있을 수 있겠습니까? 그러므로 대우왕은 지금의 오나라에 큰 공헌을 한 셈입니다. 대왕께서는 대우왕을 생각해서라도 구천의 목숨을 살려 주십시오!"

그 말에 부차는

"아니된다! 대우가 치수한 일이 물론 백성들의 고통을 없애주기 위한 일이었다고는 하지만 지금의 우리 오나라와는 아무런 상관도 없는 일이다."

라고 말하자, 부차의 곁에 있던 오자서가 그의 의견을 도와 말했다.

"대왕, 월나라는 우리나라의 골칫거리입니다. 구천은 야심이 많은 사람이니 오늘 그를 죽이시지 않는다면 훗날 그는 다시 우리나라를 침범하려 들 것입니다. 게다가 구천은 왕의 조부를 죽였으니 용서 할 수 없는 것이 당연하지 않겠습니까?"

오자서는 동쪽 동정산에서 월나라 군을 격파하고 나서 태호를 건너 손무와 회합한 후 이곳으로 바로 왔다. 범려는 다시금 앞으로 한걸음 나와 말하였다.

"오대부, 다른 사람에게 나쁜 짓을 하게 만들지 마십시오 지금껏 월나라와 오나라 사이에 수차례 분쟁이 있어 왔지만, 이후로 월나라는 영원히 오나라에 복종하며 충실한 속국이 될 것입니다. 그리고 해마다 공물을 바칠 것을 제가 보증하겠습니다. 게다가 앞으로 월나라가 오나라를 맹주국으로 삼을 것이니 토지에 대한 분쟁은 향후 다시는 일어나지 않을 것입니다. 앞으로 영원히 발생하지 않을 일을 가지고 어찌 내부의 화근이 될 수 있다 말씀하십니까?

　물론 오나라 선왕이신 합려께서 불행한 일을 당하신 것에 대해서는 월나라 군에게도 책임은 있을 수 있습니다. 그렇지만, 오대부 당신도 한 번 생각해 보십시오. 두 나라가 싸울 때 실수로 살상하는 일은 필연적으로 발생하는 일 아닙니까? 그리고 합려왕이 가벼운 상처를 입었음에도 불구하고 즉시 치료를 받지 못해 상처가 도져 불행한 일을 당한 것은, 근본적으로 오나라 의관의 소홀함 때문이니 우리 월나라의 책임이 사실상 그렇게 많다고 할 수는 없을 것입니다. 하물며 두 나라가 싸울 때 구천이 직접 합려왕을 다치게 한 것도 아니온데 당신은 어찌하여 그 일의 책임을 전부 구천에게 뒤집어 씌우려 하시오?"

　다시금 범려는 무릎을 꿇은 채로 기어서 오왕 부차에게 다가갔다.

　"대왕이시여, '포로를 죽이면 천벌을 받는다'는 옛 사람의 가르침이 있습니다. 구천은 손무장군에게 잡혀서 투항하였을 뿐만 아니라 취리에 사람을 보내 월나라 군에게도 투항하라고 명령하였습니다. 또한 오나라에 대해서도 공손한 태도를 보였는데, 어찌 이러한 점은 생각지 않으십니까? 전쟁의 목적은 상대를 굴복시키는데 있는 것입니다. 지금 월나라가 이미 굴복하였으니, 당연히 대왕께서 저희 왕에게 대왕의 권위와 인덕을 보이시는 것이 그를 죽이는 것 보다 훨씬 훌륭한 일이 아니겠습니까?"

　이 일장의 연설을 들은 부차는 마음이 움직여졌다. 그의 말 가운데 고인에 대한 범려의 언급은 부차로 하여금 얼마 전 작고한 조부를 생각나게 했고 결국 그의 생각을 바꾸게 하였다. 결국 부차는 범려의 말대로 하는

57

것이 구천을 죽이는 것보다 훨씬 나은 일이라 생각하게 되었다.

"좋다!"

부차는 손을 흔들어 구천을 향하여 소리쳤다.

"오늘 내가 대우왕의 치수 공적을 생각해서 너의 목숨만은 살려주겠다. 그러나 죽음은 비록 면하게 될지라도 살아서 받을 죄 값은 치러야 할 것이다. 앞으로 너희 부부는 나의 궁에 와 일을 해야 할 것이! 너는 내 말을 씻고, 네 처자는 말의 오물통을 씻어라"

그는 구천의 대답 따위는 들을 생각도 하지 않은 채 고개를 돌려 구천의 궁 안으로 들어가 버렸다.

안타깝게도 부차의 이와 같은 결정은 너무나 모욕적이기 짝이 없었다. 말을 씻기는 일은 몹시 힘든 일로 하루 종일 말과 함께 있으면서 말을 씻기고, 먹이를 먹이며 돌봐야 하는 일이었다. 게다가 잠도 말이 자는 방에서 함께 자야만 했다. 말의 오물통 씻는 일 역시 더럽고 힘든 일로 마굿간에서 말의 대소변을 담은 오물통을 매일 깨끗이 씻어야만 하였다. 사실 이 두 가지 일 모두 종들이나 하는 일이었는데, 이제 한 나라의 군왕과 왕비에게 이런 일을 하라고 하는 것은 그들을 죽이는 것보다 더 참을 수 없는 모욕을 주는 일이 아닐 수 없었다. 이 말을 들은 구천과 범려는 서로의 얼굴을 쳐다보며 멍하니 그 자리에 서 있을 수밖에 없었다.

오왕 부차가 월왕성에서 머문 한 달 동안 그는 여러 가지 일을 하였다.

첫째, 월왕성을 "평월성平越城"으로 고쳐 부르도록 하였다.

둘째, 월왕의 작위를 후侯로 내리고, 오나라 관리들에게 월왕을 모시는 사당의 신주패를 모두 조사하도록 한 후 왕이라 쓰여 있는 묘호를 모두 후로 고치게 하였다.

셋째, 백비를 월나라에 주둔하고 있는 부대의 총책임자로 임명하고 4천 명의 병사를 월나라에 남겨 월나라를 감시토록 하고, 또 한편으로 월나라의 모든 정사에 대해 백비로 하여금 관여하도록 하였다.

넷째, 월나라의 군대를 해산시키는 한편, 거두어들인 무기는 전부 소각하도록 하였다.

다섯째, 구천과 그의 부인 이외에 월나라의 대부 몇 사람만 남겨 놓고 나머지는 모두 구천과 함께 오나라로 가서 포로 생활을 하도록 하였다.

"낮은 처마 아래에 서기 위해서는 고개를 숙이지 않을 수 없다."

는 마음으로 구천은 모든 것을 체념하고 부차의 모든 명령을 따르기로 하였다. 그리고 오나라로 떠나기 전 월나라의 사적인 일들을 해결할 수 있도록 6개월의 말미를 달라고 요청하였다. 이미 모든 일이 결정된 터라 오왕 부차는 순순히 승낙을 하였다.

얼마 후 부차는 구천을 백비에게 감시하도록 한 후 오자서와 손무 등과 함께 나머지 군대를 이끌고 오나라로 돌아갔다.

며칠이 못되어 월나라의 군신들은 오나라의 백비가 재물을 몹시 탐하는 사람이라는 것을 알게 되었다.

"탐욕스러운 사람이니 우리 그를 이용합시다."

월나라의 군신들은 어떻게 하면 시간을 끌어 구천을 오나라에 가지 않게 할 수 있을까 하는 문제에 대해 논의를 거듭하였다. 이 때 대부인 계예가 자신의 의견을 내놓았다.

"백비에게 많은 금은보화를 주어서, 오왕에게 '우리 왕이 병이 나서 한동안 몸을 움직일 수 없으니 어느 정도의 기간을 연장하여 병의 상황을 보아가겠노라'라고 말을 전하게 하면 어떻겠습니까?"

이 말에 월나라 군신들은 모두 찬성하였다.
과연 예상대로 백비는 만면에 기쁜 빛을 띠며 계예가 보낸 금은보화를 받았다. 그러면서 구천의 병이 빨리 낫도록 하라고 재촉하였다. 그런 연후에 백비는 친서를 써서 사람을 고소에 파견하였다. 그 친서의 내용을 보면 구천이 병이 나서 도저히 길을 떠날 수 없다는 것이었다. 그리고 이것이 사실이라는 것을 보증하기 위하여

"제가 직접 조사했습니다. 구천의 병이 대단히 중합니다."

라고 썼다. 그리고 오왕에게 그가 병이 다 나으면 그때 가는 것을 허락해 달라고 하였다.

오왕 부차는 백비가 직접 쓴 요구 사항을 듣고는 머릿속이 온통 승리감에
도취되어

"병이 나으면 바로 오라. 또 다시 미룰 수는 없다."

라고 몇 자 써서 월나라로 보냈다.

구천이 "병에 걸렸다는 핑계"로 1년 1개월을 더 끌 수 있었으나, 그가
즉위한지 5년이 되는 해 즉, 부차 즉위 4년이 되는 해주 경왕 28년. 기원전
492년 결국 구천은 오나라로 가서 노역을 하지 않으면 안 될 때가 오고야
말았다.

전당강錢塘江의 송별

이해 10월 월왕이 부인과 함께 고소로 떠날 때 그를 모시고 간 사람은 대부 범려였다.

구천은 범려가 총명하고 눈치가 빠르며, 또한 도리에 밝고 말재주 역시 뛰어나 그를 대동하게 된 것이다. 오왕 부차가 원래 정한 월나라 대부 몇 사람만 제외하고, 나머지는 모두 오나라에 가서 포로생활을 해야 했지만 백비의 설득과 '구천이면 족하다'는 부차의 생각으로 인해 결국에는 구천과 범려 두 사람만이 오나라로 떠나게 되었다.

구천 부부가 월나라를 떠나기 전, 월나라 대부들은 전당강 남쪽기슭에 모여 주연을 베풀고 구천을 전송하였다. 그러면서 군신이 함께 연회석상에서 미래에 대한 책략을 논의하였다.

전당강은 절강성 내의 부춘강富春江이 항주를 지난 후, 항주 동쪽에서 항주만으로 흘러들어 갔다가 바다로 나가는 강줄기이다. 이 강줄기의 서쪽은 항주요, 동쪽은 감포澉浦이다. 당대말년부터 오대와 북송 초에 전류錢鏐란 사람이 항주에 "오월吳越"이란 나라를 세웠기 때문에 당시 사람들은 강을 전당이라고 부르게 되었던 것이다.

전당강은 바다와 통해 있었기 때문에 바닷물이 흘러들어 왔다. 그러나 강 남쪽에 유자산由赭山과 감산龕山이 합쳐 이루어진 골짜기가 강으로 뻗어들어와 그 형세가 마치 반원형의 "제방"처럼 보였다. 바닷물이 이 "제방"에 부딪칠 때면 파도가 워낙 크고 거세어 그 소리가 마치 수만 마리의 말이 날뛰는 소리처럼 들렸다. 특히 매년 음력 8월 15일 오시 조수가 밀려올 때면, 그 소리가 더욱 장관이라 많은 사람들이 와서 구경하기를 즐겼다. 이로 인해 전당강은 훗날 "전당관조錢塘觀潮"라 불리 울 정도로 절강성 내의 유명한 경치로 이름나게 되었다.

월나라의 대부들은 지금의 항주 남쪽 전당강 남쪽기슭의 고릉固陵: 후에 개칭하여 西陵, 西興이라고 이름 하였으며, 위치는 소산(蕭山) 서쪽 20리에 있다에 구천 부부의 송별을 위한 주연을 베풀었다.

이 무렵 강남일대는 가을 끝 무렵이라 가랑비가 하루 종일 쉬지 않고 내리는 시기였다. 그런데 이 날만은 비가 내리지 않았다. 다만 잿빛구름만이 하늘을 뒤덮고 있어, 이 이별의 자리를 더욱 처량하게 만들었다. 자리에 앉은 후 모두 한결같이 대부 문종에게 축사를 하도록 권하였다. 이에 문종이 일어나 미리 준비해 두었던 축사를 읽어 내려갔다.

"하느님의 보우하심으로 우리 월나라는 반드시 이 난관을 극복하고 다시 떨쳐 일어날 것입니다. 오늘의 환난은 사람들에게 경계가 되어 장래 우리 월나라 평안의 밑거름이 될 것이며, 우환은 사람을 진작시켜 행복한 내일을 세울 수 있도록 만들 것입니다. 무력으로 다른 나라를 침략하는 자는 결국 멸망할 것이며, 오늘 잠시 무릎을 꿇었지만 앞으로 반드시 창성하는 날이 올 것입니다. 대왕, 너무 심려하지 마십시오, 우리 월나라는 오늘 이후로 재앙이 없을 것입니다."

"오늘 우리 문무관원들이 이 자리에서 대왕을 위한 송별잔을 올리니 이 슬픈 정회를 하늘도 감동 할 것입니다. 신하들 가운데 애통해하지 않는 사람이 한 사람도 없습니다. 아무도 말을 잇지 못하니 제가 신하들을 대신해 송별 인사를 올리옵니다. 여기 쇠고기포와 세 잔의 술잔을 올리옵니다. 대왕, 이 세잔의 술을 받으시옵소서……"

월왕 구천은 술잔을 들고 한 마디도 하지 못하고 눈물만 비 오듯 흘린 채 일어났다가 다시 앉았다.

월나라 신하들도 자연히 구천을 따라 일어나 모두 눈물을 머금은 채 술잔을 들었으나 아무도 자리에 앉지 못했다.

문종은 눈물을 참으며 떨리는 음성으로 계속 축사를 읽어나갔다.

"저는 월나라의 문무관원을 대표하여 대왕의 복과 수명이 무궁할 것을 삼가 바라옵니다. 천지가 대왕께 복을 내리시고, 귀신도 대왕을 도울 것입니다. 또한 대왕의 크신 덕으로 무한한 복을 지으시어 모든 재앙을 없애고 많은 복을 얻게 되길 삼가 바라옵니다. 또 대왕께서 이번에 오나라에 가셨다가 빨리 돌아오시게 될 것을 바라옵니다. 여러분 모두 잔을 들고 '대왕 만세!'를 큰 소리로 외칩시다."

문종이 고개를 들고 큰 소리로 외치자 좌중이 모두

"만세! 만세! 만만세"

라고 외쳤다. 그 소리에는 처량함이 감돌고 있었다.

구천은 만세소리가 끝나길 기다렸다가 천천히 일어나 여러 신하들을 향해 잔을 들고 고개를 젖혀 잔을 비웠다. 그런 다음 잔을 내려놓고는 말을 하였다.

"나 구천은 조상의 복을 이어받아 동해가에서 나라를 지켜왔었소 비록 이번에 군사상 좌절을 당하긴 했지만, 다행히 여러분의 도움으로나마, 아직은 조상의 무덤을 지킬 수 있게 되었소. 그렇지만, 이번 실패로 인해 큰 오욕을 당하였으니 천하 사람들의 웃음거리가 될 형편이오 이렇게 된 것은 모두 나의 잘못으로 인한 것이겠지만. 여러분들도 함께 책임을 다해야만 할 것이오. 사실 난 어떻게 해야 할지 잘 모르겠으니, 여러분의 고견을 들려주시오."

그의 말이 끝나자, 구천의 오른쪽에 앉아있던 대부 부동扶同이 자리에서 몸을 비틀거리며 일어났다. 그는 매우 연로하여 말을 할 때면 언제나 목소리가 떨리며 나왔다.

"대왕 이번 일로 너무 상심하지 마십시오. 나라의 성쇠는 비록 천도와 관계가 있다고 하지만 존망은 오히려 사람이 어떻게 하느냐에 따라 달라진다고 할 수 있습니다. 그 옛날 상왕조의 탕왕은 하왕조의 걸桀왕에 의해 감옥에 갇혔었고, 주周의 문왕文王 역시 상왕조의 주紂왕에게 감금을 당했었습니다. 이렇듯 두 분 모두 실패로 인해 모욕을 받았다고는 하나 결코 다른 사람에게 웃음거리가 되었다 걱정하지 않았습니다. 오히려 그들이 일시적으로 굴욕을 당하매 백성들이 더욱 충성을 받쳐 마침내 대사를 이룩할 수 있었던 것입니다.”

“………”

부동은 계속하여 말을 하였다.

“대왕, 사실 이번의 굴욕에 너무 지나치게 염려하실 필요가 없습니다. 이보다 대왕께서는 더욱 정신을 가다듬으셔서 앞으로의 생활에 대해 계획을 잘 세우시도록 하셔야 할 것입니다.”

구천은 그의 말에 찬성할 수만은 없었다.

“내가 들은 옛 사람의 도리에 의하면, ‘부하를 신임할 수 있는 사람은 치욕을 받지 않으나, 자기의 고집을 부리는 군주는 나라를 위태롭게 한다’고 하였소. 그러나, 이전에 여러분들이 내세웠던 계략은 적의 공격을 막아내지 못하고 오늘날 나라가 이 지경이 되었소. 게다가 나 구천은, 오나라에 들어가 적군의 말시중이나 들게 된 마당인데, 그대들은 지금 ‘일시의 굴욕이 오히려 대사를 이루게 할 수 있다’는 도리에 대해서나 말하고 있으니,

현실과 거리가 너무 먼 이야기 아니겠소? 군자는 잠시의 세월을 얻기 위해 항시 주옥같은 보배에 마음을 두지 않는다고 하오 지금의 나 구천을 보시오. 원래 적군의 우환을 없애고자 한 일인데, 오히려 뜻하지 않게 적의 포로가 되었질 않소. 이제 나는 적의 말을 씻어야 하는 처지가 되었고, 내 아내는 남의 종노릇이나 하게 되었소 그러니 이번에 오나라로 가면 분명 다시 돌아오지 못하고 그 곳에서 죽게 될 것이 아니겠소!"

구천이 말을 하면 할수록 격동되고 상심되어 눈은 벌겋게 충혈 되어갔다. 그의 눈물이 앞에 놓인 술잔에 떨어졌다. 그는 결단을 내린 듯이 손짓을 한 후 술잔을 들어 고개를 뒤로 젖혀 한 번에 잔을 비웠다. 그리고 거듭 한숨을 쉬며 말하였다.

"만약 사람이 죽은 후에 정말로 영혼이 있다면, 나는 죽어 조상의 얼굴을 대할 면목조차 없소 나는 불초한 자식이니 부끄럽기 짝이 없을 따름이오 만일 영혼 같은 게 없다면야 뼈를 외국에 묻는 들 어떻겠소! 여러 대부들이여! 그대들이 말하는 것들은 내 생각과는 너무도 다르오"

그의 이 말에 월나라의 문무관원들은 모두 고개를 떨구어 얼굴을 가리고 울었다. 그런데 갑자기 그 중 두 사람이 동시에 벌떡 일어나 이렇게 말하였다.

"저는 옛 사람들의 말 가운데 '헐고 어두운 집에서 살아보지 않은 사람은 뜻이 크지 못하며, 마음 가득 슬픈 경험이 없는 사람은 생각이 깊지 못하다'는 말을 들은 적이 있습니다. 역사상 위대한 제왕들은 모두 곤란을 겪은 바 있습니다. 곤란을 겪으면 겪을수록 더욱 더 고군분투하여 그러한 난관을 극복할 수 있어야만 비로소 위대한 인물이 되는 것입니다."

모두 이 말을 듣고서 고개를 들어 그를 보니, 그 말을 한 사람은 다름 아닌 대부 문종이었다. 그 옆에는 범려가 서 있었다.

문종은 계속하여 말을 하였다.

"대왕께서 오늘 오나라로 떠나시므로 우리들이 여기 송별하러 모였습니다만, 그 목적이 여인네나 애들처럼 눈물이나 흘리자는 것은 아닙니다. 명의상 송별연일 뿐 적이 방비하지 않는 틈을 타서 국가의 대사를 논의하자는 것이었습니다. 그런데 어찌 모두들 눈물 콧물 쏟으며 상심하는 데만 열중하시고 나라의 앞일은 생각지도 않으십니까?"

구천은 차분히 문종의 말을 받아들였고 그의 지적에 대해 화를 내려고도 하지 않았다. 그는 손을 한번 흔들어 모두들 조용히 하라는 지시를 내린 후 문종의 말도 멈추게 하였다. 그런 후에 그는 말하였다.

"오늘 나는 오나라로 떠나오 그러니 이 나라의 국사를 그대들에게 맡길 수밖에 없소 지금 나는 여러분에게 고견을 청하는 바이오. 내가 떠난 후, 누가 나를 대신하여 이 나라를 책임지고 맡는 것이 좋겠소? 그게 아니면 몇 사람을 택하여 그들이 함께 이끌어 나가는 것이 더 나을 것 같소?"

대부 고여皐如가 일어나 말하였다.

"대부 문종은 국가에 매우 충성스러울 뿐만 아니라 일을 진행하는데 있어서도 사려가 깊습니다. 백성들도 모두 그를 신임하고 있으며, 더욱이 능력 있는 사람들 역시 모두 그가 지휘하기를 원하는 바입니다. 대왕께서 국사를 관장할 사람을 찾으신다면 문대부 한 사람이면 충분할 터인데, 무엇 때문에 여러 사람에게 넘겨주려 하십니까?"

대부 예용曳庸: 어떤 책에서는 그를 후용(后庸) 혹은 설용(舌庸)이라고도 부른다도 앞으로 나서서 말하였다.

"대부 문종은 국가의 대들보로써 대왕께서 가장 신임할만한 신하이옵니다. 대왕께선 걱정하지 마시고 그에게 국사를 맡기십시오 대왕께서 물으신 것처럼 몇 사람이 국사를 함께 처리하는 방식은 제 생각에는 필요치 않다고 사료되옵니다. 옛 성현께서도 '천리마의 속도는 다른 말이 따르지 못하며, 태양과 달이 동시에 이 세계를 비출 수는 없다'고 말씀하지 않으셨습니까? 대왕께서 그에게 국사를 맡기시기만 한다면, 반드시 국사를 잘 처리해 나갈 것입니다."

구천은 이들의 말에 곧바로 대답하지 않았다. 그러나 그의 마음속에서는

'이들의 말이 옳다. 문종은 확실히 이들의 말처럼 충성스럽고 세심하여 백성들은 모두 그를 믿고 따를 것이다. 그에게는 월나라를 부흥시킬 수 있는 능력이 분명히 있다. 그렇지만, 문종이 이렇게 능력이 뛰어난데 장래

에 다른 마음을 품지는 않을까? 앞으로도 여전히 영원히 충성스러울까?'라는 생각이 떠올랐다.

지금껏 구천이 문종을 크게 쓰지 않고 계예만을 중용하여 문종에게 돕도록 한 것 역시 이러한 연유에서였다. 그의 생각이 여기까지 미치자 문종에 대해 조금 불안한 생각까지 들었다. 하지만, 겉으로 꺼내 말을 하기는 어려웠다.

그는 한참동안을 곰곰이 생각해보니, 이렇게 국가가 다 망한 와중에 문종만큼 중요한 임무를 책임질 만한 사람이 없다는 생각이 들었다. 그래서 그는 고민 끝에 고여와 예용의 건의에 따라 국가의 재건을 문종으로 하여금 주관토록 하였다. 그리고 난 후, 그는 또 신하들과 의논하여 대부 고성에게 민정을 맡게 하고, 예용에게는 외교를, 제계영에게는 군사를, 대부 고여에게는 전국의 양식을 관장하도록 하였다.

월나라 대신들은 모두 앞으로 구천을 대신하여 국가를 잘 주관하겠다는 맹세를 하였다.

모든 일이 잘 마무리되자 끝으로 월나라 왕 구천은 천천히 일어나 그의 잔을 다시 가득 채우게 한 다음 잔을 들고서 모두를 향하여 건배하였다.

월나라의 신하들 또한 분분히 일어나 술잔을 들었다. 구천은 이어서

"나 구천이 오늘 오나라에 포로로 가게 되었다고는 하지만, 여러분의 결심이 이와 같다고 한다면 앞으로 모두 자신의 능력을 다하여 국가의 앞날을 위하여 분투해 주시오. 여러분들이 그렇게만 해준다면 이제 나 구천이 또 무슨 걱정이 있겠소 자 이제 떠나야 하겠으니 여러분 모두 잘들 있으시오!"

하고는 잔을 들어 비웠다. 이어서 월나라의 신하들도 모두 잔을 비웠다.

구천은 여러 사람을 향하여 손을 흔들더니 몸을 돌려 강가로 걸어가서 배를 타고 강을 건널 준비를 하였다. 월나라의 문무관원들 역시 모두 상심하여 심지어 어떤 사람은 우우 소리 내어 울기까지 하였다.

구천은 고개를 들어 한숨을 쉬며 말하였다

"죽는 일이야말로 사람이 두려워할 일이겠지만, 나 구천, 만약 지금 여기서 죽을 수만 있다면 앞으로의 두려움 따위는 생기지 않을 터인데"

이 말을 마치자 구천은 그의 아내를 먼저 배에 오르게 하고 자신도 뒤따라 배에 올랐다. 그리고 그는 뒤도 돌아보지 않고 배를 저어 강을 건너갔다.

배가 출발하자 구천의 아내는 뱃전을 양팔로 잡은 채 울음을 터뜨리고 말았다. 이 때 새 몇 마리가 가랑비 내리는 거센 북풍 속에서도 곤두박질치듯 물속에서 부리로 새우를 잡아 물고는 하늘로 날아올랐다가 또 다시 물속에서 새우를 물고 날아오르는 모습이 보였다. 그녀는 이 자유스러운 새들의 모습에 또 다시 눈물을 흘리며 노래를 부르기 시작하였다.

"고개를 들어 나는 새를 보니,
거칠 것 없이 자유롭게 노니는구나.
원을 그리며 하늘을 나는 모습이 얼마나 한가로운가.
부리에 고기를 물고 다시 날아오르며,
제멋대로 왔다 갔다 하건만

어디 나처럼 죄 받을 필요가 있겠는가!
내게 무슨 죄가 있냐고 하늘에게 묻겠는가.
집에 돌아가고자 하나 그 날이 언제던가?
내 마음 원통하여 칼로 베는 듯하니
눈물만 두 줄기 강물처럼 흐른다네."

잠시 쉰 후 숨을 가다듬고 그녀는 다시 노래를 부르기 시작하였다.

"새들은 바르게 높이 나니
자유롭고 아무 근심 없구나.
시집온 지 겨우 3년 그동안
먹고 마시는데 부족함 없었는데,
무슨 운명이 이렇게 고달파서
오나라에 포로로 가게 되었는가!
하늘에서 땅으로 곤두박질 당하니
부부가 남의 노비 노릇하러 가야하네.
이런 날들이 얼마나 길어질지 아무도 모르니,
슬프고 괴로운 마음 견딜 수가 없네.
이제부터 마음대로 뛸 수조차 없으니,
새야! 내가 너라면 오죽 좋으랴.
월나라 백성들이여 분발하시오.
나라가 망하면 어디 집인들 있으리오!"

이 노래가 귓전으로 들려오자 구천은 상심하고 부끄러워 한동안 멍하니 아무 말도 하지 못했다.

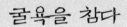

굴욕을 참다

구천 부부가 오나라로 갈 때 월나라 측에서는 대부 범려만 동행하게 되었다.

　　오나라 측에서는 백비가 구천을 호송하는 책임을 맡고 있었다. 백비는 월나라에 1년 남짓 머무르는 동안 구천에게 좋은 점이 많음을 보아왔었다. 게다가 구천은 백비의 비위를 맞추느라 알게 모르게 많은 금은보화와 미녀를 그에게 보내 주었었다. 때문에 비록 압송이라는 명목이 있었지만, 백비는 가는 길 동안 구천측 사람들에게 잘 대해 주었다. 수로에서는 배를 타게 해주었으며, 육로에서는 가마를 탈 수 있게 하였다. 그래서 가는 도중에 구천은 큰 불편함 없이 편안하면서도 상당히 자유로웠다. 게다가 백비는 오나라에 가서도 여러 면에서 구천을 힘껏 돕겠다는 약속을 하기까지 하였다.

　　고소에 도착하자마자 백비는 구천 부부를 데리고 부차를 알현하기 위해 왕궁으로 갔다.

부차는 왕궁 가운데 가장 큰 건물 안에 앉아 있었다. 그의 곁에는 오자서, 손무 등의 대관들이 한 치의 틈도 없이 서 있었다. 또 오왕을 호위하는 근위병이 밖의 길가에서부터 대문입구, 복도, 안마당, 계단 등에 이르기까지 도열하여 서 있었다. 완전 무장을 한 근위병들은 위풍당당하게 양옆에 서서 사나운 눈초리로 구천을 노려보았다. 이러한 모습에 구천의 왕후는 겁에 질려 온 몸을 부들부들 떨었다.

그러나 구천은 두려워하지 않았다.

'어차피 누구든 사람이라면 언젠가 한번은 죽게 마련인 것을 두려워할게 뭐가 있는가? 적의 말발굽에 짓밟혀 모욕을 당하느니 오히려 죽어버리는 것이 차라리 깨끗하리라!'

그러나 그의 생각은 곧 '월나라를 부흥시켜야 한다.'는 데까지 미쳤다.

그는 모든 굴욕을 참기로 마음먹고 짐짓 두려워하는 낯으로 고개를 숙인 채 백비를 따라 앞으로 걸어 나갔다. 계단을 올라 문지방을 넘어 깨끗하게 정돈되고 윤이 반들반들한 향내 나는 넓은 마루위로 걸어 들어갔다.

"무릎을 꿇어라! 구천 무릎을 꿇어라!"

우레와 같은 목소리가 구천의 귓가를 울렸다. 구천은 몸을 굽히고 앞을 향해 꿇어앉았다. 그에게서 대략 십 보정도 떨어진 곳에 부차가 거만한 자세로 앉아 이를 드러내고 웃고 있었다.

"우리 오나라는 너희 나라가 동해구석의 미개한 나라임에도 불구하고

늘 잘 대해주었었다. 그랬건만, 감히 수차례나 우리 국경을 침략해왔고, 지난해엔 나의 조부님마저 중상을 입혀 돌아가시게 하였다. 이제 네가 포로로 잡혀왔으니, 내 너에게 물어보겠다. 너는 무슨 죄에 해당하느냐!"

부차는 1년 전과 같은 이유로 구천의 죄를 추궁하였다.

구천은 고개를 숙여 절을 하면서 얼굴에는 비굴한 웃음을 짓고 목소리를 낮추어 말하였다.

"저 구천은 동해 구석의 미천한 사람으로 위로는 황천皇天에, 아래로는 후토后土께 잘못을 저질렀나이다. 제 능력을 미처 헤아리지 못하고 망령되이 수차례 대국의 군대를 어지럽혔으니 실로 죽어 마땅합니다. 그럼에도 지난 번 대왕께서 저의 죽을 죄를 면해 주시고 대국으로 불러 대왕의 말 씻기는 일을 하도록 하여주셨으니, 저의 이 보잘 것 없는 목숨은 대왕께서 상으로 내려주신 것과 다름없습니다. 오늘부터 이곳에서 대왕의 은혜를 위해 힘껏 일하겠나이다. 부끄럽고 황공하옵니다!"

이렇게 말을 하면서 그는 몸을 굽혀 몇 번이고 머리를 조아렸다.

오왕 부차는 그의 이러한 태도를 보니 마음속에서

'저 사람이 원래 한 나라의 임금이요, 제후였단 말인가'

이런 생각을 하지 않을 수 없었다. 그래서 그는 말하였다.

"구천, 고개를 들라! 구천 너는, 내 조부를 죽인 불공대천의 원수임을 알지 못하느냐? 그럼에도 이렇듯 내가 너에게 과분하게 대하는 것을 알고 있느냐?"

구천은 연신 머리를 조아리며 말하였다.

"나 구천은 죽어 마땅하오나, 대왕께서 너그러이 용서해주소서!"

오왕 부차는 미소를 띠운 채 고개를 끄덕이면서

"좋다! 이제부터 너는 가서 내 말을………."

말이 채 끝나지도 않았는데, 부차 옆에 있던 상국 오자서가 외쳤다.

"아니 되옵니다. 아니 되옵니다."

오자서는 떨리는 목소리로 말하였다.

"하늘에 나는 새를 활과 화살로 쏘아 떨어뜨리니, 그것이 바로 안뜰에 떨어졌나이다. 월은 우리나라의 큰 걱정거리이며, 원한 또한 깊습니다. 그러니 마땅히 죽여야만 합니다. 지금 구천이 제 발로 찾아왔으니, 대왕께서는 그의 배를 가르고 심장을 꺼내어 선왕께 제사를 올려 하늘에 계신 영혼을 위로해야 마땅한 일 일진데, 어째서 가볍게 구천을 용서하려 하십니까?"

오자서의 이 말에 구천 부부는 소름이 오싹 돋아, 더욱 침울하고 괴로운 심정이 되었다.

오왕 부차는 고개를 돌려 오자서에게 말하였다.

"내가 구천을 죽이지 않기로 마음먹은 것은 구천을 좋아해서가 아니며, 더욱이 월나라를 좋게 봐서도 아니다. 다만 항복한 사람을 함부로 죽이면 하늘이 노하여 재앙을 내릴까 두려워서이며, 또한 나는 구천을 잘 교육시킨 다음 그를 놓아주되 그로 하여금 그의 목숨을 잇게 한 은혜를 감사히 여기게 하여 앞으로 영원히 월나라를 속국으로 삼고자 함이다."

오자서가 다시 말을 꺼내려고 하니, 옆에 있던 백비가 불쑥 말을 먼저 꺼내었다.

"대왕께서 그러한 결정을 내리신 것은 옳은 일입니다. 대왕은 이렇게 하심으로써 대국의 위세를 널리 드높이시게 됨은 물론, 원근의 제후들이 모두 대왕의 인의에 탄복하게 될 것입니다. 오자서 대부는 일시적으로 대처하는 방법만을 알고 있지, 긴 안목에서 국가를 안정시키는 대계는 잘 모르는 것 같습니다. 대왕께서 결정하실 일이옵니다. 그러니 국가가 필요로 하지 않는 건의는 들으실 필요가 없사옵니다."

오왕 부차는 고개를 끄덕이고는 위사들에게 손짓을 하며 말하였다.

"구천을 끌고 가 그에게 내 말을 씻기게 하라!"

말을 마치자 부차는 일어나서 궁 안으로 들어가 버리고 말았다.

오자서는 부르르 떨며 백비를 노려봤지만 더 이상 어찌할 수 없는 노릇이었다.

이렇게 한 나라의 군주였던 구천은 부차의 마굿간 곁, 임시로 벽돌을 쌓아 만든 작고 빛도 들어오지 않는 석실에 거처하면서 매일 부차의 말을 씻기는 신세가 되었다. 구천의 왕후는 오왕 후궁의 주방 곁에 있는 작은 방에 거처하면서 오나라 왕비의 옷을 빨기도 하고, 오물통을 씻는 일과 불 지피는 일을 하였다. 그들 부부가 먹는 음식은 모두 궁 안의 종들이 먹다 남은 찬밥이나 찌꺼기 반찬뿐이었고, 궁 안의 종들조차 그들에게 함부로 대했는데 차마 들을 수 없는 말로 욕지거리까지 하였다. 그들 부부는 비록 괴로웠지만, 미래를 생각하며 하루하루 모욕을 참아내고 있었다.

구천을 따라 온 범려는 늘 구천 곁에 있으면서 구천이 말 오물을 청소할 때 곁에서 함께 도와 일하였다. 그러면서 성 밖으로 나가 풀을 베어 말에게 먹이기도 하고, 또 구천이 말을 씻길 때 필요한 물을 길어다 주기도 하였다. 그는 온 정성을 다해 구천의 크고 작은 힘든 일들을 도왔다. 이러한 어려운 상황 속에서도 범려는 구천에 대하여 군신의 예를 지킴에 조금도 소홀함이 없었다. 구천이 매일 말을 씻길 때면 그의 곁을 지키며 그를 도와주었으며, 구천이 쉴 때에도 항상 곁에서 구천을 위로하였다.

하루하루 지나면서 구천 부부와 범려의 손바닥에는 굳은살이 두텁게 배겨갔다. 그렇지만 노동은 그들의 몸을 이전보다 건강하게 만들었을 뿐만 아니라 정신도 더욱 강인하게 해 주었다. 예전에는 미처 깨닫지 못했던 일이었다.

6개월이 지나자 오왕 부차는 사람을 시켜 구천 부부를 불러들였다. 이

때에도 범려는 구천의 뒤를 따라와 부차 앞에 함께 무릎을 꿇고 앉았다.

오왕 부차는 범려가 얼마나 재간이 뛰어나며, 얼마나 충성스러운 지, 어떻게 구천의 노역을 돕는지 등에 대해서 이미 보고 받아 알고 있었다. 지금 범려를 보니 나이는 젊어 보이지만, 조금도 흐트러짐 없는 용모에 얼굴은 영웅적인 기개가 넘쳐나고 있었다. 비록 거친 무명옷을 입고 있다고는 하나 매우 단정한 범려를 보자, 마음속에서 그에 대한 호감이 일었다.

"범려, 오랜만이군!"

부차는 마치 친구를 부르듯이 범려에게 말을 걸어왔다.

2년 전 범려가 취리에서 투항의 명을 받고 오왕을 월왕성으로 안내했던, 그 괴로웠던 지난 일을 범려로써는 아직까지도 가슴속에서 지울 수 없었다. 그런데 지금 부차가 아무 거리낌 없이 이렇게 말을 하는 것에 범려는 온몸을 부르르 떨지 않을 수 없었다. 그는 마음을 가다듬고 '부차가 따로 염두 한 것이 있어 나를 떠보려고 하는 것인지도 모르니, 조심스럽게 대해야 한다'고 생각하였다.

부차는 이어서 말하였다.

"내가 듣기로, '귀한 딸은 망한 집의 자제와 혼인하지 않고, 어질고 재능이 있는 사람은 망한 나라를 위해 일을 하지 않는다'고 했다. 지금 월나라가 이미 망하여 무여無余의 기틀이 모두 무너졌고, 구천 역시 우리 오나라의 포로가 되어 내 말을 씻기고 있으니, 천하 사람들이 모두 그를 비웃고 있다. 그런데도 너는 옛 주인을 따라 우리 오나라에서 종노릇이나 하고 있으니,

부끄러운 일이라고 생각하지 않느냐? 내가 보기에 너는 훌륭한 인재이다. 그래서 나는 너의 죄를 용서하고 우리 오나라의 대관으로 삼고자 한다." 하니 이 말에 범려가 즉시 대답하였다.

"저는 이미 망해버린 동해가에 있는 작은 나라의 일개 신하에 불과한데, 대왕께서 저를 그렇게 보아주시니, 그 은혜에 그저 감격스러울 따름이옵니다."

단상 높이 앉아 있던 부차는 이 말을 듣고 범려가 분명 "그렇게 하겠습니다"라고 승낙한 줄 알고 몹시 기분이 좋아졌다. 그러나 범려 앞에 꿇어앉아 있던 구천은 몹시 당황스러웠다. 그는 생각하기를 '다 틀렸다. 범려마저 날 버리고 떠나는구나! 이제 내 곁에는 한 사람도 없구나!' 바로 이 순간 부차는 구천의 눈에서 한 방울 한 방울씩 눈물이 떨어져 바닥을 적시고 있는 것을 보았다.

"그러나 저 역시 들은 바가 있습니다."

범려는 계속하여 말을 이었다.

"옛 사람이 말씀하시기를 '망국의 대부는 감히 다시 국가의 정사를 논하지 않으며, 전쟁에 서 진 장군은 다시 용감을 언급하지 않는다'고 하였습니다. 제가 월나라에 있을 때, 국가에 대해 직분을 다하지 못하여, 구천에게 대국을 잘 보살피라는 권고도 하지 못하였습니다. 더욱이 당시 투항까지

하였으니 제가 쓸모 있는 인재가 아님을 아실 겁니다. 지금 구천과 저는 포로의 신분으로 대국에서 죄값을 치루며, 대왕께 은혜를 입어 목숨을 보존하게 되었으니 이것만으로도 저는 이미 만족하는 바입니다. 다만 저는 대왕께서 제가 구천을 도와 말을 씻기고, 잡일을 하면서 대왕께서 베푸신 크나큰 은혜에 보답 할 수 있도록 해주시기를 바랄 뿐입니다. 감히 이런 제가 어떻게 무슨 대관이 되어 대국을 욕되게 할 생각을 하겠습니까?"

범려의 이 몇 마디 대답은 자만도 비굴도 아닌 그의 신분에 적합한 말인 듯 들렸다. 비록 그 자리에서 오왕 부차의 뜻을 냉정하게 거절하긴 하였지만 그를 조금도 화나지 않게 하였다. 부차는 범려의 말을 듣고서 아무 말도 하지 않았다. 한편 구천은 마음속으로 몹시 흐뭇해하고 있었다.

오왕 부차가 말하였다

"좋다. 범려. 네가 그렇게 너의 주인에게 충성을 다하겠다면 좋을 대로 하여도 좋다. 이제 그만 석실로 돌아가라"

그리고 이어서 백비에게

"지난 6개월간 구천 부부가 성심껏 속죄하는 태도를 보여줬으니, 오늘부터 두 사람은 마굿간 옆 석실에서 함께 기거하도록 하라"

는 명령을 내렸다. 그리고 말을 마친 후 사람을 시켜 구천 부부와 범려를 데리고 나가게 하였다.

　이로부터 다시 2개월이 흘렀을 무렵, 부차는 백비를 대동하고 왕궁의 망루에 올라 먼 곳에서 몰래 나무 사이로 구천이 일하는 모습을 살펴보았다. 마침 구천은 무릎까지 내려오는 바지를 입고 초립을 쓴 채 뜨거운 태양아래 말을 씻기고 있었다. 6월의 날씨 탓에 그의 등은 온통 땀범벅이었고, 얇고 짧은 웃옷은 온통 땀으로 축축하게 젖어 있었다. 이처럼 더운 날씨에도 불구하고 부차는 전혀 나태한 기색을 보이지 않았다.

　부차는 고개를 돌려 백비에게 말하였다.

　"지금 구천의 꼴을 보면 그 누가 그가 일찍이 한 나라의 제후였다고 믿을 수 있겠느냐? 무릎까지 오는 바지를 입고, 머리에 초립까지 쓰고 있으니 어디 한 구석이라도 국가를 통치하는 사람의 면모를 찾아 볼 수 있겠는가? 漢朝까지 사람들은 무릎까지 내려오는 바지를 '잠뱅이'라 불렀고, 초립을 '초두'라고 불렀다"

　또 부차는 구천의 아내를 살펴보았다. 그녀는 테두리 없는 바지와 거친 마로 짠 윗도리를 입고 있었는데, 소매를 걷어 올려붙이고 항아리의 물을 구유에 쏟은 다음, 빗자루로 구유 안의 오물을 씻어내고 있었다. 범려는 그 곁에서 꿇어앉아 풀을 잘게 썰어 말에게 먹일 준비를 하고 있었다. 한참이 지나 일이 끝나자 구천은 말똥더미 옆에 있는 큰 돌 위에 걸터앉았다. 잠시 후 그의 부인이 구천 옆에 와서 꿇어앉아 수건으로 구천의 이마에 흘러내리는 땀을 씻어주었다. 그리고 곧이어 물항아리에서 물을 떠와 공손하게 두 손으로 그에게 올렸다. 구천은 무슨 일이 있는지 범려를 불렀다. 그러자 범려가 와서 공경스런 태도로 구천에게 예를 행하였는데, 그 모습은 오왕 부차가 궁 안 보좌에 앉아 있을 때 신하들이 그에게 예의를 표하는 것과 조금도 다르지 않았다. 더구나 범려가 구천의 부름을 받고 그에게

다가가자 구천의 아내는 당시의 예절에 따라 한쪽으로 물러나 서 있었다. 분명한 것은 월왕 구천의 부부와 범려가 이처럼 어려운 상황 속에서도 군신 간의 예절과 부부간의 예를 지키고 있었다는 사실이다.

"구천이 비록 운이 나빠 이런 지경에 빠졌다고는 하나, 일개 평범한 신하에 불과한 범려가 이처럼 어려운 환경 속에서도 여전히 군신의 예절을 지키고 있으니, 내가 그들에게 너무한 것이 마음 아프구나."

부차는 감격하여 이렇게 말하였다.
백비는 그에게 가까이 다가가 말하였다.

"저는 대왕께서 인자한 마음으로 저들을 가엾게 여겨 주시길 바라옵니다."

그는 자신이 월나라에 있을 때, 구천이 보내준 적지 않은 금은보화를 받았기 때문에, 이런 기회를 틈타 구천에게 유리한 말을 한 것이다.
부차가 말하였다.

"좋다. 너를 봐서라도 내가 그들을 석방시킬 방법을 생각해 보마."

다시금 3개월이 지나자 날씨가 점점 쌀쌀해져왔다. 월나라 대부 문종이 친히 구천에게 전해 줄 겨울옷을 가지고 오나라로 왔다. 그러면서 부차에게 수많은 금은보화를 바치는 동시에 백비도 잊지 않고 챙겼다. 월나라는 구천이 오나라에서 노역하는 걸 당연하게 여기고 있으며, 월나라의 백성들도 오나라에 순종한다는 뜻을 표시하였다.

그리하여 오왕 부차는 백비를 불러 구천을 월나라로 돌려보낼 적당한 구실과 시기에 대해 상의하게 되었다.

쓰면서도 신 것

백비는 근래 몇 달간 계속 고소에 머물고 있었다. 이는 부차의 신임을 받아 월나라 군영의 대장직을 이미 후임자에게 넘기고, 현재 태재太 宰: 태재는 국군을 도와 국정을 다스리는 행정수장으로 후의 재상에 해당되며, 지금의 행정원장, 내각총리에 해당한다가 되어 있었기 때문이다. 그가 부차에게서 이제 월왕 구천 을 월나라로 돌려보내고자 한다는 말을 듣자 즉시 이렇게 말하였다.

"옛 사람들이 말하길 '마음을 선하게 쓰는 사람에게는 좋은 보답이 따른 다'고 하였습니다. 대왕께서 지금 월나라를 이처럼 인자하게 대하시니, 월 나라의 군신 모두 분명 대왕께 선의로 보답할 것입니다. 기왕 돌려보내기로 마음 정하셨다면 즉시 그들을 돌려보내시는 것이 좋을 듯합니다."

부차의 결정에 대해 조정의 주요 대신들은 아무도 동의하지 않았다. 그

중에서도 특히 상국인 오자서가 대표적인 인물이었다. 그는 부차의 말을 듣자마자 벌떡 일어나 부차를 향하여 두 손을 모으고는 이렇게 고하였다.

"대왕! 그렇게 하셔서는 아니 되옵니다. 대왕께서는 듣지 못하셨습니까? 과거 하왕조의 걸왕이 상의 탕을 감옥에 가두어 두고 죽이지 않았고, 상왕조의 주왕 또한 주의 문왕을 감금하였으나 죽이지 않았습니다. 그랬더니 훗날 상의 탕왕과 주의 문왕이 군사를 일으켜 걸왕과 주왕을 전복시켰습니다. 이 두 가지 역사적 사실만을 보더라도 깨닫기에 충분하지 않습니까? 대왕께서 구천을 포로로 잡고 죽이지 않으심은 걸과 주의 역사를 재연하는 것이 아니고 무엇이겠습니까?"

이 말은 부차의 마음을 몹시 불쾌하게 만들었다. 그는 마음속으로 '오자서 이 늙은이가 나를 걸과 주같은 무도하고 한심한 군주에게 비유했겠다. 흥! 나를 이런 식으로 바보 취급하다가는 앞으로 너도 큰 코 다치게 될게다!' 라며 잠자코 듣고 있었다.

오자서는 부차가 아무 말도 없는 것을 보고서 계속하여 말을 이었다.

"옛 사람의 말에 '만일 어떤 나라가 적국과의 싸움에서 이겼으면, 반드시 적국 왕의 후대까지 멸해야만 보복을 받지 않으며, 자손들에게도 후환이 없다'는 말이 있습니다. 지금은 비록 구천이 석실에 갇혀 있어 겉으로 보기에 평범한 것처럼 보이지만 속은 음흉하기 짝이 없습니다. 지금 그를 죽이지 않으면 장차 오나라의 커다란 화근이 될 것이 분명합니다."

이 때 태재 백비가 갑자기 부차에게 다가가 그의 귀에 대고 소곤거렸다.

"대왕, 제가 듣기로 옛날에 제齊 환공桓公이 군대를 이끌고 가서 연燕나라를 도와 산융山戎의 침략을 물리친 일이 있습니다. 그런 후에 연나라 왕이 제 환공을 배웅하여 제나라 땅에 이르자 제 환공이 연나라의 왕에게 마침 그가 밟고 있던 제나라의 땅을 주었다고 합니다. 훗날 역사가들은 제 나라 환공에 대하여 남을 도와주는데 용감할 뿐 만 아니라 기개가 있다고 칭찬하였습니다. 또 송나라 양공襄公이 홍수泓水에서 초나라 성왕成王과 전쟁을 벌일 때 적이 대오를 정렬하기 전에 공격해서는 안 된다고 하여 결국 싸움에서 지기는 하였지만, 오히려 『춘추春秋』에서는 송양공의 의기를 높게 평가하였습니다. 이렇듯 공을 세우면 자연히 좋은 평가와 명예를 얻게 되는 것입니다. 만약, 비록 전쟁에 졌다고 할지라도 인의仁義에서 벗어나지 않았다면, 그 미덕 역시 영원할 것입니다."

"지금 대왕께서 구천의 죄를 용서하시어 그들을 돌려보내시면 대왕의 공적은 제의 환공, 진晉의 문공文公, 진秦의 목공穆公, 초楚의 장왕莊王, 송宋의 양공襄公 등의 '춘추오패春秋五覇'보다 뛰어날 것이며, 그 명망 또한 역대의 여러 성현보다 더 높게 평가될 것입니다."

부차는 백비의 말이 자신의 생각과 딱 들어맞는다는 생각에 즉시 구천을 월나라로 돌려보내리라 마음먹었다. 그러나 상국인 오자서의 끈질긴 반대가 두려워 다만 "잠시 더 있다가 말하자"고 결정하였다.
부차는 고개를 돌려 백비에게 말하였다.

"그대의 의견이 참 좋도다. 다만 구천을 제나라로 돌려보내려면, 내가 예의상 그를 전송해줘야 할 텐데, 지금 몸이 불편하여 전송할 수 없으니, 며칠 더 기다려 몸이 좋아지면 그 때 구천을 전송하기로 하자."

이 소식이 구천의 귀에까지 전해지자, 구천은 몹시 실망스러워 했다. 그렇다고 그에게 뾰족한 방법이 달리 있는 것도 아닌지라 그저 참고 기다리는 수밖에 없었다. 그렇게 두 달이 흘러갔으나 오왕 부차의 병은 별 차도가 보이지 않았다. 마침 문종도 회계로 돌아가고 나니 구천의 마음이 조급해져 범려에게 물었다.

"오왕이 병난 지가 오래 되었지 않소. 그 병 때문에 우리가 고국으로 돌아가는 일에 크게 차질을 겪고 있소 그대가 점괘를 뽑아보고 그의 병이 대체 나을 병인지 아닌지를 봐서 우리도 일찌감치 미리 계획을 세워 둡시다."

이 말에 범려가 괘를 뽑아보고는 구천에게 말하였다.

"오왕의 병은 분명 좋아질 것입니다만 시간이 아직 더 걸릴 것 같습니다. 지금 11월말이니 그의 병은 정월 상순쯤 가서 완전히 나을 것입니다. 그리고 다시 두 달 정도 쉬어 3월 임신壬申일이 되어야 건강을 완전히 회복할 수 있을 것입니다. 이 기간 동안 대왕께서는 좀 더 신경을 쓰셔야 할 것입니다."

이 말에 구천은 일어나서 말하였다.

"나 구천이 지금 이런 상황 속에서도 감히 죽지 못하는 것은 그대가 나를 도와 나라를 부흥시킬 날이 올 것이라고 믿기 때문이오 그러니 내가 어떻게 그대의 말에 신경 쓰지 않을 수 있겠소? 그러니 말해보시오, 이 기간 동안 어떻게 해야 하는지? 무슨 일을 해야 하는 지 말이오?"

범려는 공경스런 태도로 허리를 굽혀 예를 행하여 말하였다.

"대왕, 너무 마음 쓰실 필요는 없습니다. 저의 충성심은 대왕께도 아실 것입니다. 제 생각을 말하자면, 오왕 부차는 말할 때마다 인의도덕을 입에 올립니다만, 언제 우리가 그가 성현의 가르침대로 일을 처리하는 것을 본 적이 있었습니까? 제가 대담하게 한 말씀드리고자 하는데, 대왕께서 이상하게 여기시지 않으신다면 감히 말씀 올리겠습니다."

구천이 답하였다.

"국가에 유리한 일이라면 아무리 힘든 일이라도 난 참을 수 있소. 내가 당신을 어찌 이상하게 여길 수 있겠소? 어서 말해보시오!"

범려는 구천에게 앉으라고 청하고는 먼저 주위에 아무도 없다는 걸 확인하고는 그의 귓가에 대고 아주 작은 목소리로 말하였다.

"대왕께서 오왕에게 그의 병문안을 가겠다고 제안하십시오 그렇게 하여 오왕을 보게 되면 대왕께선 그 자리에서 그에게 그의 똥을 맛보게 해달라고 하신 다음 그의 감정이 어떤가를 살피십시오 만약 그가 감동하는 기색이 보이면 대왕께서는 곧 그에게 경하를 드리면서 병은 정월 상순 기사己巳일이면 완치될 것이며, 3월 중순 임신壬申일이 되면 건강을 회복할 것이라고 말씀하십시오 오왕이 만약 대왕의 말을 믿는다면 그 후부터는 대왕께 무슨 근심거리가 생기겠습니까?"

다음날 구천은 곧 사람을 시켜 태재 백비를 찾아 그가 오왕의 병문안을 가고 싶다는 뜻을 전하였다. 백비는 오왕 부차에게 구천을 칭찬하며 말하였다.

"구천이 대왕께서 편찮으신 날부터 밤낮으로 천지신명께 대왕의 빠른 쾌유를 기도하고 있습니다."

이어서 구천이 의술을 잘 알고 있으니, 그에게 대왕의 병을 살피게 하면 대왕의 쾌유에 분명 도움이 될 것이라고 덧붙여 말하였다. 백비의 이 몇 마디 말에 부차의 마음이 움직였다. 그래서 며칠이 지나지 않아 구천은 백비의 안내로 오왕의 궁 안으로 들어가게 되었다. 구천은 예의를 갖추고 부차의 얼굴을 살폈다. 얼굴 전체에 핏기가 없어 누런 병색을 띠고 있고 말에도 힘이 없어 보였다. 그렇지만, 정신이 말짱해 보이고 말소리 또한 힘이 있는 것으로 볼 때, 그가 큰 병에 걸린 것이 아니라는 사실을 알 수 있었다. 평소 너무 많이 먹고 마시는 반면 운동부족으로 인해 소화불량이 생겨 몸이 쇠약해진 것이었다. 구천은 마음속으로 범려가 뽑은 괘가 딱 들어맞는다는 사실에 놀라움을 금치 못했다. 즉 부차의 병은 좋아질 것이나 다만 약간 시간이 걸릴 것이라는 것이 사실이긴 했지만 구천은 직접적으로

쓰면서도 신 것

"대왕의 병은 그리 대단한 것이 아니니 마음을 놓으십시오 곧 좋아지실 것입니다."

라고 그 자리에서 딱 잘라 말할 수는 없었다.

이런 그에게 마침 기회가 찾아왔다. 기교가 없으면 글이 되지 않는다는 말처럼, 구천은 자신의 생각을 표현할 빌미가 될 만한 일을 찾기 시작했다. 이 때 마침 부차의 용변통을 들고 밖으로 나가는 하인이 보였다. 구천은 순간 부차 앞으로 한 걸음 나아가 말하였다.

"대왕, 제가 의술을 조금 압니다만 미천한 소국의 포로로써 어찌 감히 대왕의 맥을 짚어 볼 수 있겠습니까? 대신 저는 변을 맛보고도 그 병세를 살필 수 있사옵니다. 보다 정확한 판단을 위해 대왕의 변을 맛보게 해주실 수 있겠나이까?"

부차는 세상에 똥을 맛보아 병을 진단하는 의사가 있다고 믿지 않았다. 더더욱 구천이 병을 고칠 수 있다고도 믿지 않았다. 그러나 그는 한편으로

'그에게 똥 맛을 보여준들 어떻겠는가, 어느 누가 그 더럽고 냄새나는 걸 만지려고 하겠는가?' 하는 생각으로 손을 들어 마음대로 해보라는 지시를 내렸다. 구천은 오왕의 신하를 따라 왕궁 곁에 있는 똥통에 가서 부차의 똥을 조금 찍어 먼저 코로 냄새를 맡아보고 다시 혀끝으로 맛보고는 바닥에 고여 있던 물에 손을 씻고는 부차가 있는 침궁 쪽으로 돌아왔다. 창문을 통해 이 모든 행동을 지켜보고 있던 부차는 구천이 돌아오는 모습을 보고는

속으로 이미 감동해 마지않았다. 부차는 구천의 말을 기다리지 못하고 자리에서 일어나 여러 사람 앞에서 구천을 한 바탕 칭찬하고 싶은 마음이 간절하기까지 하였다.

구천은 부차 앞에 꿇어앉아 큰소리로 말하였다.

"대왕, 축하드립니다. 대왕의 병은 금방 좋아지실 것입니다. 오늘은 12월 27일 을축乙丑일이오니, 다음 달 초 2월 기사己巳일이면 대왕의 병은 완쾌되실 것입니다. 그리고 다음해 3월 중순의 임신壬申일, 즉 오늘부터 64일이 지나게 되면 건강을 완전히 회복하실 것이며, 그 후로는 아무런 병도 없이 무병장수 하실 것이옵니다."

부차는 비록 직접 자기 눈으로 구천이 자신의 똥을 맛보는 걸 보았기에, 그의 충성을 믿었지만 마음 한편으로 여전히 의혹이 남아 있었다. 그래서 부차는 고의로 다시 물었다.

"이것은 무슨 진찰법인가? 너는 어떻게 내 병이 금새 낫는다는 것을 아느냐?"

구천은 부차의 물음에 공경스럽게 대답하였다.

"저는 스승에게서 병자의 똥으로 병세를 살피는 방법을 배운 적이 있습니다. 병자의 똥에서 계절의 맛을 느낄 수 있으면, 그 병은 오래지 않아 좋아질 것이라는 것을 나타냅니다. 그러나 만약 변에서 계절의 맛을 느낄

쓰면서도 신 것

수 없으면 그 병세가 회복되기 힘들다고 말할 수 있습니다. 제가 방금 대왕의 변을 맛보니, 쓰고 신맛이 있었습니다. 이런 맛은 봄, 여름에 해당하는 맛으로 스승의 가르침에 의하면, 봄이 되면 대왕의 병이 조금씩 좋아져, 봄이 끝날 때쯤 모든 병이 말끔히 낫게 될 것이며, 그 후 봄, 여름이 지나게 되면 건강을 완전히 회복하실 수 있게 되옵니다."

이 말을 듣고 부차는 몹시 흐뭇하여 마음속에서 구천을 좋아하는 마음이 생겼다. 그는 즉시 구천을 칭찬하였다.

"나는 당신이 정말 이렇게 충실한 사람인 줄은 미처 몰랐구려. 종전에 내가 당신에게 너무 미안하게 했소이다."

그렇게 말한 다음, 부차는 백비에게 분부하였다

"오늘부터 월왕 구천 부부와 범려를 내 말과 오물통을 씻는 노역에서 면제토록 하시오 그리고 좋은 방을 준비하여 석실에서 옮기도록 하고 이들에게 최고의 대우를 해주어 충분히 휴식을 취할 수 있도록 해주시오 그리고 병이 낫는 대로 내가 친히 그들 부부를 월나라로 전송할 것이오."

문대 文臺의 연회

구천 부부는 석실에서 백비가 마련해준 화려한 거처로 옮기게 되었지만, 그들은 매일같이 평소처럼 말에게 먹이를 주고 씻기는 일을 그만두지 않았다. 백비가 구천에게 더 이상 그 일을 하지 말라고 권했으나 구천은

"대왕께서 제게 이토록 잘 대해주시는데, 제가 어떻게 대왕을 위한 일들을 마다 할 수 있겠습니까?"

라고 말하였다.

다음해 정월 상순이 되자, 부차의 병세는 과연 몰라보게 좋아졌다. 그리고 다시 63일이 지난 3월 14일 바로 임신일이 되어 부차가 이른 새벽 일어나 보니 정신이 매우 맑아진 걸 느낄 수 있었을 뿐만 아니라, 또한 그동안 밀려있던 나라의 일들이 생각나 침궁을 나와 앞전前殿에 나가 몇몇 대신을

불러 국사를 의논하는 한편, 그들에게 이런 저런 일을 분부하였다.

이러한 일들을 처리한 후 부차는 마음속으로

'구천은 내게 진정한 마음으로 대했어. 변이란 정말 냄새가 지독한 것일진데, 내 눈으로 직접 그가 똥을 입에 넣어 맛보는걸 보지 않았으면 아마 믿지 못했을 게야. 게다가 내 병이 언제쯤 좋아질지도 족집게처럼 알아맞히기까지 하였잖은가. 그 사람이 내게 그렇게 큰 관심을 가지고 있다는 것을 알게 된 이상 그를 소홀하게 대접해선 안되지. 꼭 그를 월나라로 돌려 보내 주어야겠구나 …… 그런데……"

부차는 생각에 잠기는 한편 궁 안의 하인에게 분부하였다.

"오늘 오후 문대文臺에서 주연을 베풀어 나의 몸이 완쾌된 것을 경축 할 터이니 문무 관원에게 모두 알려 참석하도록 하게 하라."

이날 해가 서산으로 막 기울자 오나라 궁전에서 가장 화려한 문대 안에는 수많은 횃불 이 횃불은 직경 두 치 남짓한 대나무관에 기름을 채운 다음, 위에서 거친 마실(麻繩)을 꽂아 만든 것이다을 켜 대전을 온통 대낮처럼 밝혔다. 궁 안에서는 이미 가기 歌伎와 악사樂師가 사람들이 모두 도착하기도 전에 주악을 연주하기 시작하였다.

큰 방안에는 북쪽으로 두 개의 낮고 작은 탁자가 놓여있었으며, 좌우 양쪽에도 같은 크기의 탁자가 모두 5, 60여개나 놓여 있었다. 탁자 뒷쪽에는 생사生絲로 만든 의자가 두 개씩 단정하게 놓여있었으며, 바닥 전체에는 먼지 한 점 없이 깨끗이 씻어낸 흰 목판이 깔려 있었다.

시중을 드는 궁녀들이 한 무리씩 무리지어 연회석으로 들어와 술이 가득한 큰 항아리와 쟁반 가득 담긴 고기, 그리고 살찐 거위고기 등을 탁자 위에 차려 놓았다. 이어서 연회에 참석할 사람들이 서서히 하나 둘씩 모여들었다. 사람들은 대부분 화려한 옷을 입었고 즐겁게 담소를 나누며 관직이 높은 사람은 북쪽자리에 관직이 낮은 사람은 남쪽에 자신과 가까운 자리로 가서 각자 자리를 잡고 앉았다. 사람들의 담소 소리가 얼마나 컸던지 저 멀리 떨어져 있는 문대 앞 정원과 큰방까지 그 소리가 모두 들릴 지경이었다.

　한참 떠들썩할 때

　"대왕 납시오"

　하는 소리가 났다. 이어 문대 북쪽에 있던 두 짝의 주홍대문이 안쪽으로 열리며 갑옷과 투구를 걸친 오 십 여명의 위사들이 번쩍이는 창을 들고 두 사람씩 열을 지어 문 안쪽에서 문대의 앞쪽 계단까지 좌우 두 방향에서 서로를 보고 도열하며 삼엄한 경계를 펼쳤다.

　이어서 북소리가 한번 울리자, 대청안의 모든 사람들이 조용히 일어나 몸을 돌려 주홍대문 안쪽을 보았다. 궁녀들이 한 쌍씩 무리지어 나오는데 손에 발을 살핏하게 짠 얇은 갓을 씌운 등과 큰 술잔, 그리고 술잔이 놓인 쟁반과 음식쟁반을 차례로 들고 주홍대문 안에서 걸어 나왔다.

　또 다시 북소리가 한 번 울리자 오왕 부차가 푹신한 가마에 올라탄 채 궁녀들의 시중을 받으며, 대문 안쪽에서 천천히 그 모습을 드러냈다. 부차의 모습이 보이자 방안에 있던 모든 사람들이 왼쪽 다리를 내딛고 오른쪽 다리는 바닥에 꿇은 채 고개 숙여 이구동성으로

"공손히 대왕을 맞이합니다."

라고 외쳤다.

부차가 남쪽을 향하고 북쪽의 탁자 위에 앉아 손을 한번 흔드니 모두 허리를 굽혀 예로써 답한 후에 각자 제자리로 돌아가 앉았다.

대청엔 고요가 흘렀다. 잠시 후 오왕 부차가 박수를 한번 치더니 입을 열었다.

"내가 이번에 몇 달 동안 병을 앓았는데 하늘의 복을 입어 건강을 회복하였으니, 오늘 그대들과 함께 통쾌하게 술 한번 마셔보고자 하오."

그가 말을 마치자 오나라의 문무관원들이 모두 분분히 일어나 술잔을 들고 부차의 회복을 축하 하고자 하였다. 이 때 부차가

"잠깐!"

하고 손을 휘저으며 말을 이었다.

"내가 비록 황천의 도우심과 조종의 보살피심으로 인해 이번 큰 병이 나았다고는 하지만, 내가 감사해야 할 사람이 한 사람 더 있소 그는 자신의 입으로 직접 나의 똥을 맛보고 내 병세를 진단하였소 게다가 내 병이 낫게 될 날짜까지 미리 알려주기까지 했는데, 조금도 틀리지 않았소 그는 나로 하여금 내 자신에게 믿음을 갖도록 함으로써 내 건강을 회복하도록 도왔소

그러므로 지금 이 연회에 그를 초대하려고 하오."

그 자리에 있던 모든 문무관원들 가운데 태재 백비 외에는 아무도 부차가 말하는 사람이 누구인지 몰랐다. 모두들 이상하게 여기며 분분히 앉아 모두들 제 각각 마음속으로 누구일까 하고 추측하고 있었는데, 이때 부차가 고개를 돌려 뒤에 서 있던 궁녀에게

"가서 월왕 구천과 그의 신하 범려에게 이 연회에 참석하라고 전하라."

는 명령을 듣고 난 후에야 비로소 부차가 방금 전에 말한 "그 똥을 맛보았다는 사람"이 바로 구천임을 알게 되자, 오나라의 관원들은 서로 얼굴을 마주보며 의견이 분분하였다.

"안됩니다. 그를 이 연회에 참석하게 해서는 안됩니다."

이 때 누군가 대청 위에서 소리쳤다. 모두들 고개를 들어보니 바로 상국 오자서였다.

"구천은 일개 망국의 포로에 지나지 않거늘, 어찌 우리 오나라의 군신과 나란히 자리를 할 수 있단 말입니까? 대왕께서 만약 그에게 상을 주시려거든 마땅히 술과 음식을 석실로 보내시면 되지 않겠습니까?"
백비는 오자서가 구천이 석실에서 좋은 방으로 옮겼다는 소식을 알면 오왕 면전에서 이러쿵저러쿵 잔소리를 늘어 놓을까봐 이 사실을 그가 알지

못하게 숨기고 있었다.

부차는 오자서의 말을 무시하고 다시 손을 흔들어 궁녀로 하여금 구천을 청해오라고 명령했다.

백비를 제외한 오나라의 관원들은 모두 구천에 대한 오왕 부차의 태도가 갑자기 달라진데 대해 몹시 놀랐다. 그렇지만, 그들은 오자서의 말까지 아무 소용이 없는 걸 보자, 아무도 자신의 의견을 표시하려고 하지 않았다.

이 때 누군가 문대를 성큼성큼 걸어 나가버렸다. 얼마나 화가 났던지 흰 나무판이 쩡쩡 울릴 정도였다. 이때를 틈타 태재 백비는 왕 부차 앞에 나가 허리를 굽힌 후 다시 대청에 있는 모든 문무관원을 향해 말하였다.

"참으로 터무니없는 일입니다. 이제 이 자리에 앉아 있는 여러분들은 모두 한결같은 마음으로 오직 대왕께 충성을 받치는 사람들뿐입니다. 항상 대왕의 뜻을 거스르던 사람이 지금 나가버렸습니다. 옛 사람의 말에 의하면, '같은 소리는 서로 조합을 이루고 같은 마음은 서로를 구한다'고 하였건만, 지금 보아하니 상국은 사람이 꽉 막혔을 뿐만 아니라, 이렇게 소리 내어 쾅쾅 거리며 나간 것은 분명 마음속에 무엇인가 부끄러운 일이 있음이 분명합니다."

오국의 문무관원들은 백비의 말에 아무도 동의하지 않았다. 다만 상석에 앉아있던 오왕 부차만이 고개를 끄덕이며, 백비의 말이 맞는다는 듯 동조하였다.

문대 앞문에 서있던 한 관원이 갑자기 큰소리로

"월왕 구천입니다."

하고 소리치자, 대청에 있던 모든 사람들이 일제히 고개를 돌렸다. 구천은 일반 평민이 입는 옷을 입은 채 고개를 숙이고 계단을 올라와 발꿈치를 들고 조용히 대청으로 걸어들어 왔다. 그의 뒤에는 평민 복장을 한 범려가 따라 들어왔다. 모두 고개를 돌려 오왕 부차를 보았다. 오왕 부차가 일어나 있는 모습을 보자 모두 분분히 자리에서 일어섰다. 그러나 저마다 마음속으로는

'일개 망국의 왕을 접견하는데 대왕께서 직접 일어설 필요까지 있단 말인가?'라고 의구심을 가졌지만, 이미 부차가 일어서서 그를 맞이하는 데야 자신들 또한 일어서지 않을 수 없었다.

부차는 자리에서 먼저 일어나 구천에게 더 이상 예를 행할 필요가 없음을 표시하고, 이어서 다시 손을 한번 들어 구천을 자신의 왼쪽 자리에 앉도록 권하였다. 그 자리는 바로 다름 아닌 남쪽을 향해 놓인 북쪽의 탁자였다. 부차는 그 탁자 뒤에 서 있던 궁녀를 향해 손으로 탁자 위를 가리키며

"술을 올려라! 음식을 가져와라!"

하며 궁녀들에게 계속해서 명령을 내렸다.

담장 밑에 앉아있던 악사들도 취주악을 연주하기 시작하였다. 그들이 박위에 13개의 관을 일렬로 꽂아 만든 생竽을 불기 시작하였다. 생은 13개의 관 중에 가장 짧은 관의 음이 가장 높고, 양쪽가로 갈수록 관의 길이도

길어지고 소리도 조금씩 낮아져, 좌우 양쪽에 있는 긴 관이 가장 낮은 소리를 내는 악기였다.

이어서 다른 10여 명의 악사들이 길이가 네자 두치四尺二寸로 36개의 황편簧片이 있는 우竽를 가지고 우- 우- 소리를 내며 합주하였다. 어떤 악사는 소簫를 불고 어떤 악사는 피리笛을 불고, 어떤 악사는 호箎를 불었다. 몇몇 악사들은 서서 박자에 맞추어 경을 두드렸다. 경은 부채 모양의 옥석으로 만든 것으로 나무틀에 거꾸로 매달아 치면 띵띵하고 소리가 울리는데, 그 소리가 매우 높고 맑았다. 어떤 악사는 비파보다 짧은 공후箜篌를 안고서 작은 나무채로 공후의 줄을 켜자 켤 때마다 캉캉하는 소리가 울려 퍼졌다. 이외에도 몇 명의 악사들은 편종을 치며 연주 하였는데, 편종은 크기가 서로 다르고 소리도 그에 따라 높고 낮아 들을수록 운치가 더해졌다. 그리고 앞쪽에서 두 명의 악사가 한 장 길이의 낮은 탁자에 쪼그리고 앉아 비파와 거문고를 연주하였다. 한편, 북을 치는 악사는 그들 뒤쪽에서 북채를 허리띠에 끼워둔 채 한가롭게 서서 그 연주하는 광경을 지켜보고 있었다.

이때 궁녀들이 술이 가득 찬 두자 남짓한 대나무통을 들고 들어왔다. 그녀들은 연회에 참석한 사람들 앞에 가서 술을 그릇에 나누어 담은 다음 사람들 앞에 놓여있던 큰 술잔에 술을 따랐다. 부차와 구천 앞에 놓여 있던 물소뿔 술잔에도 가득 술을 따라 올렸다.

궁녀들은 계속해서 큰 나무쟁반에 고기 덩이와 거위고기를 담아 사람들 앞에 내놓았다.

부차는 구천과 함께 온 범려를 백비의 곁에 앉도록 하였다. 이 때 범려가 구천에게 눈짓을 하자, 그들 두 사람은 동시에 일어나 술잔을 들고 부차에게 예를 행하며 말하였다.

"월나라의 하신下臣 구천과 저를 따라온 범려가 지금 대왕의 술을 빌어 대왕께 건강을 회복하신 것을 경축 드리옵니다. 이후로는 아무 재앙 없이 천만세를 누리소서!"

오왕은 고개를 끄덕이며 술잔을 한 모금 들이켰다.
범려가 계속해서 구천을 대신하여 오왕에게 축하의 말을 올렸다.

"대왕의 위용은 사계절의 운행을 주재하는 황천皇天과 같으며, 대왕의 인자하심은 대지에 만물을 소생하는 봄바람과 같으십니다." 그는 계속 말하였다.

"대왕께서는 수많은 사람들이 일생을 걸쳐서도 못 다할 만한 감격스럽고 자애로운 일을 친히 베푸시어 인류의 모범이 되셨습니다. 대왕의 위대하신 덕행은 온 세상에 널리 알려져 천하의 백성들이 모두 감화될 것이옵니다."

"아! 위대한 왕이시여, 당신의 위대한 덕행은 장차 천대 만대에 걸쳐 영원히 빛날 것입니다. 또 대왕의 자상하심은 저 창공의 태양을 감동시켜 장차 대왕께 무궁한 복과 만수무강을 내려주실 것이옵니다."

"위대한 왕이시여, 대왕께서 영원히 이 위대한 국가를 통치하시면, 천하의 백성들이 모두 대왕의 크나 큰 덕을 기리게 될 것이오며, 각 나라의 제후들 역시 대왕의 인자하심에 심복하게 될 것입니다. 대왕께서는 부디 이 잔을 받으시고 황천께서 내리시는 복을 영원히 받으시옵소서."

이 장황한 축사로 인해 오왕 부차는 마음이 매우 흐뭇해 입을 다물지 못 할 정도가 되었다. 그의 웃음소리가 온 대청에 울려 퍼졌다. 오나라 관원들 역시 태재 백비의 선동으로 오왕을 향해 큰 소리로

"대왕 만세! 만세!"

하고 외쳤다. 오왕 부차가 일어나 술을 한 모금 들이킨 후, 뒤쪽을 향해 손을 한 번 흔들었다. 그러자, 화려한 복장을 한 한 무리의 가기와 무희가 좌우 양쪽에서 걸어 나와 먼저 부차에게 예를 행한 후, 부드럽고 아름다운 노래를 부르기 시작했다. 무희들은 이 노래의 박자에 맞춰 춤을 추기 시작하였다. 악사들의 연주는 혼신을 다하는 듯, 오음이 서로 어우러져 대청을 온통 환락의 도가니로 몰아넣었다.

오나라의 문무백관들은 허리에 매고 있던 칼집에서 가볍고 작은 칼을 빼어 거위고기를 안주로 썰어 먹으면서 가무를 감상하였다. 술이 비면 다시 따라 마시고, 고기가 바닥나면 다시 담아 마음껏 먹으며 모두들 소리를 높여 담소를 나누며 술을 따라 주거니 받거니 하였다. 오왕이 손짓을 하자, 늘씬하고 아름다운 가기 한 명이 화려하게 몸을 치장하고 나와 부차에게 무릎을 꿇으며 두 손으로 술잔을 올렸다. 부차는 한 손으로 그녀의 가녀린 허리를 감싸 안고 다른 한 손으로는 그녀의 뺨을 어루만지면서 그녀가 올린 술을 마시며 흐뭇한 웃음을 지어 보였다.

이러한 상황 속에서 의연하고 냉정하게 정신을 차리고 있던 사람은 바로 월왕 구천과 범려 두 사람뿐이었다. 그들은 눈앞에서 벌어지는 상황을 지켜보며 입가에는 미소를 띤 채 마음속으로는 남모를 계획을 세워나갔다.

월나라를 부흥시키는 일이 그리 먼 일만은 아니라는 생각이 들었다. 이제 어떤 방법으로 오왕 부차를 기분 좋게 할 수 있는지 알 수 있을 것 같았다.

다만, 그들 두 사람 마음속에는 한 가지 의혹이 있었다. 그것은 바로 오나라의 상국인 오자서가 오늘 어떻게 이 연회에 참석하지 않았나 하는 점이었다. 이치대로 한다면 오왕 부차의 병이 나은 것을 축하하는 모임에 오자서가 참석해야만 할 터인데, 분명 오늘 그가 이 장소에 없는 연유가 무엇 때문이란 말인가? 다른 정사 때문에 오지 않은 것인지, 아니면 월나라 군신이 오늘 참가한 걸 미리 알아서 오지 않은 것인지, 혹은 그밖에 또 다른 이유 때문에 오지 않은 것인지 궁금하였다. 다행히도 그들에겐 그 이유를 알 수 있는 방법이 한 가지 있었는데, 그것은 내일 기회를 틈타 태재 백비에게 알아보는 것이었다.

날이 어두워오면서 대청의 횃불은 더욱 환하게 비추어지고, 노랫소리와 춤추는 모습이 귓가와 눈앞을 맴돌았다. 이 성대한 연회는 밤이 깊을 때까지도 그칠 줄 몰랐다.

다음날 오왕 부차와 군신들이 접견할 때에는 많은 관원들이 숙취로 인해 조회에 참석하지 못해 대전이 쓸쓸하게 여겨질 정도였다.

상국 오자서는 오왕 부차를 보자 즉시 듣기 거북한 말을 꺼내었다.

"대왕이시여! 지난밤 보셨습니까? 구천은 겉으로 매우 공손한 체 하면서 장황한 축사로 대왕을 높이 찬양하였습니다. 그렇지만 그들의 속셈이 무엇이겠습니까? 옛사람의 말에 의하면, '마음속에 속임수가 많은 사람은 입으로 듣기 좋은 말만 항상 한다'고 했습니다.

대왕께서는 어찌하여 듣기 좋은 말에만 귀를 기울이시고 다음을 생각하지 않으십니까? 대왕께서는 저의 충성스런 말을 듣지 않으시고, 남들이 거짓으로 떠받드는 달콤한 말만 듣기 좋아하시니, 이것은 마치 한 뭉텅이의 양털을 화로 위에 올려놓고서 그 털이 타지 않기를 바라는 것과 같습니다. 또한 새둥지 안의 새알을 높은 나무 위에서 떨어뜨리면서 그 알이 깨지지 않을 것이라고 생각하는 것과 같으니, 너무 위험한 생각이라고 어찌 말씀드리지 않을 수 있겠습니까! 대왕께서는 모르시겠습니까? 대왕께서는 지금 구천의 무리에게 미혹 당하고 계신 것입니다. 그들은 갖가지 방법으로 대왕께 자신들이 풀려날 계략을 꾸미고 있는 것인데, 대왕께서는 그 사실을 모르고 계시는 겁니까? 대왕의 총명하심은 다 어디로 가셨습니까? 다행히 대왕께서 지금까지는 깊은 미혹에 빠지지 않으셨으니, 본정신으로 돌아가시기는 쉬울 것입니다. 유념하소서!"

오나라 조정안에도 오자서와 뜻을 같이 하는 사람들이 있는지라 구천이 지난밤에 한 축사가 어떤 것이었는지 그들 역시 그 의미를 잘 알고 있었다.
그러나 지금의 부차는 이미 태자시절의 부차가 아니었다. 그는 이미 만민을 통치하는 일국의 국왕이었고, 또한 예전처럼 오자서를 중시하지도 않았다. 이 뿐 아니라 월나라를 패배시킨 후 오자서의 건의가 부차의 뜻에 맞지 않아 부차의 흥을 깨뜨려 귀찮게 만들었다. 그런데다 이 날도 역시 교훈 같기도 하고 꾸중 같기도 한 그의 말을 들으니 부차는 더 이상 참을 수 없게 되었다.
오왕 부차는 몹시 찌푸린 얼굴을 하고 듣기 싫다는 듯이 내뱉어 말하였다.

"내가 몇 달을 병석에 누워있었는데도 상국은 병문안 한번 오지 않았소 이는 그대가 나에게 관심이 없다는 표현이 아니겠소 이 몇 달간 내가 앓고 누워 있었는데도 그대는 짐이 좋아하는 음식조차 보내지 않았소 이런 일들을 보면 당신의 마음속에서 근본적으로 짐을 전혀 생각하지 않았다는 증거가 아니겠소 한 나라의 상국이란 사람이 국왕의 건강에 관심조차 없는데, 누가 그를 충성스런 신하라고 말할 수가 있겠소?"

오왕 부차는 생각할수록 화가 치밀었으나 속으로 꾹 참고 합당한 이유를 들어 오자서의 기세를 제압해야겠다고 생각하였다.

"구천이 비록 우리나라에 잘못한 점이 많기는 하였지만,"

그는 이어 말하였다.

"그래서 여태껏 그가 처벌을 받아온 것 아니오 그는 자신의 국가를 버리고 자신의 대신까지 데리고 우리 오나라에 왔소. 내가 그를 지금까지 쭉 살펴본 바로는 그는 의리가 있는 사람이었소 지금껏 구천은 내 말을 씻기는 일을 하였고, 그의 처는 우리 궁 안에서 종노릇까지 했소. 그런데도 그는 나를 원망하지 않았소 게다가 내가 병들어 있을 땐, 나의 변을 직접 자신의 혀로 맛보아 내 병세를 진단하기까지 하였소 이건 내 눈으로 직접 목격한 사실이오 그러니 구천이야말로 남의 고통을 자신의 고통으로 여길 줄 아는 사람이 아니겠소!

오나라에 온 후에도 구천은 몇 번이나 사람을 시켜 월나라에서 나는 진주와 보배를 보내오게 하였소 이것만 보더라도 구천이 자신의 나라를 멸망시킨 사람인 나를 전혀 원수로 여기지 않고 있으며, 오히려 온 정성을 다하여 나를 대한다고 볼 수 있지 않겠소.

구천이 이와 같이 나를 지극한 정성으로 대함에도 불구하고, 만약 상국의 말만 듣고 내가 그를 죽였다면, 나는 생각 없이 일도 처리할 줄 모르는 얼간이라는 말을 듣게 되지 않겠소! 그런데도 어찌 상국은 자신의 말만을 내세워 천리인 인성人性을 어기라고 한단 말이오!"

오자서는 '국군이 잘못하는 일이 있으면, 신하는 반드시 힘써 바로잡아야 한다.'는 원칙을 굳게 믿고 있었다. 그렇기 때문에 그는 부차가 자신의 말을 전혀 들으려 하지 않는다는 사실을 알면서도 끝까지 신하의 도리를 저버리려 하지 않았다.

"대왕이시여, 대왕의 말씀은 완전히 이치에 어긋나는 말씀이시옵니다!
늙은 호랑이가 몸을 움츠리는 것은 목표를 향하여 달려가고자 준비하고자 함이고, 물고기가 낚시 바늘에 걸리는 연유는 바로, 바늘 끝에 있는 미끼를 탐했기 때문입니다.

대왕께서는 마치 구천이 우리 오나라에 와서 포로가 된 것이 그가 의리가 있는 사람이기 때문이고, 그가 대왕의 변을 맛본 것이 그가 남의 아픔을 제 아픔으로 여기는 어진 사람이기 때문이며, 또한 그가 진주와 보배를 보내온 것이 그가 우리 오나라에 충성을 다하기 때문이라 여기고 계십니다. 그러나 그것은 정말로 너무나 잘못된 생각이옵니다.

제가 생각하기에는 그가 우리나라에 온 것은 그의 음모를 실행하기 위해서이며, 진주와 보배를 보내온 것 또한 대왕을 속이려고 한 짓일 따름입니다. 그리고 그가 대왕의 변을 맛본 것은 대왕의 마음을 미혹시키려고 한 짓일 뿐이옵니다."

오자서의 목소리는 갈수록 커져가고, 얼굴색도 점점 붉어져 거의 외침에 가까웠다.

"대왕이시여! 잘 생각하셔야 합니다! 이렇게 가다가는 우리 오나라가 장차 구천에게 멸망 당하게 될 것입니다. 저는 대왕의 신하로서 감히 책임을 회피하거나 선왕을 배반하지 않을 것입니다. 그렇지만 하루아침에 나라가 멸망되고 백성들이 노예가 된 후에 후회하게 된다면 무슨 소용이겠습니까."

이 말을 들은 오왕 부차는 몹시 화가 나서 큰 소리로 말하였다.

"입 닥쳐라! 다신 말하지 말라. 너의 그 따위 말은 더 이상 듣지 않겠다!"

그리고는 부차는 결심하였다. 이젠 절대로 오자서의 말을 듣지 않을 것이며, 꼭 구천을 월나라로 돌려보내겠다고 더욱 굳게 결심하게 되었다.
그 후 그는 사람을 시켜 구천에게 그의 결정을 통지하였다.

고국으로 돌아가다

주周 경왕敬王 30년기원전 490년 3월 갑술甲戌(16일)일 정오, 오나라 태재 백비가 고소성 사문蛇門밖 전사문傳舍門 앞에 이르러 말에서 내렸을 때, 구천과 범려는 이미 그곳에 와 있었다. 세 사람은 서로 예를 행한 후 백비가 구천의 일행을 전사문으로 안내하여 들어갔다. 전사傳舍는 길 가는 관원이 휴식하는 장소로 당시 역참의 일부분이었다. 이곳의 전사는 고소성 동남쪽 성문인 사문蛇門 밖 1리 큰 길 옆에 있었는데, 주로 전별행사를 주관 하는 장소로 쓰여 시설이 일반 전사보다 더 잘 갖추어져 있었다.

전사로 들어가자 구천은 대청에 놓여 있는 여러 개의 탁자 가운데 탁자 두 개만이 북쪽에 놓여 있는 것을 보았다. 또 동서 양쪽으로 각각 열 개의 탁자가 놓여 있는 것을 보고는 마음속으로, 지난밤부터 오왕 부차가 자신을 그와 동등한 신분인 왕의 예로서 접대하려 한다는 사실을 깨닫고 견딜 수 없이 감개무량한 생각이 들었다.

지난해 10월, 그는 망국의 천한 포로 신분으로 이곳에 도착했을 때는, 문 입구에 서 있어야만 했었다. 그를 압송한 오나라 병사들은 안으로 들어가 물을 마시고 식사도 하며 편히 휴식을 취했지만, 자신과 일행은 문 밖에서 고스란히 서북풍을 맞으며 추위에 떨어야 했었다. 그런데다가 목이 말라도 전사 관리인에게 사정해야만 겨우 더럽고 차가운 물 한 모금을 얻어 마실 수 있는 형편이었었다. 그러나 지금 다시 이곳에 오니 모든 것이 변해 있었다. 그는 마음속으로 생각하였다.

'부차가 나에게 잘 대해주었던 것은 내가 그에게 공손한 태도를 보이고, 애써 고개 숙여 머리를 조아려왔으며, 더불어 그의 냄새나는 똥을 맛본 대가인 것이다. 백비도 나에게 친절히 대해 주었고, 나를 위해 부차에게 내게 유리한 말을 많이 해주었었다. 더욱이 내게 여러 가지 소식을 알려주어, 사전에 부차의 심리와 행동을 파악할 수 있도록 해주었다. 그렇지만 그 모든 것도 내가 그에게 많은 진주와 갖은 보배를 보내주었기 때문이다. 앞으로 내가 월왕성越王城에 도착하고 나면 그 후에 어떤 태도로 오나라와 부차를 대해야 하는 걸까?' 이런 생각들로 구천의 마음은 심란해져 왔다.

그가 이러한 생각을 하면서 대청으로 오르려 하는 그때 문 앞에서 한마디 외침소리가 들려왔다.

"대왕 납시오!"

그가 얼른 고개를 숙이고서 다시 밖으로 나가려고 하자, 백비가 그를 제지하였다.

119

오왕 부차가 큰 걸음으로 성큼성큼 걸어 들어오자 바닥의 판자들이 쿵쿵 소리를 내었다. 구천은 고개를 숙이고 꿇어앉아 부차의 걸음걸이가 대범하면서도 침착한 걸 보니 그가 건강을 완전히 회복한데다가 활력이 넘친다는 사실을 알 수 있었다.

"어서 일어나시오, 오늘 그대는 월나라로 돌아가게 되었소. 이제 나와 같이 나란히 앉을 수 있는 일국의 왕의 신분이니, 이러지 말고 일어나시오"

이렇게 말하면서 부차는 친히 손을 내밀어 그를 부축하여 일으켜 세웠다. 그리고는 북쪽의 탁자로 가자고 권하였다. 구천은 굳이 부차의 뒤에 설 것을 고집하면서 부차를 앞서가게 하였다. 부차는 그의 고집을 꺾을 수 없음을 알고 그렇게 하였다.

부차와 구천 두 사람이 자리에 앉자, 오나라의 문무관원들도 분분히 들어와 동서 양쪽에 놓여있는 탁자 뒤로 돌아가 각자의 자리에 앉았다. 오나라 태재인 백비의 자리는 부차의 자리에서 가장 가까운 곳이었으며, 범려 또한 구천의 자리에서 가장 가깝게 앉으니 두 사람이 동서로 서로 마주보며 앉게 되었다.

탁자 위에는 벌써부터 살찐 거위고기와 암퇘지고기가 놓여 있었고, 시중드는 사람들이 술을 따르면서 송별회가 시작되었다.

이 연회에는 음악도 춤도 없었는데, 그것은 부차가 이 자리에서 이별을 고하는 한편, 구천의 군신들이 오늘 해지기 전에 월나라 국경에 도착할 수 있도록 하는 배려에서였다.

모두들 몇 잔의 이별주를 마신 뒤 부차는 태재 백비에게 오나라 관원들을 인솔하여 구천에게 이별주를 올리도록 명하였다. 이에 구천은 답주를 한 후, 술잔을 들어 오왕 부차를 축복하였다.

부차는 빈 술잔을 내려놓고 일어나 구천 곁으로 가서 구천의 손을 끌어잡고 말하였다.

"오늘 내가 당신들에게 군신의 죄를 사면하고 월나라로 돌려보내 줄 것이오. 그리고 주위사방 100리의 땅을 주어 대우왕大禹王의 제사를 계속 받들수 있도록 해주겠소. 그러니 당신들은 이러한 내 뜻을 충분히 받들어 반드시 온순한 태도로 영원히 우리 오나라를 대해야 할 것이고 앞으로 다시는 잘못을 저질러서는 아니되오. 알겠소?"

이 말을 듣자, 구천은 완전히 얼이 빠져 즉시 대답하였다.

"대왕께서 저 구천을 가엾게 여기시어 살아서 월나라로 돌아갈 수 있도록 배려해주셨는데, 제가 이런 큰 은덕을 어찌 잊겠습니까! 저는 월나라의 신하와 백성들을 거느리고 영원히 대왕의 수레 앞에 무릎 꿇을 것이며, 영원히 오나라의 부속국이 될 것이옵니다."

그런 후, 구천은 또 고개를 들어 말하였다.

"황천이 위에 계십니다. 저 구천은 언제까지나 대왕의 은혜를 저버리지 않을 것이옵니다!"

부차는 구천의 손을 놓으면서 말하였다.

"됐소! 군자의 한마디 말은 흐르는 물과 같아서 일단 내뱉으면 다신 돌이킬 수 없는 것이오. 난 그대를 믿으니, 이젠 그만 하시오!"

그런 후 부차는 오나라의 관원을 거느리고 구천을 문밖까지 전송하였다. 범려는 이 송별의 무리 뒤에서 따라왔다. 이미 전사 문밖에는 구천을 월나라로 보낼 마차가 준비되어 있었다. 구천은 마차 앞까지 걸어와서는 다시금 몸을 돌려 부차를 향해 무릎을 꿇고 이별의 예를 행하였다.

갑자기 그는 지금까지 1년 반 동안 자신이 겪어 온 처지가 떠올라, 복받치는 설움을 참지 못하고 대성통곡하였다. 이에 부차가 앞으로 두 걸음 다가오더니 친히 구천을 부축해 일으켜 마차에 오르게 한 후 그를 향하여 손을 흔들어 주고는 전사로 돌아갔다. 이후 백비와 오나라 관원들만이 남아 구천이 떠나는 모습을 지켜보았다.

고소에서 출발할 때, 백비는 구천을 위하여 돌아가는 길에 대한 계획을 미리 마련해 두었다. 즉 왕후가 먼저 수레를 타고 월나라를 떠나 국경선에서 구천을 기다리게 하고, 구천과 범려는 오왕의 전송을 받은 후 뒤따르도록 조치를 취하여 두었던 것이다.

이제 범려가 수레를 몰았고, 수레 안에는 구천이 앉아 있었다. 그에 눈에서 서서히 전사의 형태가 사라지자 즉시 말에 채찍질을 가하여 남쪽을 향해 빠른 속도로 달리게 하였다.

구천이 타고 있는 마차는 이미 무섭도록 빠른 속도로 달리고 있었다. 그래도 그 속도가 구천에게는 느리게만 느껴졌다. 그는 범려에게 채찍을 더욱 휘두르라고 재촉하였다.

마차가 바람처럼 달리니 얼마 되지 않아 30리를 달려 삼강구三江口라는 세 줄기 강물이 만나 합쳐지는 곳에 이르게 되었다. 구천은 마차를 세우게 하고 내린 후에 하늘과 강물을 바라본 후 고개를 돌려 뒤에 서 있는 범려에게 말하였다.

"이번엔 내가 하늘의 도우심으로 살아서 돌아가오만, 이후로 또 다른 환란은 없겠소?"

범려는 알고 있었다. 구천이 두려워하는 것은 오나라의 군대가 아직도 월나라에 주둔하고 있어 월나라 백성들의 삶이 한시도 자유롭지 못한데다가, 부차가 비록 그를 석방해주었다고는 하나 앞으로 만일, 다시 오자서의 말을 받아들이게 된다고 하면, 다시금 구천을 오나라로 잡아가 이번에는 심지어 죽일지도 모른다는 사실임을. 그러나 범려는 우선은 구천을 위로할 말을 해야겠다고 생각했다.

"그런 일은 없을 것이옵니다. 대왕께서는 너무 심려치 마시오소서. 다만 앞으로 우리는 성실히 일해, 그들보다 먼저 스스로 강해지도록 노력하면 되는 것입니다. 앞으로 월나라는 복만 있을 것이지만, 오나라에게는 분명 재앙이 따를 것이옵니다."

그들은 다시 마차에 올라탔다.

날이 어두워지기 전, 그들은 전당강錢塘江가에 도착했다. 그 곳에서 구천의 부인과 만난 후, 수레에서 내려 강을 건너기 위해 배를 탔다.

구천은 배 위에서 노을 빛이 강물에 비쳐 금빛으로 물드는 광경을 바라보았다. 하늘에서 유유히 날아다니며 나즈막이 선회하는 새들의 모습을 보니, 새삼스레 1년 반 전에 강을 건너 북으로 향하던 그때와는 모든 상황이 바뀌었다는 사실이 느껴졌다. 그는 왕후를 붙잡고 배 위에 서서 남쪽 기슭에 펼쳐진 월나라의 수려한 산천을 바라보면서 한 숨을 쉬며 말하였다.

"난 내가 이렇게 아름다운 조국의 강산을 다시 볼 수 있으리라 생각하지 못했소. 난 영원히 조국과 사랑하는 백성들을 보지 못할 것이라 생각했었소. 그러니 지금 이렇게 다시 살아 돌아오게 될 줄 그 당시에 상상이나 할 수 있었겠소?"

한참 구천 부부가 기쁨에 벅찬 눈물을 흘리고 있을 때 전당강 남쪽기슭에서 환호성 소리가 들려왔다.

"대왕께서 돌아오셨다! 대왕 만세!"

이 소리가 마치 파도처럼 밀려와 구천을 놀라게 하였다. 그가 고개를 들어보니 어둑어둑한 남쪽 기슭에 몇 명인지 알 수 없는 사람들이 모여서서 구천의 귀환을 환영하고 있었다.

원래 구천의 왕후를 태웠던 마차꾼이 먼저 전당강을 건너가 그들이 돌아온다는 소식을 월나라에 전한 것뿐이었는데, 이 소식이 노인과 아이들에게까지 구석구석 전해져 불과 얼마 되지 않아 전당강 남쪽기슭은 환영인파로 가득 차게 되었다. 그리고 그들의 환호성 소리는 전당강의 흐르는 물소리보다 더욱 크게 울려 퍼졌다.

　'살아서 돌아온다'는 것은 분명 아주 기쁜 일이었다. 그러나 1년 반 동안 겪은 괴로웠던 포로생활은 구천의 가슴에 낙인처럼 깊이깊이 새겨져 영원히 잊지 못하게 되었다.

와신상담

월나라로 돌아온 구천은 이미 평월성平越城으로 이름이 바뀌어 버린 월왕성에는 들어가려 하지 않았다. 그에게 그 곳은 상심만 일깨워 주는 장소였기 때문이었다. 회계산 북쪽 옛 도읍도 이미 파괴되어 거주할 수가 없게 되었다. 그래서 구천은 문종의 건의를 받아들여 산음山陰으로 거주지를 정하고 회계會稽라고 이름을 고쳐 불렀다.

연이어 며칠 동안 월나라의 백성들은 진심으로 기뻐하며 경축하였지만, 오히려 구천의 마음은 몹시 괴로웠고 얼굴은 수심이 가득한 표정이었다.

월나라 영토 가운데 월왕성을 포함한 대부분 지역에 오나라 군대가 여전히 주둔하고 있었으며, 그에게 주어진 영토라고는 사방 100리에 불과했다. 즉 동으로 탄독炭瀆, 지금의 상우(上虞)까지, 남으로 회계산 기슭까지, 서로는 포양강浦陽江가까지, 북으로는 오늘날의 항주만에 이르는 아주 협소한 땅이었다. 이 지역에 사는 백성들의 수는 매우 적었기 때문에 사실상 이곳에서 월나라를 옛 모습으로 부흥시킨다는 일은 그리 쉬운 일이 아니었다.

더욱이 비록 오나라 군대가 이곳에는 주둔하지 않았지만, 항상 공격해 올 수 있는 매우 가까운 거리에 주둔하고 있었다. 오나라 군대의 대장은 백비가 오나라로 돌아간 후 장군 손무가 인계 받았다. 손무는 백비보다 똑똑할 뿐만 아니라 금전을 요구하지도 않아 그를 매수하기가 매우 어려웠다. 더욱이 손무는 구천이 돌아온 지 겨우 5, 6일밖에 지나지 않았는데도 이미 구천을 두 번이나 찾아왔다. 그는 표면상으로 방문이라고 하지만 실제로는 감시와 경계의 눈초리를 늦추지 않았다. 이처럼 구천이 월나라에 돌아와서도 여전히 자유를 구속당하는 감시의 눈초리에서 벗어나기 어려운 상황이 이어졌다. 이러한 상황 속에서 월나라의 부흥을 논한다는 것 자체가 불가능하였다.

시간은 매우 더디게 흘러가고 구천은 매일 침통한 나날을 보내었다. 그는 감히 그의 신하들을 불러 담론조차도 할 수 없었다. 이는 어느 때 손무가 갑자기 불쑥 찾아왔다가 이를 보고 오왕에게 보고해 다시 그를 고소로 잡아가게 할지 모르는 상황이었기 때문이었다. 게다가 그는 이처럼 나라가 위태로운 상황에서 유유히 놀러 나가는 것도 원하지 않았다.

오로지 매일 방안에 틀어박혀 한숨만 쉬며 지내는 도리밖에 없었다. 한달이 지나자, 구천의 몸은 몹시 야위어 몰골이 말이 아니게 되었다.

그렇게 지내던 어느 날 구천이 막 저녁을 먹고 있는데, 뜻밖에 범려가 찾아왔다. 그는 범려를 보자 순간 뭔가 이상하게 여겨지면서도 기분이 좋아졌다. 그도 그럴 것이 그들이 월나라로 돌아온 이후, 손무가 범려의 도움이 필요하다며 그를 데려갔기 때문에 거의 한달 동안이나 그들은 서로 만나지 못했었다. 그런데, 며칠 전 손무가 구천에게 범려가 중병이 들어 자리에 누운 지 이틀이나 되었는데 전혀 아무것도 입에 대지 못하는 상태라 그를 집으로 돌려보내 치료하도록 할 것인데, 병이 좋아질지 어떨지 모르겠다고 말을 해왔었다. 그랬는데 지금 범려가 그의 앞에 나타나자 그로서는 왠지 이상한 생각이 들면서도 또 한편으로는 마음이 흡족하여 무슨 말을 해야 할지도 모를 기분이었다.

범려는 공손히 구천에게 예를 행한 후 속삭이는 말로 얘기하였다.

"손무가 갔습니다. 오나라로 돌아갔습니다."

"정말이오! 어째서 그 그런……"

범려는 구천이 말을 채 끝내기도 전에 그동안의 상황을 구천에게 보고하였다. 원래 손무가 범려를 오나라 군영 안에 머물도록 한 것은 사실상 그의 일을 돕게 하려고 한 것이 아니었다. 그것은 그가 구천과 함께 나라를 부흥시킬 계획을 도모할까봐 염려되어서였다는 사실을 알게 되었다. 그래서 손무가 일을 도와줄 사람이 필요하다는 핑계로 범려를 자신의 군영에 머무르게 하였던 것이다. 이런 손무의 목적을 범려가 알아차리고는 병이 든 척 가장하여, 손무로 하여금 자신을 집으로 돌려보내 병을 치료할 수 있도록 만들었던 것이었다. 그런데 오늘 오나라 군영 안에 있던 범려의 친구가 찾아와 오왕 부차가 제齊나라 공격에 관한 일을 상의하기 위하여 손무에게 고소로 돌아오라는 명령을 내려 어제 손무가 고소로 떠났다는 소식을 전해주었던 것이었다.

그리하여 구천은 범려를 자신의 처소에 머물게 하는 한편, 함께 식사를 하며 국가의 대사를 논의하였다. 두 사람은 매일 문을 잠그고 조심스럽게 한밤중까지 이야기를 나눈 연후에야 헤어지곤 하였다.

며칠이 지나 범려는 또 다시 친구로부터 소식을 듣게 되었다. 그 소식은 손무가 한동안 월나라로 돌아올 수 없으며, 오나라 군영의 일은 석두石寶라는 부장이 대신 처리한다는 것이었다. 석두는 매우 어리석은 사람으로, 다만 전쟁에서 매우 용감하게 싸운 공적으로 지금의 위치까지 오른 사람이라 그를 상대하기란 매우 간단한 일이었다.

범려는 즉시 구천에게 석두를 구천의 집으로 초대하였다. 함께 술을 마시고는 진주와 보배를 주면서, 그에게 맹수로부터 사람과 가축을 보호한다는 명목 아래 작은 성 하나를 지을 수 있도록 청하게 하였다. 그들의 계획대로 술을 마시고 진주와 보배를 받게 되자, 석두는 곧 허락하였다.

반년이 지난 후, 회계성이 완공되었다. 그것은 원형의 형태로 지어진 성으로서 둘레가 1,120보나 되었다. 성 밖의 동북, 동남, 서남 등 세 방향에 각각 외성을 쌓았고, 고소를 바라보는 서북쪽에는 외성을 쌓지 않았다. 사방에 4개의 성문을 두었는데, 서북쪽의 문이 특히 넓고 컸다. 이렇게 넓고 크게 만든 이유에 대해 석두에게 범려는 오나라 군대가 성으로 들어오기 편리하도록 하기 위한 것이라고 보고하였다. 구천은 나라에 대한 충성과 공을 인정하여 범려를 월나라의 상국으로 삼아 문종과 같은 지위에 오르게 하였다.

범려는 구천에게 젊은 장정을 소집하여 화려한 건물을 짓고 사치스러운 생활을 하도록 권하였다. 이는 부차로 하여금 구천이 쾌락과 안일에 빠져 큰 뜻이 없음을 믿게 하려는 것이었다. 그리고 한편으로, 오나라가 안심하고 북쪽의 제나라와 진나라 등의 열강과 천하를 다투게 함으로써 월나라에 대한 경계의 눈초리를 늦추게 하기 위한 조치였다. 구천은 처음에 나라 형편상 사치로 낭비할 수 없다는 생각이 들어 허락하지 않으려고 하였다. 그러나 범려가 재차 권하고, 문종, 계예, 고여 등의 대부들 역시 옆에서 권하는 바람에 결국 허락하고 말았다.

그리하여 범려는 백성들을 소집하고 좋은 재료로 회계성 동남쪽 사마문司 馬門 밖 회계산 북쪽기슭에 "영대靈臺"라는 건물을 지었다. 영대와 사마문 중간에 또 한 채의 이궁離宮을 짓고 "회양궁淮陽宮"이라고 이름 지었다. 회양 궁의 둘레는 총 560보인데 매우 아름답게 지어졌다. 그리고 회계산 동남쪽 성 밖 7리에도 "중숙대中宿臺"라는 건물을 하나 지었는데, 둘레가 모두 600 보나 되었다. 다시 동쪽으로 회계성에서 53리 떨어진 직산稷山의 중턱에 재궁齋宮을 짓고 구천이 천신에게 제사지내는 장소로 삼았다. 이외에도 "낙 야樂野"오늘날 소흥현 서쪽 가교: 柯橋에서 서남쪽 완가부(阮家埠) 사이에 울타리를 치고 구천이 사냥할 수 있는 사냥터를 만들었다. 그리고 이 사냥터에 "가대駕臺" 를 짓고 구천이 사냥할 때 필요한 마차와 용구 등을 보관토록 하였다. 또 회계성 동남쪽 10리에 있는 "석실石室"에 한 채의 화려한 "연대宴臺"를 지어 구천이 손님을 청하여 함께 식사할 수 있는 장소로 쓰도록 하였다.

범려는 건물을 지을 때마다 목수에게 구천의 의도를 자세하게 설명하는 한편, 그들에게 절대로 비밀을 누설해서는 안된다고 신신당부를 하였다. 이 많은 건물을 짓는 동안 동원된 백성들은 모두 한결같이 나라를 위해 희생하고자 하는 생각을 가지고 있었기 때문에 모두 열심히 일을 하면서도 보수와 같은 대우에 대해서는 상관하지 않았다. 범려가 한참 도처에 화려하 고 아름다운 건물을 짓고 있을 때, 구천의 마음은 몹시 괴로웠다. 그는 나라를 부흥시키기 위해서는 피나는 각고의 노력과 절약이 필요하다는 사실을 누구보다도 잘 알고 있었기 때문이다. 그런데 그가 지금 화려운 건물을 짓고 사치와 낭비를 하고 있으니, 비록 범려에게 건축을 허락하긴 했지만, 단 하루도 이러한 건물에서 생활하고 싶지 않았다.

그는 여전히 회계성에 있는 낡은 집에 거처하면서 바닥에 볏짚을 깔아 요를 삼았으며, 그것조차도 너무 푹신하면 몸이 나태해질까 두려웠다. 그래서 볏짚아래에 다시 마른 나뭇가지를 깔아 잠을 편히 잘 수 없도록 하고, 복수하게 될 날만을 기약하며 지냈다.

그는 또 방문 옆 위쪽에 줄을 매고 그 줄에 돼지 쓸개를 묶어 놓았다. 그러면서 매일 들고날 때마다 그것을 한 번씩 핥아 쓴맛을 보며 자신을 각성시켰다.

그의 옷은 일반백성들과 똑같이 거친 마로 만든 옷을 입었으며, 먹는 음식 또한 백성들이 먹는 것처럼 거칠었고, 매일 같은 반찬으로 밥을 먹었다.

구천은 매일 밤 잠자리에 들기 전, 항상 그가 고소에서 지냈던 1년 반 동안의 비참하고도 고통스러웠던 생활을 되새겨보았다. 그리고 무엇을 해야 하고, 무엇을 아직 하지 않았나, 한 일 가운데 또 어떤 점이 부족하였나를 생각하곤 하였다.

그는 언제나 일을 하나하나 분명히 한 후에야 비로소 눈을 붙이고자 하였다. 만약 뭔가 잊어버린 것이 있다는 생각이 들면서도 생각이 나지 않으면, 이미 눈을 뜰 수 없을 정도로 졸음이 몰려왔다고 해도, 여름에는 냉수 한 대야를 자신의 머리에다 쏟아 부으면서, 겨울에는 두 발을 얼음처럼 찬물에 담그는 방법으로, 잠을 깨워 일을 분명히 하고 나서야 잠을 잤다.

낮에는 특별히 많은 시간을 내어 월나라 백성들과 만나 그들에게 자신이 고소에서 지냈던 고통스럽고도 수치스런 일에 대해 이야기하였다. 그리고는 백성들이 앞으로 자신을 도와 지난날의 치욕을 씻을 수 있도록 함께 해주길 바랐다. 월나라 백성들은 이 말을 들을 때마다 입술을 깨물고 이를 갈면서 온통 눈물이 범벅이 되곤 하였다.

구천은 월나라의 나이 많은 사람들에게 10년의 시간을 들여 자녀를 양육하게 하고, 그들이 성장하여 성인이 되면, 다시 10년의 시간을 들여 이들을 교육함으로써 이들이 남을 위해 일을 처리하는 법을 알게 하고, 전투 기술을 배우게 하여 장래 나라의 치욕을 씻을 수 있게 하자고 호소하였다. 이것이 바로 역사서에서 말하는 "십년생취, 십년교훈十年生聚, 十年敎訓"이라는 고사이다.

이 시기, 월나라의 대부 제계영이 저기諸暨 일대에다 심어 놓았던 사탕수수 역시 점차 무럭무럭 자랐다. 이 사탕수수는 줄기가 야생 사탕수수의 줄기보다 훨씬 굵었을 뿐만 아니라 수분도 많아 껍질을 벗겨먹으면 맛이 달고 좋았다.

이 당시 일반백성들이 일상적으로 먹는 음식은 맛이 짜거나 시거나, 혹은 쓴맛이 대부분이었다. 북쪽 지방에서 생산되는 사탕 무우나 엿기름을 고아 만든 엿은 먼 거리에서 운반해 오기 때문에 그 가격이 매우 비싸 일반 남쪽사람들은 애당초 먹어볼 수도 없는 것들이었다. 그렇기 때문에 사탕수수에서 단물이 나온다는 사실은 월나라 백성들에게 전례 없는 일대의 사건이었다. 제계영이 그곳 사람들에게 이 즙의 맛이 무슨 맛이냐고 물었지만, 모두들 대답을 하지 못했던 일 역시 이상할 것이 하나도 없는 당연한 일이었다.

제계영은 사람을 시켜 돌로 연자방아를 만들게 하고, 아래위에서 두 개의 연자방아를 네 사람이 돌리도록 하였다. 아래쪽 것은 왼쪽에서 오른쪽으로 돌리고, 위쪽 것은 그 반대로 돌리게 하였다. 그런 다음 사람들을 시켜 사탕수수를 베어오게 하였다. 베어온 사탕수수를 두 개의 연자방아 중간에서 앞쪽으로 밀어 넣고 연자방아를 돌리면 사탕수수의 즙이 짜지면서, 아래 있는 큰 나무통으로 흘러내렸다.

제계영은 사람을 시켜 이번에는 연자방아 옆에 큰 화로를 만들게 하였다. 그 화로 위에 큰솥을 올려놓은 후 사탕수수의 즙을 쏟아 붓고 아래에 석탄을 때어 센 불로 졸이게 하였다. 솥 안에서 반투명한 사탕수수즙이 갈색을 띠어 갈 때 쯤 사람을 시켜 솥 아래의 석탄불을 꺼내었다. 그리고 솥 안에 졸여진 사탕수수즙을 따로 하나의 큰 나무통에 쏟은 후, 다시 솥에 불을 피워 새로 사탕수수즙을 졸이게 하였다. 그런 다음 그 큰 나무통 안의 졸여진 사탕수수즙을 식혀 덩어리로 만들었다. 제계영은 칼로 그것을 깨뜨려 입에 넣어 맛을 보고는

"성공이다. 성공했어!"

자신도 모르게 너무 기뻐 소리를 질렀다.

그는 정말로 성공하였다. 그는 중국에서 유사 이래 처음으로 야생 사탕수수를 대량으로 재배하여 번식시키는데 성공했으며, 그 후 즙을 짜서 졸여 수수사탕을 만들어 일반 평범한 백성들까지도 모두 단맛을 누릴 수 있도록 하였던 것이다.

구천은 제계영이 성공적으로 수수사탕을 졸여냈다는 소식을 듣고 친히

범려를 데리고 회계에서 저기까지 와 직접 그 맛을 맛보았다. 그가 엄지와 식지를 써서 작은 사탕수수덩어리를 집어 입에 넣고 혀끝으로 맛을 보았더니, 단맛이 입안에 착착 달라붙는 것이 확실히 훌륭한 단맛이었다.

구천은 제계영의 어깨를 툭툭 치며 연신 그를 칭찬하였다. 그런 후 구천은 이후로 기포醫浦 지역에는 사탕수수만을 심도록 하는 한편, 제계영이 책임지고 사탕수수를 재배하는 방법과 사탕을 만드는 방법을 백성들에게 가르치고 새로운 방법을 개발하라고 지시하였다. 덧붙여 사탕수수의 재배 방법과 사탕을 만드는 방법은 월나라 백성들에게만 전수하고, 절대로 다른 나라 사람들에게 알려지지 않도록 주의하라고 지시하였다.

그 해가 끝나갈 무렵, 구천은 범려와 의논하여 월나라 부녀자들에게 칡줄기를 켜서 가는 베를 짜 부차에게 진상하도록 하는 계획을 세웠다. 일이 결정되자 범려는 현상금을 내걸고 월나라 부녀자들에게 회계성 동쪽 십리 떨어진 갈산葛山에 가서 칡줄기를 베어다가 아주 고운 베를 짜되 그것을 다시 황색으로 염색하도록 하였다. 처음 갈포가 짜여지자 구천이 직접 자세히 살펴보고서 흡족해 사람을 시켜 잘 보관하라고 지시하는 한편 정해진 숫자가 다 채워지면 오나라로 보내라고 하였다.

바로 이때 오왕 부차는 구천이 월나라로 돌아간 후 맥이 빠져 맛있는 것도 먹지 않고 좋은 옷도 입지 않으며, 신하들이 여러 채의 화려한 건물을 지어 주었어도 그곳에 머물려고 하지 않는다는 말을 들었다. 부차는 이런 구천이 참으로 진실된 사람이며, 이전에 자기가 그에게 너무 심하게 대했다는 생각을 하게 되었다. 그래서 부차는 구천에게 편지 한 통을 보내 너무 자기 자신에게 각박하게 대하지 말고 좀더 여유롭게 생활하며 지내라고 하였다. 부차는 이 편지와 함께 석두에게 군대를 이끌고 오나라로 돌아오도록 명령하였다. 그리고 원래 월나라의 토지였던 땅을 모두 월나라에 돌려주되, 다만 태호 남쪽 지역인 지금의 오흥吳興, 장흥長興, 덕청德淸, 무강武康 등의 몇몇 현에 오나라 군을 그대로 계속 주둔하도록 하였다. 이렇게 하여 오백 리의 월나라 영토 가운데 90% 정도의 토지를 회복하게 되었다.

월왕 구천은 대부 문종을 시켜 십만 자의 고운 갈포와 열장의 가는 여우 털가죽, 일곱 개의 가는 대로 짠 옷상자와 아홉 개의 큰 수수사탕을 담은 바구니, 그리고 열 척의 배에 참대를 실어 영토를 돌려준 부차에게 그 답례로 보냈다.

오왕 부차는 구천이 보내온 예물을 보고 대단히 기뻐하며

"월나라는 동해 변두리의 작은 나라인데, 이렇게 많은 예물을 보내온 것을 보면 구천이 내게 얼마나 마음을 쓰고 있는 지 알 것 같다. 그러니 나도 그 만큼 그에게 잘 보답해야겠구나."

라고 말하고 고개를 들어 문종에게 알렸다.

"너희 월나라 영토 가운데 아직 일부는 완전히 돌려주진 않았다"

라고 말을 한 다음 그는 백비를 불러 그의 명령을 정식문서로 작성하여 문종으로 하여금 구천에게 전할 것을 명하였다.

"월나라의 모든 영토를 구천에게 돌려줄 것이며, 현재 월나라에 주둔하고 있는 오나라 군대는 완전히 그 곳에서 철수한다. 그리고 새로이 제후관

복을 지어 구천에게 하사한다."

구천은 문종이 올린 부차의 문서를 읽고 너무 좋아 말이 나오지 않았다. 그는 자신이 취한 이번 조치에 이렇게 바로 부차가 시원스런 보답을 하리라고는 전혀 생각하지 못했었다. 그러나 부차가 이렇게 관대하게 대했다고 해도 그는 원수를 갚아 치욕을 씻겠다는 마음을 늦추거나 하지 않았다. 그러면서 그는 이런 생각을 하였다.

'어찌됐든 그는 나를 농락하였었다. 나는 그가 병사를 이끌고 북상하게 되면 그 틈을 타 후방에서 오를 공격할 것이다!'

구천은 이런 생각을 하던 중 돌연 그가 3,4년 전 자신이 병사를 이끌고 태호 남쪽 기슭에서 동쪽 동정산東洞庭山을 습격했을 때, 그의 부대가 오자서가 이끄는 오나라 군대와 싸워 완전히 패했던 장면들이 뇌리에 떠올랐다. 그때 오나라 군대가 사용했던 무기가 순식간에 월나라 군대의 무기를 아무짝에도 쓸모없는 구리파편으로 만들었던 사실이 다시금 머릿속에 떠올랐다.

"그건 무슨 물건으로 만든 것일까?"

사실 이 궁금증은 구천의 뇌리에서 오랫동안 떠나지 않았던 문제였지만 쉽게 알아 낼 수 없었다. 그가 전쟁에 패하여 잡혀 있을 때는 알아 볼만한 시간적 여유가 없었고, 오나라에 가서 포로가 되기 이전에는 국사를 돌보느라 바빠서 잊었으며, 월나라로 돌아온 후에는 더더욱 물어볼 여지가 없었다.

"지금이야 말로 내가 자세히 알아봐야겠다. 그런데 누구에게 물어봐야 좋단 말인가?"

구천은 잃었던 토지를 모두 되찾았다. 그리하여 범려, 문종, 제계영, 고여 皐如 등의 충성스런 신하들의 계획에 힘입어, 백성들이 농사짓는 일을 격려할 수 있었다. 게다가 다행히 두 해 동안 아무런 천재도 없었던 터라 창고에는 곡식이 가득가득 쌓여갔다.

이 당시 월나라는 군대에 대한 부담이 없었고, 이에 대한 지출이 크게 줄어 두 해 동안 나라와 백성들 모두 생활이 조금씩 부유해질 수 있었다.

정치적으로 볼 때에도 당시 오나라가 대규모의 군대를 동원하여 중원을 공격하는 일이 없었기 때문에 주변의 정치적 환경도 매우 안정되어 있었다.

구천은 이 시기, 오나라에 대해 더욱 공손한 태도를 보였다. 그가 월나라로 돌아온 지 이년 째 되는 해에 범려와 문종을 데리고 직접 오나라에 가서 부차를 만났다. 이때 가지고 갔던 많은 진주와 보배남해에서 캐온 진주와 월나라의 특산품인 물소 뿔을 위주로의 대부분을 부차에게 바치고 나머지는 백비에게 주었다.

구천은 일찍이 범려를 오나라로 보내 오자서와 만날 약속을 정하려고 하였다. 그러나 오자서는 구천을 만나주려고도 하지 않았을 뿐 아니라 범려조차도 역시 그를 만나지 못하고 돌아와야 했다.

회계로 돌아온 후, 구천은 부하들을 소집하여 회의를 열었다.

그는 범려에게 먼저 오나라의 정치와 군사 현황에 대해 관찰한 일들을 보고받았다.

　범려는

　"오나라의 정치적 상황을 보면 표면적으로는 매우 안정되어 보이고, 부차의 권력 장악도 매우 견고한 듯이 보이지만, 조정의 대신들이 서로 화합하지 못하고 있습니다. 대체로 오자서와 백비를 둘러싸고 양파로 나누어져 있습니다.

　오자서는 초나라 사람으로 오나라에서는 이미 그의 지위가 상국에 올라 있을 뿐 아니라, 군사와 정치적인 면에 있어서도 부차의 최고 막료장으로 지위도 백비보다 높습니다. 오자서는 부차에게 월나라를 멸망시키지 않으면 안된다는 뜻을 계속 권하고 있습니다. 그러나 부차는 오자서가 별 볼일 없는 늙은이 주제에 여러 신하 앞에서 국왕인 자신에게 면박을 준다고 여기고 있어 그에 대해 매우 불쾌한 마음을 가지고 있습니다. 그렇지만 오자서가 노신이기 때문에 너무 밉게 보지 않으려고 애쓰고 있는 형편입니다. 만일 우리가 부차와 오자서 두 사람의 불화를 이용하여 두 사람의 사이를 더욱 불편하게 만들어, 부차로 하여금 오자서를 제거하도록 만들거나 혹은 오자서의 의견을 듣지 않게 할 수 있다면, 우리 월나라로서는 매우 유리한 상황이 될 수 있습니다."

　"백비는 지금까지 계속 태재의 지위에 있으며, 국가행정의 수장을 맡고 있습니다. 그 역시 오자서와 마찬가지로 초나라 사람이며, 부친이 초 평왕平王에게 죽음을 당하여 오나라로 도망온 것으로, 그 둘 사이는 별로 좋지 않습니다. 오자서는 백비가 재능이 없는 인간으로 부차에게 아부를 잘해 태재의 지위에 오른 것일 뿐, 실제로 아무런 견식도 없는 인간이라고 취급해 근본적으로 그를 무시하고 있습니다. 더구나 최근 몇 년간 우리 월나라를 위해 백비는 오자서의 의견과 완전히 상반되는 견해를 보여 왔습니다. 이로 인해 오자서는 백비에 대해 더욱 더 좋지 않은 생각을 가지고 있습니다."

"비록 오자서가 우리 월나라에 대해 시종일관 방심하지 않고 계속 부차에게 대왕을 죽여 우리나라를 멸망시켜야 한다고 건의하고 있습니다만, 부차는 벌써부터 그를 크게 신임하지 않고 있습니다. 그러니 그로서도 우리를 어떻게 할 방법이 없습니다.

지난번 문종이 고소로 가 부차에게 예물을 바칠 때, 부차가 매우 기분 좋아하며 그 자리에서 즉시 백비에게 우리영토를 모두 돌려주라 하지 않았습니까? 듣자하니 그때 오자서는 몹시 불쾌해 하면서 그의 곁에 있던 사람들에게 '부차가 월왕을 돌려보낸 건 이미 늙은 호랑이를 산으로 돌려보낸 것과 같은데, 지금 또 그 호랑이에게 먹을 것까지 주니 아예 날개를 달아준 것과 다름없구나. 앞으로 부차는 혼 좀 날게다. 하지만 내가 이 일과 무슨 상관이냐, 멋대로 해보라지!'라고 말했다는 걸 보면, 오자서도 이미 매우 소극적인 태도로 변한 것 같습니다."

제계영이 이때 문제 하나를 제기하였다.

"오나라의 장군 손무는 지금 어디에서 무엇을 하고 있습니까? 그리고 오나라의 중원 진군의 일은 지금 어떻게 진행되고 있습니까?"

141

범려가 대답하였다.

"손무는 지난번 제齊, 진秦 등의 나라와 대권을 다투는 일로 고소로 불려 갔었으나, 그가 제출한 계획이 오왕의 뜻에 맞지 않아, 지금은 다만 군사를 훈련시키는 책임을 맡고 있을 뿐입니다. 현재 오나라의 군대는 매일 강도 높은 훈련을 받고 있으며, 부차는 공야자公冶子라는 사람을 초청하여 그에게 많은 인부를 딸려서 비밀리에 병기를 만들게 한다고 합니다. 그 병기는 그 뭐? 뭐더라? 아! 맞다, '철'이라는 것으로 만든다고 합니다."

구천은 이 철이란 말을 가만히 머릿속에 기억해두었다.
범려는 계속해서 말했다.

"오나라 군대에서 지금 마침 군대를 이동시키려고 하는 조짐이 엿보입니 다. 그날 저는 고소성에서 수많은 군인들이 창고에서 양식을 지고 군영으로 운반해 가는 것을 보았습니다. 양식의 양은 족히 5,6일은 먹을 만한 양이었 습니다. 그래서 저는 오나라 군대가 북방으로 곧 떠날지도 모른다고 직감적 으로 느꼈습니다. 그런데 부차가 손무의 계획을 따를 것인지, 아니면 자신 의 계획대로 일을 추진할 것인지에 대해서 저로써는 도저히 짐작하기 힘든 부분입니다."

"단지 제가 알아낸 것이 있다면" 하고 보충하여 말하였다.

"손무의 계획은 먼저 채蔡나라와 연합하여 서북방의 기杞나라와 진陳나라를 공격하고 난 후, 송宋나라를 위협하여 그들의 협력을 받아 다시 노魯나라를 삼키고, 제齊나라를 공격한 후에 잠시 쉬면서 기회를 엿보다가 외교적인 방법을 동원하여 서쪽의 진秦나라와 연합한 후 현재 가장 강성하다고 할 수 있는 진晉나라를 함께 공격하여 진秦나라와 천하를 나누어 갖는다는 것입니다. 그러나 부차는 성질이 급한 사람이라 그가 생각한 것은 먼저 제齊나라를 공격하여 무너뜨린 다음, 바로 진晉나라와 결전에 들어간다는 것이었습니다. 그는 제齊와 진晉 두 나라가 오나라에 패하고 나면 다른 작은 나라들은 감히 싸워 보려고 하지 않고 투항할 것이므로, 이렇게 되면 많은 시간을 아낄 수 있다는 생각입니다."

구천은 범려의 보고가 끝나기를 기다렸다가 말하였다.

"오나라 군대의 북상문제에 대해서 백비가 알려준 바에 의하면 손무의 계획이 이미 부차에게 받아들여진 것 같소. 그러나 우리가 오늘 의논하고자 한 것은 이 문제가 아니오."

하면서 그는 문종을 잠시 직시한 후 다시 말을 이었다.

"오늘 회의는 내가 여러분들에게 가르침을 받고자 하는 것이오. 이제부터 우리 월나라의 정사를 무엇부터 시작해야 할 것 같소?"

문종은 사전에 이미 구천에게 암시를 받았으므로, 제일 먼저 일어나 말하였다.

"대왕께서 힘써 노력하신 성과가 벌써부터 드러나고 있습니다. 지금 백성들 가운데 젊은 장정들은 농사일을 충실히 하고 있고, 부녀자들은 여가 시간을 이용해 열심히 옷감을 짜고 있어 창고에는 양식과 옷감이 가득합니다. 이에 백성들은 양식과 의복의 부족함이 없습니다. 지금 우리에게는 단 한 가지의 목표가 있을 뿐입니다. 그것은 최소한 적과 같은 수준의 강성한 국력을 키워 적의 힘을 약화시키는 것입니다. 이 목표에 도달하기 위해서는 꼭 해야 할 일이 있습니다. 그것은 바로 백성들을 사랑하는 일입니다."

"백성을 사랑하는 일이란 무엇을 말하는 것이오? 어떻게 해야 하는 것이요?"

"국가가 백성을 사랑해야만 백성들이 나라를 위해 목숨을 기꺼이 바치게 될 것입니다. 그리고 평상시에는 생산에 힘써 나라의 정세를 안정시켜 줄 것입니다. 그리고 전시에는 용감하게 싸워 나라를 보호하게 되지요."

문종은 계속해서 말하였다.

"어떻게 백성을 사랑하느냐하는 문제에 대해 저는 많은 생각을 해 보았습니다. 그 결과 몇 가지 중요한 결론을 얻었습니다. 지금 이 기회를 통하여 대왕께 말씀드리고자 하오니 여러분께서도 지도하여 주시기 바랍니다.
첫 번째로 중요한 것은 백성들의 일상생활을 간섭하지 않으며, 또한 백성들과 이익을 다투지 않는 것입니다. 두 번째로는 백성으로 하여금 제 때에 맞춰 파종하고 밭을 갈아 수확하게 하며, 고기잡이 할 때면 바다에 나갈 수 있게 하고 나무하러 갈 때는 산에 오를 수 있도록 하는 것입니다. 세 번째 중요한 사항은 형벌을 경감해주고 백성들이 무지로 인해 저지른 과실을 될 수 있는 한 용서해 주는 것입니다. 네 번째는 세금을 낮추어 백성들로 하여금 그들의 수입이 자신들의 생활수준을 끌어올릴 수 있도록 하는 것입니다.

만약 이렇게 하지 않고, 백성들의 생활을 지나치게 간섭하며, 그들 대부분의 수입을 세금으로 거두어들인다면, 이는 백성들을 해치게 되는 것입니다. 백성들로 하여금 제 때에 경작하고 고기잡이 할 수 있도록 해 주지 않으면, 백성들의 생활은 파탄에 이르게 될 것입니다. 더구나 작은 죄목으로 사형을 집행하게 되면 백성들의 생명이 보장받지 못하게 됩니다. 또 명목을 많이 정해 세금을 무겁게 하면, 백성의 수입 가운데 대부분이 나라의 세금으로 바쳐지게 되어 국가가 백성의 재산을 강탈하는 것과 같은 결과를 가져오게 됩니다.

또한 한 나라의 통치자는 지나친 쾌락에 빠져서는 안됩니다. 사치스러운 생활이 계속되면 궁전은 자연히 화원을 많이 짓게 되고 백성들은 이로 인한 노역으로 지치고 고통스러워 질 수밖에 없습니다. 그러면서 점차 시간이 지나면 백성들의 마음이 분노로 변하고 맙니다."

"나라를 다스릴 줄 아는 사람은 백성에게 자애롭기를 부모가 자식을 대하듯이 해야 합니다. 또한 형이 아우에게 우애 있게 대하듯이 해야 하며, 백성이 굶주리고 추위에 떨고 있다는 말을 들으면 그들을 가엾게 여기고, 더욱이 그들의 지친 모습을 보면 그들을 동정할 줄 알아야 합니다."

"결론적으로 말하자면, 백성은 나라의 근본이므로 통치자가 백성을 사랑하면 백성들은 자연히 통치자를 사랑하고 존경하게 되어, 나라는 영원히 안정될 수 있습니다."

이러한 문종의 말을 들으며 구천은 연신 머리를 끄덕였다. 문종의 말이 끝나길 기다려 구천은 곧 사람을 시켜 그들의 명령을 글로 써서 전국 각지에 공표하여 실시하도록 하였다. 이 명령은 문종의 계획된 의견에 근거한 것이었다.

월나라의 백성들은 이 명령서를 보자 모두들 기뻐하며, 생산에 더욱 노력하게 되었다. 이로 인해 월나라 백성들은 채 5년도 안 되어 모두 풍족한 생활을 누릴 수 있게 되었다.

백성들은 모두 구천의 사랑에 감사하며 서로 권면하면서, 월나라에 어려움이 닥칠 때 나라를 위해 목숨을 바칠 각오를 품게 되었다.

주周 왕조의 천자 경왕敬王이 재위에 오른지 31년, 오왕 부차가 왕이 된지 7년기원전 489년에 오나라 군대가 중원을 향해 출동하였다. 손무는 1만 2천명의 정예 군대를 이끌고서 지금의 안휘성 북부에서 채蔡나라의 군대와 회합한 후, 서북쪽으로 진군하여 진陳나라를 공격하였다. 오왕 부차는 후속부대를 이끌고서 출병한지 2,3일 만에 손무와 다시 회합하였다.

이번 오나라 군대의 진격 방식을 살펴볼 때, 오왕 부차는 손무의 계획을 채용하여 주周의 천자와 그 밖에 강국들의 주목을 끌지 않도록 먼저 작은 나라를 점령하는 방법을 취하였다. 그러나 뜻밖에도 주 천자가 이를 즉시 알아차리고는 질책을 전해 왔다. 동시에 제齊와 진晉 등 두 나라에서

도 사람을 파견해 부차에게 즉시 퇴각하지 않으면 군대를 파견하겠다고
알려왔다.

　부차는 각국의 여론이 그에게 불리하다는 것을 알았다. 더욱이 손무도
그에게 잠시 제齊와 진晉의 양국과 힘을 겨루는 일을 미루자고 권하는 바람
에 며칠 더 그 지역에 머물다 병사를 이끌고 오나라로 돌아갔다.

와신상담

군대의 재건

이 기간 동안에도 월왕 구천은 군대를 재건하는 계획을 결코 포기하지 않고 있었다.

그는 한편으로 사람을 시켜 고소로 가서 수많은 돈을 주고 공야자公冶子의 제자를 월나라에 초빙하여 월나라 백성들에게 어떻게 철을 제련하는지 가르치도록 하였다. 그러나 월나라의 어느 지방에서 철이 생산되는지 구천은 전혀 알 수 없었다. 그래서 구천은 또 사람들을 파견하여 공야자의 제자와 함께 월나라 각 지역의 산지에서 철을 찾도록 하였다. 그들은 1년하고도 6개월이라는 시간을 허비하고 나서야 비로소 선하령仙霞嶺에서 철광맥을 찾게 되었다. 그러자 즉시 많은 사람을 고용하여 철광석을 채굴하기 시작했다.

철을 얻게 되자 월나라는 즉시 날카로운 병기 제작에 들어갔다. 월나라는 원래 이 신무기를 사용하여 오나라를 공격할 계획을 세웠으나, 일이 그렇게 간단하지 않았다. 이때까지도 월나라의 군대는 새롭게 정비되어 있지 않았고, 설사 지금 당장 군대를 재건한다고 해도 단 시간 내에 성공할 수는 없는 일이었다. 게다가 만약 군대를 재건하는 동안 오나라가 이 사실을 알게 된다면 반드시 간섭하고 나설 것이 뻔한 일이었다. 특히 오자서가 아직까지 오나라의 병권을 장악하고 있는 시점이었기 때문에 그런 그가 절대로 월나라를 그냥 놔둘 리가 없었다.

구천은 이러한 사실에 대해 너무도 잘 알고 있었다.

어느 날 그는 대신들과의 모임을 끝낸 후 요직을 맡고 있는 다섯 명의 대신들을 그의 집에 불러 이 문제에 대해 논의하게 되었다.

구천이 말하였다.

"몇 년 전 우리 월나라가 오나라에 패하여 나 구천은 조종祖宗의 기업基業을 버리고 포로로 붙잡혀 고서에서 부차의 말을 빗질하는 수모를 당했던 적이 있소. 이 치욕은 천하의 사람이라면 누구나 다 아는 사실이요. 지금에 이르러서도 나는 마음속으로 당시의 수치를 한 순간도 잊지 않고 있소 이 치욕을 씻고 싶어 하는 나의 마음은 마치 절름발이가 일반 사람들처럼 걸을 수 있기를 바라는 바와 같고, 장님이 일반 사람들처럼 이 세상을 볼 수 있게 되기를 애타게 바라는 마음과 같으나 내가 지금 어떻게 해야만 좋을지 모르겠으니, 여러분이 신중하게 고심해 보기를 바라는 바이오."

대부 부동夫同이 가장 먼저 입을 열었다.

"오나라는 언제나 북쪽의 중원을 정벌하여 천하의 패권을 다투고 싶어

했습니다. 작년에 오나라의 군대가 겨우 진陳나라에 이르렀지만, 이미 제齊와 진晉 두 나라와 원수지간이 되어 버렸고, 더더욱 서쪽의 초나라는 오나라를 증오하고 있습니다. 제 생각으로는 대왕께서 먼저 오나라에 공손한 태도를 보임으로써 부차로 하여금 우리 월나라에 대해 완전히 마음을 놓을 수 있도록 해야 합니다. 그리고 한편으로는 그로 하여금 더욱 교만하고 자만하게 만들어 각 나라와 원한이 깊어지게 하면, 멀지 않아 틀림없이 큰 전쟁이 일어날 것입니다. 우리가 이 기회를 틈타 즉시 오나라의 후방을 공격한다면, 쉽게 원수를 갚을 수 있을 뿐만 아니라, 치욕도 깨끗하게 씻을 수 있을 것이라 생각됩니다. 그리고 다른 한편으로는 제齊, 진晉, 초楚 등이 포악무도한 오왕 부차를 물리칠 수 있도록 잘 교섭하는 것입니다. 이렇게 사방에서 오나라를 협공한다면 오나라의 힘이 제 아무리 강하다고 하더라도 어쩔 수 없을 것이옵니다."

상국 범려는 부동扶同의 주장에 전적으로 찬성하면서 자신의 생각을 약간 보충하여 말하였다.

"지금 우리 군대는 부대 편성조차 제대로 갖추지 못하고 있는 형편입니다. 그러니, 우리의 계획이 세어나가 오나라가 먼저 손을 쓰게 해서는 절대로 안 됩니다."

이 외에 이들은 서둘러 비밀리에 부대 편성을 시작해야만 한다고 건의하였다.

대부 고성苦成은 또 다른 측면에서 한 가지 일을 더 건의하였다.

"지금 오나라는 합려闔閭가 만든 제도를 그대로 따르고 있는데, 오자서가 병권을 총괄하고 있어 군세가 매우 안정되어 있습니다. 그렇기에 단숨에 오나라를 쳐부수는 방법은 아마도 쉽지 않은 일이 될 듯합니다. 다행히 태재 백비가 권력의 남용을 좋아하고 오자서와는 뜻이 맞지 않기 때문에 틀림없이 서로 용납할 수 없는 일이 벌어지게 될 것입니다. 그러니 우리는 여러 가지 방법을 강구하여, 적의 내부에서 자기들끼리 스스로 싸움이 벌어지도록 유도하면 어떨까 생각합니다. 그리하면 저절로 곪아 터질 테니 우리는 그 때를 기다리기만 하면 될 것입니다. 다만 이러한 일들은 반드시 비밀리에 진행되어야 하고, 절대로 밖으로 누설되어서는 안 될 것입니다."

나머지 두 대부인 고여皐如와 호진皓進 역시 구천에게 친히 대신들을 이끌고 고소로 가서 표면적으로는 오왕 부차가 진陳나라를 공격하는 일에 대해 축하의 뜻을 나타내고, 다른 한편으로는 비밀리에 오나라의 내부를 분열시키는 일을 진행시킬 것을 권하였다.

이렇게 이 일은 즉시 결정이 되었다.

구천은 대부 제계영諸稽郢을 보내 비밀리에 장정들을 모집하여 부대를 편성하고, 그들에게 철로 만든 병기를 나누어주라고 명령하였다. 군대가 훈련할 곳은 일반 사람들이 쉽게 발견할 수 없는 회계산 남쪽 산기슭에 있는 평원으로 결정하였다. 그리고 구천은 1년 안에 군대의 훈련을 끝내라는 명령을 내렸다.

구천은 또 대부 예용曳庸을 사신으로 삼아 북방에 보내 제齊와 진晉 양국과 친교를 맺고자 하였다. 예용은 자신의 말재주가 좋지 않아 일을 그르칠까 염려하여 구천에게 대부 계예計倪를 정사正使로 삼고 자신은 부사副使가 되기를 청하였다. 그러자 구천이 흔쾌히 승낙하였고, 계예 역시 동의하였다. 그러나 애석하게도 계획을 세우고 행로와 예물을 준비할 때, 계예가 갑자기 병이나 몸을 움직일 수 없게 되었다.계예는 사실상 너무 노쇠하였는데, 이 때 이미 73세의 고령이었다 구천은 어쩔 수 없이 또 다시 적당한 사람을 물색하여 예용을 다시 정사正使로 삼았다.

대부 문종은 구천이 오나라로 가지고 갈 주보珠寶의 수집을 책임 맡았다. 이 주보들은 남해에서 구해온 진주와 월나라의 특산품인 코뿔소의 뿔, 그리고 특별히 남방에 사람을 파견하여 사온 옻칠漆과 죽포竹布 등등의 진귀한 물건들이었다.

모든 준비가 끝나자 구천은 범려를 주보珠寶, 옻칠, 죽포 등을 가지고 먼저 고소로 가서 오왕 부차에게 구천이 축하 인사를 드리고자 한다는 말을 전하게 하였다.

부차는 보내온 예물을 받고는 오히려 구천을 고소로 오지 말도록 하였다. 그 이유가 진陳나라를 공격하는 작은 일에 월왕이 친히 수고스럽게 달려올 필요가 없다고 여겼기 때문이었다.

한편 예용은 안타깝게도 사명을 달성하지 못하였다. 그 이유가 예용의 말재주가 훌륭하지 않다거나 혹은 그 이유가 충분하지 않았던 것은 아니었다. 제齊와 진晉 양국의 왕들은 모두 방탕하고 어리석어 국가의 정사를 모두 대부들에게 맡겨놓았다. 그런데 이 대부들은 대부분 견식과 안목이 부족해 월나라를 아직도 개화되지 못한 야만족이라 여겨 왕래할 가치가 없다고 생각하고 월나라와 우호적인 관계를 맺는 것에 대해 매우 꺼려하였다. 그러나 예용은 이번 걸음으로 새로운 사실을 알게 되었다. 비록 두 나라가 강대국으로써 싸움을 잘하는 정예부대를 갖고 있기는 했지만, 정사를 맡은 사람들이 모두 한결 같이 싸움을 두려워하고 있다는 사실을 간파하고 돌아 올 수 있었다. 사실 양국의 정예부대는 이미 거의 모두 양국 대부들의 사적인 군대로 변모해 있었다. 만약 전쟁을 하게 되면 틀림없이 손실이 발생하게 되고 그러면 반드시 보충해야만 되기 때문에 사실상 수많은 돈을 낭비할 수밖에 없었다. 그런데 양국에서 거둬들인 세금은 표면상 임금의 것이었으나 실제로는 대부분 당시 권력을 장악하고 있던 대부들의 주머니 속으로 들어갔다. 그래서 이들에게 있어 전쟁이란 자기 주머니에서 돈을 내놓아야만 하는 대단히 고통스런 일일뿐이었다. 이 때문에 제齊와 진晉 양국은 가능한 모든 외교적 수단을 동원해 전쟁의 위협을 제거하고자 노력하였다.

더욱이 지난해에 뜻밖에도 그들의 말 몇 마디에 오왕 부차가 겁을 먹고 진陳나라에 대한 공격을 멈추고 돌아간 일이 있었다. 이 일로 인해 그들은 더욱 스스로 대단하다고 여겨 더 이상 적을 방비해야 할 필요성을 느끼지 못하고 있었다.

오왕 부차 9년기원전 487년 주(周 경왕敬王 33년 월왕 구천 10년)에 오나라 군대는 또 다시 북방을 향해 군대를 진군시켰다. 그 목표는 노나라였다.

출병 전, 상국 오자서가 오왕 부차에게 북진을 잠시 중단할 것을 권하였다.

"월왕 구천은 자기 나라로 돌아간 뒤 검소하고 절약하는 생활을 하면서 백성들을 아끼고 있습니다. 더욱이 정보에 의하면, 지금 비밀리에 군사를 훈련시키고 있다고 합니다. 만일 지금 월왕 구천을 제거하지 않는다면, 앞으로 오나라는 안녕을 얻지 못할 것입니다. 대왕께서는 지금 저 멀리 강 너머에 있는 제나라를 공격하고자 하시면서 뒤쪽에 있는 근심을 제거하지 않는 다 하신다면 대왕께서 잘못하고 계시는 것입니다."

그러나 오왕 부차는 그의 말에 귀를 기울이지 않고 출정 날을 정해 군대를 이끌고 출병하였다.

이때, 오나라 장군 손무가 병이 들어 죽었다. 북벌을 위해 출병하는 일은 전적으로 부차 혼자서 결정하고 친히 군사를 이끌었다. 그리고 부차는 항상 백비를 대동하고 출병을 하고, 오자서는 국내에 남아 수도를 지키도록 하였다. 비록 오자서가 항상 부차와 의견 차이를 보이기는 하였지만 오나라에 대해서는 여전히 지극히 충성을 다하였다. 그는 일을 처리함에 있어 정직하고 진실하였으며, 또한 월나라에 대해서도 경계의 눈을 늦추지 않고 치밀하게 일거수 일동을 주시하였다.

오왕 부차는 "회繪(산동 역현부근)" 땅에 도착하자 군대의 진군을 멈추고 주둔시켰다. 그 후, 곡부에 사람을 파견하여 노나라의 임금 애공성은 희(姬), 이름은 장(蔣)이다에게 소 백 마리를 보내 자신의 군대를 위로해 줄 것을 요구하였다. 이에 노 애공은 계강자를 대신 파견하여 교섭을 하도록 명하였으나 계강자는 어떻게 해야 할지 몰랐다. 다만 공자의 학생이었던 단목사자공(子貢)에게 청하여 백비에게 사정해 줄 것을 부탁하였다.

단목사는 당시 주왕조의 예절을 근거로 오왕 부차에게 "설사 주 천자의 향례享禮라 할지라도 기껏해야 12마리의 소를 쓸 수 있을 뿐인데, 귀국의 대왕께서 백 마리의 소를 요구하시니 이는 예에 어긋나는 일입니다."

라고 말을 하였다. 이 말을 들으니 오왕 부차는 주의 천자가 각국의 제후를 관할한다는 점을 고려하지 않을 수 없었다. 노나라와 같이 이렇게 큰 나라에서도 주 천자의 통제를 받는데, 만일 소국의 왕에 불과한 자신이 주천자보다 더 귀하게 대접하라고 한 일을 누군가가 만약 주천자에게 알린다면, 분명 책망을 받게 될 것이라는 생각이 들었다. 더욱이 노 애공이 친히 "회"에 가서 부차를 만나, 듣기 좋은 이야기들을 많이 해주자, 오왕 부차는 위풍을 과시하고자 했던 자신의 원래 목적이 달성되었다고 생각하였다. 그리고는 제멋대로 노나라 남쪽지역의 일부 땅을 점령한 후에 강을 건너 고소로 돌아왔다.

오왕 부차는 연이어 두 차례나 중원에 진군하여, 전쟁 한 번 제대로 치루지 않고도 많은 땅을 점령하고 진陳과 노魯나라 모두를 벌벌 떨게 하였다고 생각했다. 그는 이제 천하에서 가장 강한 나라는 바로 자신의 나라인 오라고 여기게 되었다.

그리하여 그는 임금이 된 지 10년째 되던 해기원전 486년, 사람을 보내 제齊나라에 통지문을 보내었다.

"우리 오나라 군대가 두 차례나 중원으로 진군하였으나 귀국 군대의 용감함과 귀국 장수의 전략과 전술을 배우지 못하였음을 대단히 유감으로 생각합니다. 지금 우리 오나라는 이미 병기와 식량이 충분히 준비되어 있습니다. 이제 강을 건너 귀국의 군대에게 가르침을 청하고자 하니, 귀국이 먼저 준비하시기 바랍니다. 내가 다시 사람을 파견하여 귀국과 날짜를 정하고 그 후 서로 겨루어 본다면, 이 어찌 대단히 즐거운 일이 아니겠습니까?"

이렇게 이치에 맞지 않는 도전적인 언사와 전쟁을 장난처럼 여기는 태도가 제나라 사람들을 크게 놀라게 하여 서둘러 전쟁 준비를 하도록 만들었다.

오왕 부차의 꿈

이듬해 오나라 군대는 한 곳에 모였다. 이어서 노나라 국경을 지나 노나라 군대와 연합한 후 제나라를 향해 진격할 태세를 갖추었다.

　　부차가 출병하기 전 월왕 구천은 이 소식을 듣고 여러 대신들을 이끌고 많은 예물을 준비하여 고소에 가서 부차를 알현하였다. 구천은 부차가 매번 중원에 출병할 때마다 적수가 없었음을 경축하는 한편 부차가 중국의 새로운 패주라고 치켜세웠다. 이에 부차는 구천을 더욱 좋아하게 되었다.

　　한편 구천은 고소에 오자마자, 당연히 비밀리에 태재 백비를 찾아가 그에게 많은 예물을 건넸다. 그럼에 백비는 구천을 위해 듣기 좋은 말을 더하게 되었다.

　　부차는 구천을 좋아하고 있었으므로 자연히 백비의 달콤한 말을 믿게 되었고 언제나 구천에 대해 비방만하는 오자서와는 더욱 더 소원해져 갔다.

　　오자서는 조회 때 부차에게 제나라를 공격하기 전, 먼저 철저하게 월나라를 정벌하여 후환을 없앨 것을 간청하였다. 이미 이때 부차의 귀에는 이 말이 들리지 않았다.

부차는 얼굴색을 흐리며

"우리는 지금 당장 출병하여 제나라를 공격할 것이다. 나는 그대를 사신으로 삼을 것이니, 그대는 임치臨淄에 가서 내가 출병코자 하는 일을 제나라 군신들에게 알리시오 그리고 그들과 시간을 정하여 양쪽이 한 번 잘 겨루어 보도록 하시오. 그대는 내일 아침 출발하도록 하시오!"

오자서는 이 말을 듣자, 자신의 벼슬이 비록 상국에 이르렀다고는 하지만, 이미 더 이상 오왕 부차에게 신임을 얻을 수 없다는 사실을 깨달았다.

집으로 돌아온 오자서는 기분이 몹시 상하여 이날 밤 엎치락뒤치락하면서 잠을 이루지 못했다. 손가락을 꼽아 세어보니, 주 경왕景王 23년에 고소에 왔고, 고소에 온지 4년째 되던 해가 바로 주 경왕敬王 원년이었으니 지금까지 오국에 머문 지 꼭 38년이 되었다. 고소에 올 때 그는 젊고 영리한 청년이었으나 지금은 63세의 고집 센 늙은이가 되어 있었다. 38년 전에 그는 화살을 정확하게 쏠 수 있었다. 초나라에서 도망쳐 올 때 화살 하나로 말의 가슴을 적중시키는 동시에 또 다른 하나의 화살로 말 위에 있는 사람의 모자 끈을 정확히 쏘아 떨어뜨려, 그를 추격하던 초나라 군사들이 놀라서 쩔쩔매며 도망치게 하였다.

"이러했던 나의 활 솜씨는 지금 어디로 갔단 말인가?"

오자서는 자신도 모르게 혼잣말로 중얼거렸다.

젊었을 때 모습이 떠오르자 오자서는 자신도 모르게 고향 생각이 났다. 그의 아내는 주 경왕敬王 14년 오나라 군대가 영성郢城을 공격했을 때 초나라에서 고소로 데려 올 수 있었으나 아들을 너무 늦게 얻었다. 게다가 그의 아내는 아이를 하나 낳고는 더 이상 낳지 못하였다. 지금 아내는 이미 세상을 떠났고, 아들 오후五厚는 겨우 열여덟 살에 불과하였다.

아들에게 생각이 미치자 불현듯 그의 생각이 흔들리기 시작했다.

'내 아들조차 나처럼 어려서부터 견딜 수 없이 불행한 가정의 참변을 감당해야 한단 말인가? 아들의 타고난 재능이 그다지 좋지 않으니 만약 그러한 타격을 받는다면 분명 견뎌내기 힘들 것이다. 만약의 경우…… 우리 오가 가문의 후손이 끊어지게 되는 것은 아닐까?'

'초나라로 돌아갈까? 그러나 지난번에 내가 초 평왕의 무덤을 파헤쳐 시체를 채찍질한 일이 있으니, 초나라인들이 과연 나를 기꺼이 받아들여줄 것이 만무하지 않겠는가?'

이리저리 생각해본 뒤 오자서는 벌떡 일어나 옆방으로 건너가 그의 아들을 흔들어 깨웠다.

"일어나라. 가서 몇 가지 옷을 챙기거라. 내일 아침 나와 함께 제나라로 가자."

이튿날, 해가 뜨자마자 오자서는 그의 하나뿐인 아들을 수레에 태워 고소를 빠져나와 북쪽을 향해 출발하였다. 그의 아들은 무슨 영문인지도 모르고 눈만 크게 뜬 채 아버지를 따라 길을 나섰다.

제나라 수도인 임치에 도착하자, 오자서는 외교사절의 신분으로 전사傳舍에 들어갔다. 그제서야 비로소 그의 아들에게 말을 하였다.

"오왕 부차는 내 충고를 듣지 않고 백비의 말만 믿어 월왕 구천과 가까이 지내고 있다. 그런데 멀지 않은 장래에 구천은 반드시 오나라를 멸망시킬 것이다. 나는 오나라의 대신으로써 그 날이 올 때까지 오로지 나라를 위해 목숨을 바칠 것이다. 그러나 너와 내가 함께 죽는다는 것은 전혀 의미가 없는 일이니, 나는 너를 이곳으로 데리고 온 것이다."

제나라는 "태공망太公望" 여상呂尙이 건국한 나라이다.

여상은 상왕조 말년에 주 무왕武王 희발姬發을 도와 폭악 무도한 주왕紂王을 정벌하고 주나라를 세웠다. 주 무왕은 지금의 산동성 북동부 지역을 여상에게 주어 제나라를 건립하게 하였다.주왕조의 봉건제도는 천자 밑에 5등의 작위 즉 공(公), 후(侯), 백(伯), 자(子), 남(南)이 있었으니, 공국은 제1등의 대국이라 할 수 있다. 이때 여상의 제54대 손자인 여양생呂陽生이 임금이 되었는데, 훗날 제 도공悼公이라 불렀다.

오자서는 제나라의 수도인 임치에 도착하자마자 오왕 부차의 서신을 제 도공에게 건네었다. 그리고나서 즉시 아들을 데리고 제나라의 정사를 주관하는 대신이었던 포목鮑牧에게 가서 자신의 처지를 설명하고 아들을 그에게 맡겼다. 그러면서 아들의 성을 "왕손王孫"으로 바꾸고는 오나라로 돌아왔다.

오자서가 아들을 제나라에 보낸 일이 얼마 되지 않아 태재 백비의 귀에 들어갔다.

백비는 이때 한창 제나라를 공격할 준비를 하고 있었고 그러던 차에 이 소식을 들은 것이다. 그는 몰래 오왕 부차에게 이 소식을 전달하며 얼굴빛 하나 바꾸지 않은 채

"시기가 올 때를 기다렸다가 그 불손한 늙은이를 없애야만 합니다." 라고 권하였다.

부차가 출병하여 막 제나라를 공격하려고 할 무렵 공교롭게도 초나라가 군대를 보내어 서남쪽에서 진陳나라를 공격하였다. 진나라를 보호하는 것이 자신의 책임이라고 생각한 부차는 진나라 국경에 도착하여 한 바탕 위세를 과시하였다. 그러자 초나라 군대는 감히 진나라를 공격하지 못하였다. 부차는 초나라의 군대가 더 이상 진나라를 공격하지 못하게 되자 드디어 군대를 이끌고 동북쪽의 제나라를 향해 진군을 시작하였다.

바로 이 시각에 제나라 임금 도공은 그의 대신인 전걸田乞에게 시해되고, 그의 아들 여임呂壬이 임금의 자리에 올랐다. 이가 바로 역사에서 말하는 "제 간공簡公"이다.

오왕 부차는 제음濟陰: 지금의 산동 서남부 조현(曹縣), 정도(定陶), 하택(荷澤)의 일부지역 부근에 도착하여 제 도공이 죽었다는 소식을 접하게 되었다. 그러자 곧바로 부대의 진군을 중지시키고 그 자리에 진영을 치고 삼일동안 애도를 표시하였다.

전걸은 이 틈을 타 태산과 황하 중간에 견고한 방위선을 펴 오나라 군대가 앞으로 더 이상 전진하지 못하도록 하였다. 오나라 군대가 삼일이 지난

후 진군하지 못하게 되자 부차는 백비를 불렀다. 그와 황하의 민선民船을 모아 군대를 황하입구에서 빼낸 다음 지금의 래주만萊州灣에 이르러 다시 방향을 바꿔 북쪽에서 남쪽으로 임치를 공격하는 방법에 대해 상의하였다. 이 때 전걸은 부차의 오나라 군대가 민선을 모으느라 한창 분주한 상황임을 알고 이 틈을 타 공격을 명령하였다. 그러나 뜻밖에도 제나라 군사들의 동창이 오나라 군대의 철병기와 부딪치자 완전히 폐물로 변하고 말았다. 제나라 군대가 용감하게 전진한 결과로 얻은 것은 결국 패배뿐이었다. 이일로 부차는 제나라 군사들의 용맹함에 크게 놀라지 않을 수 없었다. 그로 인해 그는 제나라를 공격하는 일이 결코 쉽지 않은 일이라는 것을 알게 되었다. 또한 자신의 병력이 충분치 않으므로 우선 군사들을 물린 후 만반의 준비를 갖추고 다시 공격해야 한다는 사실도 깨달았다.

군대를 퇴각시키기 전, 부차는 먼저 제나라 임금과 강화조약을 맺었다. 그 후에야 군대를 남쪽으로 이동시켜 고소로 돌아갔다.

돌아오는 도중에 태재 백비는 오자서가 자신의 아들을 제나라 포목에 맡긴 일에 대해서 오왕 부차에게 과장하여 설명하였다. 이 이야기를 들은 부차는 매우 화가 나 마음속으로

'고소로 돌아가면 이번 기회에 이 늙은이를 제거 해버려야겠다'고 결정을 내렸다.

부차 신변에는 피리披離라 부르는 대부가 있었다. 그는 오자서가 항상 국가를 위해 충성을 다한다는 사실을 알고 그를 대단히 존경하고 있었다. 백비는 혹시 피리가 부차에게 오자서를 위해 말을 할까 두려워 부차와 헤어지고 난후 곧장 피리를 찾아갔다. 그리고 그에게 이렇게 경고하였다.

"오원 이 사리도 구분 못하는 늙은이가 자신의 아들을 제나라 대부에게 부탁하였소 이 불충한 행위에 대해 대왕께서도 이미 알고 계시오 이후에 만약 당신이 그를 위해 말을 한다면, 대왕께서 당신도 함께 꾸짖을지 모르니, 반드시 조심해 할 것이요!"

이 일이 있은 후 피리는 오왕 부차가 그에게 "어떻게 오자서를 처리해야 좋을지"에 대해 의견을 내라고 물어오자, 그는 자신의 안전을 위해 답변을 할 수밖에 없었다.

"상국은 선왕에게 매우 충성스런 사람이었음에는 틀림없습니다. 다만 나이가 들어 귀가 어둡고 눈이 어두워진데다가 고집스러워 시대의 흐름을 알지 못합니다. 그러니 이제 더 이상 그는 우리 나라에 쓸모가 크게 없는 듯 싶습니다."

피리가 말하고자 한 뜻은 본래 "오자서는 늙었으니, 대왕은 그와 상의할 필요가 없습니다. 그러니, 그는 그가 하는 대로 내버려 두십시오"라는 의미였으나, 부차의 귀에는 이 말이 오히려 "오자서를 오나라에 머물도록 하는 일이 쓸데없는 일입니다"라는 말로 들렸다. 실로 이 말은 오자서의 앞날에 상당한 영향을 끼치게 되었다.

고소로 돌아온 부차는 환영하는 인파 속에서 쉽게 오자서를 찾아내어 그를 나무랐다.

"나의 선왕께서는 그대의 사사로운 원한 때문에 초나라와 깊은 원수지간이 되었다. 그대는 그대가 이제는 나라를 위해 전심전력을 하지 않는다는 사실을 알지 못하냐! 내가 출병하여 제나라를 공격할 때, 건방지게도 그대는 나를 가로막았었다. 그대는 내가 제나라를 이기지 못하고 돌아오리라 생각한 것이냐? 그대는 나이가 들수록 점점 더 무도하게 구니 우리나라에 무슨 도움이 되겠는가?"

오자서는 이 말을 듣자, 화가 치밀었으나, 그는 지혜로운 사람이었다. 그는 몸에 차고 있던 칼을 뽑아 피리에게 넘겨준 후 크게 소리를 질러 말하였다.

"대왕! 대왕께서는 이번의 작은 승리에 너무 도취하셔서는 아니 되옵니다. 하늘이 어떤 사람의 집을 망하게 하고자 할 때는 그에게 먼저 작은 이익을 주어 그 재미에 탐닉하게 하는 법입니다. 그러는 동안 그 사람은 단숨에 모든 것을 잃게 되는 것입니다. 그러므로 대왕께서는 작은 승리로 인해 큰 우환을 잊으셔서는 아니 될 것입니다. 만약 대왕께서 이 사실을 깨달으신다면 오나라는 영원히 번영할 것이며, 만약 그렇지 못할 경우에 오나라는 오래가지 못할 것입니다. 저는 병을 핑계 삼아 제 몸을 숨기고 싶지도 않으며 또한 대왕께서 월나라에게 망하는 꼴도 보고 싶지 않습니다. 제 충언을 받아들이시지 않으시겠다면 차라리 지금 이 앞에서 저를 죽여 사람들로 하여금 제 눈을 도려내어 고소 성문 위에 걸어놓게 하셔서 오나라의 패망을 보게 해 주십시오!"

오왕 부차는 이 말을 듣자 마음속으로

'피리가 한 말이 맞다. 이 무도한 늙은이는 과연 고집이 대단하구나. 그가 지금 화가 나서 하는 말이니 하고 싶은 대로 하게 내버려두자!'고 생각하였다.

그래서 그는 더 이상 오자서를 상관하지 않고 고개를 돌려 왕궁으로 들어가 버렸다.

다음날 아침 부차가 아침을 먹고 궁 안 대청에 앉아서 개를 어루만지고 있을 때였다.

갑자기 대청 네 귀퉁이에 네 사람이 서 있는 모습이 보였다. 그런데 그들은 모두 얼굴을 밖으로 향한 채 등을 지고 서 있었다. 그는 매우 이상하다고 여겨 소리쳤다.

"거기 서 있는 자들이 누구냐!"

말이 채 끝나기도 전에 네 사람이 네 귀퉁이에서 오왕 부차가 있는 곳으로 걸어오는 것이 아닌가.

그가 이 기이한 일을 군신들에게 묻자, 오자서가 말하였다.

"그것은 대왕께서 군신을 잃을 지도 모른다는 징조입니다."

"그대는 어찌 그런 불길한 말을 할 수가 있는가!"

부차는 화를 내었다.

"어찌 불길할 뿐이겠습니까? 어쩌면 대왕께서 돌아가시게 될 지도 모릅니다.!"

부차는 화를 내려다가 무도한 늙은이의 어리석은 말이라고 생각하고는 그만두었다.

닷새가 지나 부차가 대청에 앉아있을 때였다. 그는 또 한 차례 "이상한 일"을 목격하게 되었다. 이번에는,

두 사람이 얼굴을 마주하고 서 있는데, 북쪽으로 얼굴을 향한 사람이 칼을 뽑아 남쪽으로 얼굴을 향한 사람을 찔러 쓰러뜨렸다.

그는 군신들에게 이 광경을 보았느냐고 물었으나 군신들은 한결 같이 보지 못했다고 대답하였다.

부차는 그가 목격한 일을 대신들에게 이야기하였다. 그러자 오자서가 또 부차에게 듣기 싫은 소리를 하였다.

"네 사람이 제각기 사방으로 걸어간 것은 '뭇 사람에게 버림을 받게 되며 衆叛親離', 북쪽으로 얼굴을 향한 사람이 남쪽으로 얼굴을 향한 사람을 찔러 죽인 것은 '신하가 임금을 죽인다'는 뜻입니다."

부차는 이 말에 대해서도 "무도한 늙은이의 어리석은 말"이라고 생각하고는 오자서를 상대하지 않았다.

부차가 오자서를 멀리한다는 소식은 순식간에 회계까지 전해졌다.

곧바로 월왕 구천은 대부 문종과 범려를 불러 일을 논의하였다.

문종은 마땅히 이 기회를 틈타 구천이 친히 예물을 가지고 고소로 가

부차에게 받치고 그의 마음을 놓게 한다면, 월나라는 그 안에서 이익을 얻을 수 있을 것이라고 건의하였다.

그러나 범려는 오히려 지금까지 보낸 진주와 월나라 토산물에 부차가 이미 진력이 났을 것이므로 그다지 큰 효과가 없을 것이니, 이번에는 새로운 것을 보내야만 할 것이라고 건의하였다. 그는 부차가 아름다운 여자를 좋아하니, 이번에는 예쁜 여자를 몇 명 찾아서 보내는 것이 가장 좋은 방법일 것이라고 제안하였다. 이번 밀담의 결과는 이렇게 결정이 내려졌다. 범려는 며칠이 지나지 않아 제기諸曁 남쪽으로 몇 리 떨어진 저라산苧蘿山 아래작은 마을에서 두 명의 아리따운 여자를 찾아냈다. 이들이 바로 서시西施와정단鄭旦이었다.

오자서의 죽음

서시西施의 성은 시施이며, 이름은 이광夷光으로 저라산 아래 시
가촌施家村 사람이다. 저라산은 일명 라산羅山이라고도 하는데, 회계산의 지
맥으로, 회계산 서쪽 산기슭에서 흘러나온 작은 강훗날 사람들은 서시가 일찍이
이 강에서 실(紗)을 빤 적이 있다고 하여 "완강(浣江)"이라고 불렀으며, 또한 강 속에 있는 큰 돌을
"서시의 완사석(浣紗石)"이라고 간주하였다은 오늘날 사람들이 말하는 포양강浦陽江의
지류로써 저라산 북쪽기슭 앞으로 흐른다. 이 작은 강 양쪽 기슭에 사람들
이 모여 살았는데, 이들의 성은 모두 시施씨였다. 서쪽 기슭 시가施家에서는
시이광施夷光과 같은 미녀가 나온 반면, 동쪽 기슭 시가에서는 이와 반대로
추녀인 여자아이가 태어났다. 사람들은 그녀를 "동시東施"라고 불렀다. 훗날
사람들이 "동시효빈東施效顰"이라고 말하는 성어 속의 여인이 바로 그녀를
두고 한 말이다.
　　서시의 집은 가는 베를 짜는 것으로 생활하였다. 서시는 늘 물들인 실을

작은 강가로 가지고 가서 빨았기 때문에, 그녀의 아름다움은 일찍부터 범려의 귀속에까지 들어갔다.

정단鄭旦의 집은 저라산 서쪽 산기슭인 정오鄭塢에 자리 잡고 있었는데, 그녀의 아버지가 비록 나무꾼이었지만 그녀의 아름다움은 일찍부터 사람들에게 널리 알려져 있었다.

범려는 두 집안의 부모를 설복시킨 다음, 서시와 정단을 회계로 데리고 와 아름다운 의복을 입히는 한편, 맛있는 음식을 산처럼 준비하여 먹였다. 그러면서 집안에서 지내게 하면서 햇볕을 쬐지 못하게 하자 그녀들은 더욱 더 희고 아름다운 모습이 되었다. 범려는 또 그녀들에게 노래와 춤, 그리고 궁전 안에서의 예절 등을 가르쳤는데, 둘 다 총명하여 배우자마자 곧 익숙해졌다.

오왕 부차가 제나라에서 돌아온 지 얼마 되지 않아, 구천이 파견한 상국 범려가 고소성에 도착하였다. 범려는 먼저 태재 백비의 집을 찾아가 많은 진주와 금은보화를 바치며, 부차에게 헌상할 두 명의 미녀를 소개하였다.

부차는 월나라에서 미녀를 바쳤다는 소식을 듣자 기쁨으로 속이 근질근질해져 참을 수가 없었다. 그래서 즉시 사람을 보내 범려에게 알렸다.

"오늘 저녁에 내가 연회를 베풀고자 하니, 그대는 미녀들을 데리고 함께 오시오!"

오자서는 옆에서 부차의 이와 같은 명령을 듣자 당장 부차에게 월나라의 미녀를 받아 들여서는 안된다고 충고하였다. 그는 주왕조의 유왕幽王, 상왕조의 주왕紂王, 하왕조의 걸왕桀王이 미녀를 총애하여 국가의 대사를 소홀히 하였기 때문에 망국의 역사로 끝이 났다는 사실을 근거로 들었다. 그러면서 오왕 부차에게 월나라의 여인을 받아들여서는 안된다고 하였다. 또한 부차에게 국가를 위해서는 당연히 재능이 있는 인재를 중요시해야함을 간언하였다. 그러나 부차는 그의 말을 들으려 하지 않았다.

오자서는 말을 하면 할수록 정신이 더욱 명확해졌다.

"월나라가 미녀를 바치는 일은"

하면서 그는 계속해서

"구천의 야심과 깊은 관계가 있을지도 모릅니다. 저는 그들이 군신 간에 이미 몇 차례 모임을 가졌다는 소식을 들었습니다. 사람들의 말에 의하면 구천은 와신상담하면서 부추夫楸의 패배를 잊지 않고 있다고 합니다. 최근에는 또 군사를 훈련시키면서 반드시 우리나라를 도모하고자 하는 흑심을 품고 있다고 합니다. 그가 미녀를 바치는 것도 아마 이와 관련된 음모일 것입니다."

그러나 오자서의 말은 헛수고였다. 부차는 근본적으로 그의 말을 들으려고 하지 않았기 때문이다.

오왕은 사람을 시켜 고소성 밖 태호 근처에 있는 고서대姑胥臺를 다시 넓게 지어 서시와 정단을 그 곳에 살도록 하였다.

고서대는 매우 화려한 궁전식 건축물로 합려왕 때 지어졌다. 부차는 사람을 시켜 그 옆에다 다시 똑같은 궁전을 짓게 하고, 서시와 정단을 양쪽

궁전에 한사람씩 머물게 하였다. 두 궁전 사이에는 결이 가늘고 하얀 편梗나무를 바닥에 깔아 양쪽에서 드나들 수 있도록 긴 회랑을 만들었다. 부차는 목공에게 일부러 마룻바닥에 못을 박지 못하게 하였다. 그 때문에 사람들이 그 위를 지날 때마다 삐꺽삐꺽하는 소리가 울려 퍼졌다. 그래서 사람들은 이 긴 회랑을 "향섭랑響屧廊"이라 불렀다.

서시와 정단은 자신들이 무엇 때문에 오나라에 왔는지 너무나 잘 알고 있었다. 그렇기에, 고서대에 들어가 살게 된 후 그녀들은 있는 힘을 다해 부차의 비위를 맞추고 시중을 들며 동시에 월나라와 구천을 위해 듣기 좋은 말을 들려주었다.

월왕 구천은 부차가 이 두 미녀를 받아들였다는 말을 듣자 마음이 더욱 놓였다. 그래서 그는 부차에게 "제나라를 정복시킨 일"을 축하하기 위해 친히 고소로 갔다.

부차는 구천에게 두 미녀를 보낸 일을 감사하기 위하여 문대文臺에 술자리를 베풀고 구천을 정중히 대접하는 한편, 태재 백비와 상국 오자서, 그리고 일부 주요 관원들도 배석하도록 하였다. 오자서는 마음속으로는 원하지 않았으나, 국왕의 부름이라 어쩔 수 없이 그 자리에 참석하였다.

사람들은 술을 마시며 서시와 정단의 가무를 즐겼다. 부차는 대단히 기뻐하며 취기가 올라 악사에게 음악을 정지시키고 무희에게 춤을 추도록 한 다음 말하였다.

"나는 사람들이 임금이 된 자는 공이 있는 신하를 멸시해서는 안되며, 부모가 된 자는 건강한 아이를 미워해서는 안 된다는 말을 들은 바 있는데, 이 말이 틀리지 않다고 생각한다. 일찍이 태재 백비가 수차례 본인의 대외 정벌을 도운 큰 공이 있으므로, 이제 그에게 최고의 상을 내릴까 한다. 또한 월왕 구천이 충성스러운 마음으로 과인에게 충성을 다하였으니, 그에게 땅을 하사할까 하는데, 그대들의 생각은 어떠한가?"

감히 국군의 흥을 깨고 싶어 하는 자가 없었기에, 모두 한결같이

"대왕의 행동은 위로는 천심에 부합되며, 아래로는 인의에 따르는 것입니다!"

라고 말 하였다.
그러나 유독 한 사람만이 이러한 흐름에 휩싸이지 않고 마룻바닥에 앉아 두 팔을 땅에 대고 눈물을 흘리며 말하였다.

"아! 정말 슬프도다! 충신은 말을 해서는 안되고, 말 한다 해도 소용이 없구나. 소인배들은 그저 아첨할 줄만 알고, 국왕의 뜻에 따라 말할 줄만 아는구나! 억지로 검은 것을 하얗다고 말하고, 억지로 나쁜 것을 좋다고 말해야 하는구나. 오나라의 정치는 썩었으니 이제 오나라는 얼마 못가 멸망하고 말 것이다!"

오왕이 둘러보니, 이 말을 한 사람은 다름 아닌 오자서였다. 그는 더 이상 참을 수가 없어 얼굴색을 찌푸리며 큰 소리로 말하였다.

"오원! 이 배은망덕한 늙은이! 그대는 그대 혼자 오나라 패권을 장악하려

드는가? 그대는 나 부차가 무엇이든 모두 그대의 말이면 다 들어줘야 한다고 생각하는가? 내 선왕의 체면을 생각하여 그대를 죽이지 않는 것일 뿐이거늘, 그대는 감히 내가 그대를 죽이지 못할 것이라고 생각하느냐! 그대는 집으로 돌아가 그대가 갈 길을 잘 생각해 보도록 하고, 다시는 내 눈앞에 얼씬거리지 말라!"

오자서는 이 말을 듣고 벌떡 일어나 눈물을 줄줄 흘리면서 말하였다.

"저 오자서는 이미 대왕의 눈에 신의를 저버린 사람이니, 더 이상 선왕의 신하가 될 수 없습니다. 저는 절대로 제 자신의 목숨이 아까워서가 아니라, 오직 오나라가 훗날 멸망하게 될 것이라는 사실만이 두려울 뿐입니다. 아! 예전에 하왕조의 걸왕은 충신 관용봉關龍逄을 죽였고, 상왕조의 주왕은 재상 비간比干을 죽인 일에 대해 후인들이 어떻게 비평하고 있습니까? 지금 대왕께서 저를 죽이신다면, 대왕은 하왕조의 걸桀과 상왕조 주紂에 비교될 것입니다. 대왕이여 잘 처리하시기 바랍니다. 저는 하직 하오리다!"

오왕 부차는 이러한 말을 듣자, 더욱 더 화가 치밀어 올라 말하였다.

"오원, 그대는 애초부터 불충하고 믿음이 없는 사람이었다. 만약 그렇지 않았다면, 그대의 아들을 제나라 포목에게 부탁할 리가 없었을 것이다. 당장 꺼져라! 이 배은망덕한 늙은이 같으니! 나는 술을 더 마시고 싶으니 내 홍을 깨지 말라!"

오자서는 더 이상 말을 하지 않고, 땅에 절을 하고는 몸을 돌려 큰 걸음으로 문대를 걸어 나왔다. 그는 눈물을 흘린 채 탄식하며 집으로 돌아왔다.

그가 집에 도착하자마자, 대부 피리가 바로 뒤쫓아 왔다. 피리 또한 연회에 참석하였다가 오왕 부차와 오자서가 서로 충돌을 하는 광경을 보고 마음속으로 오자서를 동정하고 있었다. 마침내 대왕이 소홀한 틈을 타 몰래 연회를 빠져나와 오자서를 찾아 온 것이다.

피리를 보자 오자서는 또 탄식이 나왔다.

"내가 과거에 초나라에서 도망쳐 오나라로 왔을 때"

라고 말하면서 다시

"선왕은 나의 말을 믿어 주시어 내가 부형의 원수를 갚도록 도와 주셨소 선왕이 세상을 떠나신 후에, 나는 나의 모든 능력을 다 바쳐 부차를 도왔던 것은, 오로지 나에 대한 선왕의 은혜에 보답하기 위함이었소 그런데 부차는 백비의 말을 곧이곧대로 믿고서 나를 이 지경에까지 오게 하였소 그러나 나는 나 자신이 아까워서가 아니라, 다만 내가 죽은 후에 당신 역시 이 일에 연루될까 두렵소"

피리가 말하였다.

"오공, 당신은 지금 무슨 말씀을 하고 계시는 거요! 행여 자살 하려고 하시는 겝니까? 내가 보기에 당신의 자살은 오나라에게 아무런 효과도 없으며, 도리어 공연히 월나라의 군신들에게 비웃음만 사게 해줄 뿐입니다. 오히려 도망가는 것만 못한 일이오."

"내가 어디로 도망을 가겠습니까? 나는 오나라에서 수십 년 동안 살면서 지금에 이르렀는데, 가고 싶은 곳이 어디 있겠소?"

오자서는 깊이 한숨을 쉬었다.

오자서가 문대를 걸어 나갔을 때, 오왕 부차는 대단히 화가 났지만, 그는 계속하여 음악을 연주하도록 하였다. 음악소리가 차츰차츰 그의 노기를 가라앉혀 주었다. 게다가 서시와 정단이 부드럽고 아름다운 몸매로 나풀나풀 춤추는 모습을 보자, 하하하 웃음소리가 절로 나면서 술을 들어 정신없이 마셨다.

오나라의 신하들은 오자서와 임금의 충돌에 대해서 어떠한 언급도 하기를 회피하였다. 월왕 구천만이 은근히 마음속으로 기쁨을 감추지 못했다. 그러나 그는 한마디도 언급하지 않았다.

다만 태재 백비만이 "때가 왔다."고 느꼈다. 그는 앞으로 걸어나가서 부차의 귀에 대고 소곤소곤 몇 마디 말을 하였다.

"상국의 말을 들어보니, 그는 마음속으로 대왕에 대해 매우 깊은 원한을 품고 있는 듯합니다. 하왕조의 걸왕과 상왕조의 주왕은 역사상 가장 몽매한 망국의 혼군입니다. 상국이 어떻게 그들을 대왕과 비교할 수 있단 말입니까? 이것은 분명 대왕을 욕하는 말임에 틀림없습니다."

이 몇 마디의 말은 오왕 부차를 몹시 화나게 만들었다. 그는 즉시 허리에 차고 있던 칼을 뽑아 백비에게 넘겨주면서

"그대가 나를 대신하여 이 일을 처리하시오."

이 말은 분명 오왕 부차가 오자서를 죽이고자 한다는 의미였다.
태재 백비가 보낸 사람은 오왕을 대신하여 "속루屬鏤"라고 불리는 검을 오자서에게 넘겨준 후, "상국 오원을 죽여라"는 오왕의 명령을 선포하였다.
오자서는 칼을 받은 후, 옷깃을 높이 젖히고 신발을 벗어 던진 다음 대청 앞에 있는 정원 앞으로 걸어가서 하늘을 우러러 탄식하였다.

"부차, 나 오자서는 선왕의 충신으로, 그분을 위해 희료姬僚를 제거하여 왕위를 쟁취 할 수 있도록 하였으며, 경기慶忌를 제거하여 통치권을 공고히 하였다. 계략을 세워 초나라를 물리쳤으며, 월나라를 정복하여 오나라의 위세를 천하에 널리 떨쳐 강력한 패주가 되도록 하였다."

"지금 부차 당신이 나의 뜻을 받아들이지 않는다면 그것으로 그만 인 것을, 그대는 오히려 나에게 칼을 주어 나의 죽음을 강요하고 있다. 내가 오늘 죽게 되면 오나라는 월나라 사람들에게 멸망당할 것이며, 번화하던 고소는 장차 잡초로 둘러싸이게 될 것이다. 월나라가 원수를 갚고 한을 풀기 위해서는 반드시 오나라의 종묘를 파헤칠 것이니, 그때가 되어 후회한 다 해도 소용없을 것이다."

"부차! 부차! 선왕께서는 당신이 결코 왕위를 계승할 만한 사람이라고 생각지 않으셨다. 당신은 타고난 성품이 우둔하여 어진 마음이 부족하다고 여기신 선왕을 내가 설득하지 않았다면, 당신이 어찌 국왕의 자리에 오를 수가 있었겠는가? 나는 당신을 위해 왕위를 쟁취하는 과정에서 다른 왕자들의 원한을 받았으나 한마디 원망조차 한 적이 없다. 그런데도 지금 당신은 오히려 이런 나의 공로를 모두 잊고 죽이려고 하니 선왕께서 당신이 우둔하고 어진 마음이 부족하다고 하신 말씀이 이제 조금도 틀리지 않았다는 것을 알겠구나!"

계속해서 오자서는 길게 탄식하면서 말하였다.

"오늘 내가 죽더라도 후세에는 반드시 내가 충신이었으나 억울하게 죽음을 당했다는 사실을 아는 사람이 있을 것이다. 그러나 내가 관용봉, 비간과 더불어 천고에 그 빛을 비춘다 해도 무슨 소용이 있겠는가!"

그런 다음, 오자서는 집에서 부리는 하인에게 분부하였다.

"내가 죽은 후에 너는 나의 묘 위에 향오동나무를 심거라. 향오동나무가 크게 자라면 기물器物을 만들 수 있을 것이다. 너는 나의 눈알을 빼어 고소성 동문 위에 걸어놓아 내가 친히 월나라 군대가 고소로 진격해 오는 모습을 볼 수 있도록 하거라."

말을 마친 후, 오자서는 칼을 뽑아 자기 목을 찔러 자살 하였다.

오왕 부차는 보고를 접하고서 오자서가 죽을 때 한 말들을 듣게 되었다. 그는 몹시 화가 나 사람을 시켜 말가죽으로 오자서의 시체를 싸맨 후에, 고소성 동남쪽 30리 떨어진 삼강구三江口에 던져 넣도록 하였다. 그리곤 그의 머리를 잘라서 성루 위에 걸어놓고서 욕을 하였다.

"작렬하는 태양으로 네 머리를 불사르게 하고, 맹렬한 바람으로 너의 눈을 파내게 하며, 물속의 어별魚鼈로 너의 썩은 육신을 먹게 하고, 너의 뼈를 잿더미로 만들어 버리면, 그래도 네가 무엇을 볼 수가 있을 것 같으냐!"

괴이하게도 오자서의 시체는 삼강구에서 강물을 따라 흘러내려 가다가 다시 바다의 조류를 따라 올라 와 시종 강물 속에서 이리저리 흔들렸다. 때로는 강가에 부딪혀 며칠씩 걸려 있기도 하였다. 오왕 부차는 사람을 보내 그의 시체를 건져 불에 태우고자 하였으나 또 다시 조류를 따라 바다로 흘러나가 버려 찾을 수가 없었다. 며칠 후 오왕이 파견한 사람이 돌아가자 다시 강가로 흘러 들어와 부차를 두려움에 떨게 하였다.

7년이 지나 월나라 군대가 오나라를 공격하여 삼강구 지역에 이르러서, 그 곳에서 백마 한 필을 죽여 오자서를 위해 제사를 지냈다. 전하는 바에 의하면 탁자 위의 술잔이 흔들거렸으며, 술잔 속의 술 또한 저절로 없어졌다고 한다. 훗날 구천은 오나라를 멸망 시키고 나서 삼강구 해안가 상단포上壇浦에 사당을 짓고 오자서에게 제사를 지냈다고 한다.

진대晉代에 이르러 당시 회계군수였던 미표蘼豹가 사당을 오현吳縣(姑蘇)의 동쪽으로 옮겼으며, 당대唐代에도 여전히 그 흔적을 볼 수가 있었다고 한다.

오자서는 국가를 위해 충성을 다 받쳤으나, 오히려 소인배에게 모해를 당해 억울하게 죽음을 당했으니, 후세의 사람들이 이 역사를 읽으매 그의 불행을 탄식하지 않은 이가 없었다.

오나라 국왕 부차가 오자서를 죽이고 난 후부터 전국의 수확은 해마다 점점 더 나빠져 갔다. 백성들은 부차의 행동을 달가워하지 않았고 오히려 오자서의 불행한 죽음에 크게 동정심을 나타내었다. 이러한 상황 속에서 부차가 강제로 백성들을 징집하여 군사로 만들거나, 혹은 강제 노동을 시키자 백성들은 게으름을 피우고 일을 소홀히 처리하였다. 이로 인해 오나라의 국력은 날로 쇠약해져 갔다.

오왕 부차는 이러한 사실을 알지 못하고, 오자서가 죽은 지 3년째 되던 해기원전 483년 사람을 노나라에 보내 노 임금 희장姬蔣을 남쪽 탁고橐皐: 탁고는 안휘성의 소현(巢縣) 서북쪽에 있으며, 현재는 척고(柘皐)라고 부른다라는 지역으로 불렀다. 그리고 1차 회의를 열었다. 이 회담에서 부차는 제나라를 공격할 때 오나라 부대가 노나라 국경지역의 영토를 통과할 수 있도록 요청하였고, 노 희장은 이 요구를 들어 주었다. 그 결과 오왕 부차는 그 다음 해에 두 번째 북벌에서 "제나라의 전걸을 혼내 줄" 만반의 준비를 마칠 수 있었다.

승리를 따라 온 재난

이번 오나라가 출병시킨 병마는 역사상 가장 많은 숫자였다. 오왕 부차는 친히 3만 6천여 명의 건장한 장정을 선발하였다. 그 가운데는 기병, 보병, 검사철검을 든 사람들을 선봉대로 삼은 결사대 등이 있었다. 게다가 그는 출병하기 전 이들 병사들을 모두 고소성 북문 밖 광장에 소집시켜 전열을 가다듬은 후 최종적으로 검열을 하였다.

이날은 대단히 화창한 날씨였다. 아침에 해가 막 떠오르자마자 북벌 군대는 막사를 모두 거두고 군관들의 인솔에 따라 3만 6천 명의 건장한 병사들이 빠짐없이 당당하게 가슴을 펴고 광장에 정렬하기 시작했다.

한차례 북소리가 울리고 나서, 완전무장을 한 오왕 부차가 백마를 타고 태재 백비의 호의를 받으며 광장에 도착하였다. 광장에는 정적이 흘렀다.

부차는 임시로 세워놓은 장대에 올라서서 선명하게 휘날리는 북벌군대의 깃발을 둘러보았다. 투구와 갑옷을 갖추어 입은 병사들이 손에 번쩍 번쩍 빛나는 칼과 창을 들고 있는데, 그 모습이 하나같이 씩씩하고 기세등등하여 용감한 기백이 넘쳐흘러 보였다.

그는 자신의 군대가 전쟁에 익숙한 백전백승의 군대라고 믿고 있었다. 때문에 이번 출정으로 반드시 제나라를 전멸시키고, "천하에서 가장 막강한" 진晉나라 군대와 한바탕 겨루어 천하에서 누가 가장 강한 나라인가 확인하고 싶었다.

이렇게 부차는 자신만만함에 가득 차 있었지만, 마음 한 구석에는 올해 나이 23세인 태자 희우姬友가 어제 그에게 한 말이 귓전을 맴돌며 떠나지 않았다.

신하들 가운데 특히 오자서를 지지하는 인물들은 그에게 출병하지 말 것을 간하였는데, 두려운 마음에 오왕 부차는 그 누구도 제나라 정벌에 대해 더 이상 언급하지 못하게 명령을 내렸었다. 그런데 어제 아침에 희우가 이에 관해 말을 한 것이었다.

희우는 아침에 그의 부친 앞으로 손에 탄궁을 들고 온통 황토 흙투성인 옷을 입은 채로 걸어왔다. 부차가 그에게 왜 옷이 더럽혀졌는지를 묻자, "넘어졌다"고 응답하였다. 부차가 다시 그에게 넘어진 연유를 물으니, 희우는 거침없이 그 연유를 대답하였다.

"궁전 화원에 있는 큰 나무 위에 여러 마리의 매미가 매달려 긴 소리를 내며 울고 있는 것을 보니, 매우 기분이 좋았습니다. 매미의 등 뒤로 사마귀 한 마리가 있었는데, 사마귀는 자기 앞에 있는 매미를 잡기 위해 다리를 굽히고 몸을 엎드리며 천천히 앞으로 움직여 도끼처럼 생긴 두 앞다리를 들어 매미를 덮치려 하고 있었습니다. 그런데 사마귀 뒤에는 꾀꼬리가 목을 길게 빼고 그 사마귀를 쪼아 먹으려고 하고 있었습니다. 아마도 꾀꼬리는 오늘 아침 맛있는 음식을 배부르게 먹을 수 있을 것이라고 생각만 하였지 제가 바로 나무아래에 서서 탄궁을 당겨 저를 쏘려고 준비하고 있다는 사실은 몰랐을 것입니다. 아버님께서는 제 기술이 어떻다고 보십니까? 그런데 저는 나무 위의 꾀꼬리만 보고 있다가 땅바닥에 있는 흙구덩이를 보지 못하고 발을 내딛다가 그만 넘어져 옷을 온통 더럽히고 말았습니다."

부차는 이 말을 듣고는 웃으면서 말하였다.

"옳아! 천하에서 가장 어리석은 자는 바로 너 같은 사람이구나. 그저 눈앞의 이익만 바라볼 뿐 불행한 결과에 대해서는 주의를 하지 못하는구나. 어서 가서 옷을 갈아 입거라……"

그의 말이 채 끝나기도 전에 희우는 즉시 말을 가로채어 말하였다.

"아버님 말씀이 맞습니다. 천하 사람들은 저보다 더 어리석습니다. 노나라에는 주공단이 남긴 공자의 교훈이 있어서 그들은 예법에 따라 일을 처리하며, 또한 지금까지 이웃나라를 침범하려고 한 적이 없었습니다. 오히려 제나라 대부들은 백성들의 사활은 돌아보지도 않고, 오로지 다른 사람의 토지를 점령할 욕심에 노나라를 공격하고자 하는 생각만 하고 있습니다. 제나라의 대부들은 노나라를 공격하려고 계획을 세우면서도, 우리 오나라의 정예부대가 제나라를 치러 올지도 모른다는 생각은 전혀 하지 못하고 있습니다. 또한 우리 오나라도 강을 건너가 창칼을 휘둘러 위세 등등하게 이웃나라를 공격할 줄만 알았지, 우리 뒤에 자나깨나 원수를 갚아 원한을

씻고자 하는 월나라가 군대를 훈련시켜서 이제 삼강구를 건너 고소를 공격
할 기회를 호시탐탐 엿보고 있다는 사실에 대해서는 전혀 생각지도 않고
있습니다. 그러니 제 생각에 아마도 천하에 가장 위험한 일일지라도 이보다
는 더 심하지 못 할 것이라 생각됩니다.

이때 부차의 얼굴에 띠었던 웃음이 사라지면서 무섭게 아들을 쏘아보았
다. 그러나 부차는 마땅한 이유를 들어 반박하지 못하였다. 한참 후에야
그는 겨우 심하게 말을 내뱉었다. "가라! 네 말은 듣고 싶지 않다!"

그때 비록 이렇게 말하긴 하였지만, 어제부터 지금 이 순간까지 아들의
이 말이 줄곧 오왕 부차의 귓가를 맴돌며 떠나지 않고 있었다. 그러나 그는
마음속으로 굳게 다짐하였다.

"천하 사람들로 하여금 나 부차가 얼마나 대단한 사람인가를 알게 해주
겠다."

분명 오왕 부차는 대단한 사람임에 틀림없었다. 그가 겉보기에는 구천의
충성을 완전히 믿고 있는 것으로 보였지만, 실제로 마음을 완전히 놓고
있었던 것은 아니었다. 그래서 중원으로 진군하기 전에 그는 일부 병력을
오늘날의 황포강黃浦江 일대에서 천천히 동남쪽으로 밀고 들어가도록 배치
하였다.

구천은 오나라 군대가 월나라를 침입할 조짐이 있다는 말을 듣자 제계영
과 예용 등을 파견해 취리檇李에서 방어태세를 갖추게 하였다. 그리고 한편
으로, 밤을 틈타 대부 문종과 범려, 그리고 계예 등을 불러 오나라와의
접전에 대한 계책을 논의하였다.

문종이 생각하기에 오나라 군대는 오자서와 손무가 훈련을 시켰기 때문에, 아직까지는 용맹하고 싸움을 잘 할 수 있을 것이라고 믿었다. 그러므로 월나라 군대가 그들과 싸움을 한다고 해서 반드시 승리를 얻을 것이라고는 생각하지 않았다. 또한 이번 오나라 군대의 행동이 너무 느린 것으로 미루어 보면 부차가 마치 고의적으로 월나라로 하여금 이번의 출정을 알게 하려는 것처럼 보였다. 문종은 이러한 움직임을 통해 부차가 일부러 월나라를 침입하려고 하는 것이 아니라, 다만 위협하려는 의도가 있음을 간파하였다. 그래서 문종은 오나라에 사람을 보내 예물을 바치고, 월나라는 죄가 없으니 진격을 멈추어 줄 것을 요청하는 것이 좋을 것이라는 생각이 들었다.

문종은 다른 한편으로

"이번에 부차가 만일 우리가 사정 한 것을 들어주고, 북벌에만 신경 쓴다고 해도 결국에는 여러 나라의 노여움을 사게 되어 좋은 결과를 얻지 못하게 될 것입니다. 그 때가 되면 우리도 원수를 갚을 수 있을 것입니다!"고 말하였다.

그리하여 전선에 있던 제계영은 월왕 구천의 명령을 받고 고소로 가 부차를 만났다. 그는 오나라 군대의 진격을 멈출 것을 요청하는 한편, 구천의 아들과 딸을 데리고 가서 그들을 영원히 부차의 시중을 들도록 하게 함으로써 월나라의 군신들이 영원히 부차에게 신복하겠다는 뜻을 표시하였다.

이로 인해 오왕 부차는 마음을 놓고 즉시 군대를 이끌고 북벌을 단행하였다. 그는 백비에게 3천 명의 검사를 주어 선봉에 서도록 하는 한편, 자신과 대장 화등華登은 기병 3만 1천명을 이끌고 그 뒤를 쫓아 장강을 건너 곧장 제나라로 쳐들어갔다.

오나라 군대는 이미 지난번에 노나라부터 노나라를 자유롭게 통과할 수 있다는 약속을 받았었다. 그래서 오나라 군대는 순조롭게 산동 동남부 노나라 경내로 들어가 곡부에서 이틀을 쉬었다. 그 후 다시 북쪽으로 문수汶水를 건너 태산을 목표로 밤낮을 가리지 않고 길을 재촉하여 태산남쪽에 이르렀다. 여기서 다시 방향을 바꿔 동북쪽으로 문수 북쪽 지류를 거슬러 태산과 노산魯山 사이에 있는 고지를 향해 진격하였다. 노산 서쪽 산맥을 넘은 후에 건령지세建瓴之勢: 물은 용마루 꼭대기에서 그 밑으로 흘러내린다를 이용하여 곧장 제나라의 수도인 임치를 공격해 들어갔다. 그는 이러한 방식으로 진군한다면 제나라 군대가 미처 손쓸 새도 없이 무너지게 될 것이라고 생각하였다.

부차의 계산은 매우 정확하였으나, 한 가지 그가 미처 생각하지 못했던 일이 생기고 말았다. 바로 노산 위에서 나무를 하던 나무꾼이 천천히 다가오는 대군을 보고, 본국의 군대가 아닌 것 같은 생각에 그 즉시 지방관에 보고하였던 것이었다. 그 보고는 다시 전걸田乞에게 보고되었고, 전걸은 그 즉시 고무평을 대장으로 삼고 군대를 파견하여 적군의 공격을 저지하도록 명령하였다.

오늘날에 박산博山부근으로, 당시 "애릉艾陵"이라고 불리던 고지 위에서 오나라와 제나라 양군이 서로 맞붙게 되었다. 오왕 부차가 보고를 접하고 즉시 앞으로 나아가 높은 곳에서 아래를 보니 제나라 군대 역시 그 숫자가 적지 않았으며, 부대 또한 매우 질서정연하였다.

그러나 그는 자신의 오나라 군대가 제나라 군대보다 높은 곳에 자리 잡고 있었기 때문에 지리상 유리한 고지를 점령하고 있다고 생각하고 있었다. 그는 명령을 내려 선봉부대인 3천 명의 검사들에게 철검을 들고 말을 달려 적진으로 돌격해 길을 튼 다음 말에서 내려 적군을 공격하도록 하였다.

그리고 소수의 병사만 남겨 군수품과 군지를 지키도록 하고, 필요시에는 후원부대로 삼기로 하였다.

　"공격개시! 공격개시!"

　"죽여라!"

　과연 오왕 부차의 이러한 전략은 효과가 있었다. 3천 검사의 철검이 갑자기 터진 홍수와 같이 제나라 병사들의 구리병기를 부러뜨려 버렸다. 이에 제나라 군대는 싸움도 제대로 못해보고 전멸당했으며, 제나라의 대장 고무평 역시 포로로 잡히고 말았다.

　이처럼 "높은 곳에서 낮은 곳으로"의 공격 방법과 예리한 철제병기가 더해져 순식간에 오왕 부차는 임치성臨淄城 아래까지 공격해 들어 갈 수 있었다. 상황이 이렇게 되자 전걸은 어쩔 수 없이 제나라 임금의 명의로 오나라에 화친조약을 청하게 되었고, 부차를 맹주로 추대하고 수많은 금은보화를 보내어 오나라 군을 위로하였다.

　오왕 부차는 이번 전쟁으로 오랜 역사와 문화를 지니고, 그동안 제후국의 영수로 군림하던 제나라를 패배 시켜 마음속으로 대단히 기뻤다. 그는 부대를 임치성 아래에서 4일 동안 쉬게 한 다음, "천하에서 가장 강하다"는 진晉나라와 한판 승부를 겨루고자 즉시 서쪽을 향해 출발하였다.

　오나라 군대는 황하를 건너서 강기슭을 따라 서남쪽을 향해 진군하였다. 즉 오늘날의 하북성 남부를 지나 계속해서 서쪽으로 진나라 경내로 공격해 들어갔다.

진나라는 주 무왕武王의 아들 희숙우姬叔虞가 세운 나라이다. 이때 임금은 희오姬午라고 불렀으며, 역사상에서 전해지는 진 정공定公이 바로 이 사람이다.

진 정공은 오왕 부차가 대군을 이끌고 왔다는 소식을 접하자 즉시 친히 군대를 지휘하는 한편, 대부 조앙趙鞅으로 하여금 오나라 군대와 맞서 싸우도록 하였다. 그리하여 오와 진나라 양국 군대는 지금의 하남성 북부 봉구현封丘縣 남쪽, 즉 당시 황지黃池라고 부르던 곳에서 서로 조우하게 되었다. 그리고 양군이 모두 이곳에 진을 쳤다.

오왕 부차는 이때 한창 득의양양해 황지에서 대연회를 베풀고 삼군을 위로하였다. 진나라 군대와 결전을 준비하고 있을 때 남방으로부터 뜻밖에도 나쁜 소식이 전해져 왔다. 그 소식은 바로 범려와 예용이 월나라 군대를 이끌고 이미 절강浙江을 건너 고소성 밖까지 공격해 왔다는 소식이었다. 게다가 태자 희우가 이끄는 부대는 성 밖 "고웅이姑熊夷"라고 부르는 곳에서 패배를 당해 성으로 쫓겨 들어가 지키고 있으며, 월나라 군대는 고소를 포위한 채, 다른 쪽으로 고소 북쪽의 오나라 땅을 약탈하면서 계속 북쪽을 향해 장강 남쪽기슭까지 밀고 들어오고 있다는 소식까지 더해졌다.

후방의 정세를 보고하는 병사들이 연이어 도착하였다. 그들이 전하는 소식은 갈수록 점점 나빠져 갔다.

오왕이 가장 즐겨 찾던 고소 밖의 고소대는 이미 월나라 군에 의해 완전히 불살라졌고, 또 태호에서 오왕이 즐겨타던 "여황주餘皇舟"는 월나라 군대에 의해 태호 남쪽으로 끌려가 이미 월나라로 가져가 버렸다고 했다. 그리고 예용이 고소를 공격하면서 구름다리를 만들어 공격해와 여러 차례 성이 함락될 위기에 처 할 뻔 했었다는 상황과, 태자가 부대를 이끌고 성을 굳게 지키고 있지만, 정세가 몹시 위험하다는 등등의 소식이 잇따라 부차에게 전해졌다.

"어떻게 해야 할 것인가? 그대들은 지금 우리가 어떻게 해야 한다고 생각시오?"

이러한 소식들은 너무나 갑작스레 벌어진 일이었기에 부차의 말투는 약간 허둥거리고 있었다. 태재 백비는 얼굴을 붉힌 채 고개를 푹 숙이고 한마디 말도 못하였다. 그는 월나라가 절대로 오나라가 중원을 공략할 때 뒤에서 오나라를 칠 리가 없다고 확신했었다.

"아닙니다. 월나라인들은 한결같이 오나라가 그들에게 베푼 은혜에 감격하고 있는데, 어떻게 감히 소란을 일으키겠습니까!"

그런데 지금 발생한 상황을 보면 완전히 그가 말한 것과는 정반대가 되어 버렸으니, 그는 아무 말도 할 수 없었다.
대장 화등은 전쟁 시에는 매우 용감하였지만, 그는 본래 무식한 사람인지라 아무런 방법도 생각해 내지 못하였다. 오히려 오왕 부차의 조카인 왕손락王孫駱이 입을 열었다.

"일단 지금은 필사적으로 앞으로 나아가 진나라 군을 공격하는 수 밖에는 없습니다. 그렇게 천하패주의 위망을 얻은 후에 다시 방법을 강구하는 편이 좋을 것 같습니다. 그러니 이번에 대왕께서 특별히 명령을 내리시어 공이 있는 자에게는 최고의 상을 내리고, 말을 듣지 않는 병사들은 반드시 엄한 처벌로 다스리신다 하셔서, 모든 병사가 온힘을 다해 싸우게 해야 할 것입니다. 이번 진나라 군대와의 일전은 좀처럼 결과를 예측하기 어려운 상황입니다."

부차는 왕손락의 건의를 받아들여 태재 백비에게 명령을 내렸다.

첫째, 모든 부대는 술시戌時 정각저녁 8시에 잠에 들어, 내일 인시寅時 정각오전 4시에 모두 일어나 갑옷으로 완전무장을 하고 출발명령을 기다린다.

둘째, 모든 말은 오늘 저녁에 반드시 배불리 먹이고 안장을 채워 놓는다. 그리고 말구유에 밀기울을 충분히 넣어놓아 말이 수시로 먹을 수 있도록 한다.

셋째, 모든 군용물은 오늘 저녁에 완전히 싸놓아 내일 아침에 바로 출발할 수 있도록 준비한다.

이튿날, 날이 채 밝기도 전에 오나라 군대는 아궁이의 불씨를 끄고 출발하였다. 오나라 군대는 다섯 명이 하나의 대오를 이루고 열 사람이 한 줄로 서서 어둠 속에서도 평상시와 마찬가지로 질서정연하게 행렬을 지어 나갔다. 그리고 말은 입에 덮개를 씌어 말이 소리 내지 못하도록 하였다. 또 모든 병사에게 젓가락과 비슷한 가는 대나무를 입에 가로로 물게 하여가는 나무는 삼밧줄로 양쪽 끝을 묶어 목에다 걸게 했다 적에게 들키지 않도록 입을 봉하게 하였다.

이 3만 6천의 오나라 군대는 모두 물소가죽으로 꿰맨 갑옷을 입고 한 손에는 방패를 그리고 또다른 한손으로는 긴 창을 들고, 허리에는 칼을 찼다. 군대는 정방형의 대열을 지어 앞을 향해 곧바로 전진하였다. 가운데 부대는 모두 흰 전포戰袍를 입어, 멀리서 보면 마치 하얀 갈대꽃처럼 보였다. 오왕 부차도 흰 두루마기를 입고 백마를 타고서 큰 도끼를 들었다. 그 뒤로 왕기를 든 여러 명의 시위대가 뒤따라왔다. 왼 편에 있는 부대가 입고 있는 옷은 모두 붉은 색의 전포로써 군대를 지휘하는 군기조차도 붉은 색이었다. 그 때문에 멀리서 바라보면 마치 큰 불꽃이 세차게 밀려오는 것과 같은 느낌을 주었다. 오른편에 있는 부대가 입고 있는 전포는 검은 색이었으며, 군기와 수레마저도 모두 검은 색이라 멀리서 보면 마치 검은 구름이 움직이는 것처럼 보였다.

황지지금의 하남성 봉구현 남쪽에서 대략 7리쯤 되는 곳에 있는 진나라 군영에서 대략 1리쯤 떨어진 곳에 이르자 오나라 군대는 진군을 멈추고 공격태세를 갖추었다. 이때까지도 날은 완전히 밝아오지 않았다. 오왕 부차가 친히 북채를 잡고 북을 치자 3만 6천 명의 전사들이 즉시 천지를 진동시킬 만한 기세로 일제히 소리를 질렀다.

진나라 군신은 자기 진영에서 고함치는 소리를 듣자 처음에는 무슨 일인지 깨닫지 못하였다. 그러다가 군정을 살피는 책임 군관의 "오나라 군대가 우리 진영에서 1리쯤 되는 곳까지 쳐들어왔다."는 긴급한 정보를 보고 받고 나자 그들은 모두 몹시 당황하였다.

조앙은 말 위에서 명령을 내렸다.

"모든 병사들은 각자의 군영을 굳게 지켜라! 명령 없이는 어느 누구도 마음대로 군영의 문을 열어서는 안된다. 명령을 위반하는 자는 군법에 의해 엄한 처벌을 받을 것이다."

그렇게 말한 후에, 그는 즉시 그의 신복인 대부 동갈董褐: 또는 사마연(司馬演)
이라고도 부른다을 오나라 군영에 보내어 오나라 군이 이곳에 온 의도가 무엇
인지 알아보도록 하였다.

동갈은 오나라 진영에 이르러 자신이 온 뜻을 알렸다. 그러자 얼마 후
한 사람이 그에게 다가와서 그를 오나라 진영의 막사로 인도하였다. 동갈은
오왕이 있는 자리를 묻고서 서둘러 그에게 예를 행한 후에 입을 열었다.

"오나라와 진나라 양국의 영토는 서로 멀리 떨어져 있을 뿐만 아니라,
우리 두 나라는 지금까지 아무런 분쟁도 겪은 적이 없습니다. 더욱이 진나
라는 오나라에 대해 잘못을 저지른 적이 없습니다. 그런데 지금 귀국의
대군이 우리 진나라에 들어와 진나라 군영을 어지럽히고 소란을 피우고
있으니, 도대체 그 연유가 무엇입니까?"

오왕 부차는 큰 소리로 말하였다.

"주왕은 천하의 공주共主이시지만 힘이 쇠약해지신 상황이다. 그런데 진
나라는 천자를 보호할 책임이 있으면서도 오히려 주왕을 위해 법에 따라
공납하지 않는 제후들을 토벌하지 않고 있다. 그러므로 우리 오나라 또한
천자와 동성이니 공적으로나 사적으로 천자를 위해 말할 의무가 있다고
생각한다. 지금 나 부차는 친히 군대를 이끌고서 동성인 진나라 임금의
안부를 묻고자 온 것이며, 또한 그에게 힘써 천자를 위해 애쓰지 않은 이유
를 묻고자 함이다. 수고스럽겠지만 동대부가 나를 대신해 그에게 이야기를
전하시오. 내가 여기에서 그대의 임금을 기다리겠소!"

동갈이 진나라 군영으로 돌아올 무렵 진 정공은 벌써 막사에 수많은 문무백관을 불러 오나라를 어떻게 대처할 것인가에 대해 방법을 논의하고 있었다.

동갈은 오왕 부차의 말을 전한 후에 남모르게 조앙에게 보고하였다.

"제가 본 바에 의하면, 오왕이 비록 말은 엄하게 하고 있지만, 그의 표정으로 봐서 아마 마음속에 큰 근심거리가 있는 것 같아 보였습니다. 추측해 보면 이 근심거리가 작게는 그가 사랑하는 비나 왕위를 계승할 태자의 죽음일 것이고, 크게는 월나라 군대가 그의 후방을 교란시켜 그가 돌아가지 못할까 두려워함이 아닐 듯싶습니다."

"이러한 상황에서 오나라 군대와 싸움을 한다면, 그들은 분명 필사적으로 싸우려 들 것이므로 승산이 나지 않을 것입니다. 그러니 그들이 제안한 조건을 들어주고 먼저 그들을 진나라에서 떠나도록 하는 편이 나을 것입니다. 다만 그와 단판을 지을 경우 반드시 그들에게 필히 조약을 준수하도록 하여 나중에 딴 소리 하지 못하게 해야 할 것입니다."

그래서 조앙은 이 말을 진 정공에게 보고하였다.

"오나라 대군이 먼 곳에서 와 비록 큰 소리를 치고 있기는 하나, 만일 우리가 먼저 손을 쓰지 않는다면 이번 전쟁은 일어나지 않을 것입니다. 하오니, 제 생각으로는 대왕께서 오왕과 화평을 위한 연회를 여신 후에 술과 고기를 내어 오나라 군을 위로하고 상을 내리십시오, 그리고 다시 대왕께서는 오왕과 삽혈歃血의 맹약을 하시고 그를 맹주로 삼으십시오 이렇게 해도 되는 것이 오나라의 조상이 원래 주 문왕文王의 숙부이기도 하니 그에게 다소 양보한다고 해도 수치스러운 일은 아닙니다. 만일 이렇게 한다면 오나라 군은 스스로 군대를 철수할 것이며, 전쟁의 위협 또한 사라지게 될 것입니다."

회의가 끝나자 동갈은 다시 명을 받들어 오왕 부차를 찾아가 진나라 군신들이 겸허하게 부차의 질책을 받아들이기로 했으며, 이후로는 반드시 더욱 힘써 천자를 보호할 것임을 표시하였다.

"만일 대왕께서 허락하신다면, 진나라에서는 대왕을 천자의 상경으로 추천하여 대왕께서 주나라 조정의 국정을 주관하실 것을 바라고 있습니다. 대왕의 뛰어난 지혜와 오나라 군대의 위엄을 감히 어느 제후가 거역할 수 있겠습니까?"

동갈은 또 진 정공을 대신하여 연회를 열어 진나라 군신들의 성의를 보이고자 한다는 뜻을 전하였다. 동시에 연회 도중에 오왕 부차를 맹주로 추대한 다음, 우호조약을 체결하고 싶다는 뜻을 전하였다. 그리고 그는 또

"진나라의 힘이 비록 강하다고는 하지만, 오나라와 같이 형제관계에 있는 나라와 충돌이 발생하는 것을 원하지 않는다."

는 뜻을 전하였다.

오왕 부차는 "천하의 최강국"인 진나라가 반드시 출병하여, 그들과 결전을 치룰 것이라고 생각했었는데, 뜻밖에 진나라가 이렇게 겸손하게 나오자, 오히려 마음속으로 약간의 부끄러움을 느끼지 않을 수 없었다. 이렇게 오왕 부차는 진나라의 건의를 모두 받아들였다.

다음날, 오나라와 진나라 양국의 군신들은 모두 무기를 내려놓고 연회복으로 갈아입은 다음 양쪽 군영 사이에 임시로 쌓아 만든 토단에서 만나 즐겁게 환담을 나누었다. 그런 후에 의식을 관장하는 "대신"이 이 회맹의 선서문을 낭독하자 양국의 임금과 주요대신들은 즉시 피를 입에 발라 맹약을 하고 이후로는 양국이 화목하게 지낼 것을 맹세하였다.

삽혈할 때, 진 정공은 부차를 높혀 맹주로 추대하고 그로 하여금 먼저 숫소의 귀를 베도록 하였다. 피가 흘러나오자 의식을 주관하는 대신이 그릇을 들어 피를 받은 후 맹주인 오왕에게 먼저 건네주었다. 오왕은 그릇을 받아 오른손의 식지에 피를 묻힌 후 자신의 입술에 발랐다. 피를 바른 후에, 그는 그릇을 진나라 임금 앞으로 보내 그도 입술에 바르게 하였다. 이어서 그릇은 양국의 주요 대신의 손으로 전해져 모두 똑같은 의식을 진행하였다.

삽혈歃血하는 것은 고대부터 내려온 회맹會盟의 규칙으로, 첫 번째로 삽혈하는 사람이 맹주가 된다. 먼저 왼손으로 소의 귀를 잡고 오른손으로 소귀를 베어 피를 내도록 하기 때문에 그를 "집우이執牛耳"라고 말한다. 또 "소귀를 잡는 사람"이 회맹을 주관하기 때문에 "이 방면에 가장 뛰어난 사람"을 "집우이"라고 부르기도 한다. 또 삽혈 할 때 소의 피를 입술에 바르는 탓에 '다른 사람에게 대답한지 얼마 안되어 후회하는 것'을 표현할 때 '입에 바른 피가 아직 마르지 않았다'고 말하기도 한다.

오왕 부차는 오나라와 진나라 양국의 회맹을 주관하면서 밖으로는 매우 기뻐하는 표정을 지었으나 속으로는 빨리 돌아가고 싶은 생각에 마음이 몹시 초조하였다. 때문에 그는 진나라에서 마련한 술과 음식이 도착하기도 전에 총총히 작별을 고하였다. 그리고 바로 자신의 군영으로 돌아가 전군에게 이동을 명하고 서둘러 고소를 향해 출발하였다.

진나라 군신들은 부차가 왜 이렇게 서두르는지 잘 알지는 못했으나, 분명 오나라 경내에 중대한 변화가 발생하였다는 것을 추측할 수가 있었다.

돌아가는 도중에 부차는 계속해서 불리한 상황을 전달받았다.

월나라 군대가 이미 고소성 밖의 이궁離宮을 공격하고 있으며, 오나라에 남아서 지키고 있던 부대가 월나라 군대에게 패배하여 뿔뿔이 흩어져 태호 서쪽으로 도망쳐갔는데, 그 지역의 지방관이 지금 군대를 다시 재편하고 있다는 소식이 꼬리를 물고 전해져 왔다.

또한 월나라 군대가 이궁에 있는 진기한 보물을 모두 약탈해 갔을 뿐만 아니라 서시와 정단도 데리고 갔으며, 오나라의 종묘를 불사르고 조종의 위패를 모두 부숴 버렸다는 등등의 전황이 계속 전달되었다.

그러나 부차의 마음을 아프게 한 것은 태자 희우가 포로로 잡혀가고, 태자의 가족들이 대부분 자살했다는 소식이었다.

부차는 증오로 발을 동동 구르며 큰 소리로 욕을 하였다.

"구천! 이 개 같은 월나라 놈, 나는 너를 혼내주고 말 것이다!"

그는 부대를 재촉하여 주야로 행군하는 한편, 친히 3천 명의 검사를 이끌고 곧장 말을 달려 고소로 향하였다. 그러나 월나라 군이 이미 고소를 진격했다는 소식과 계속되는 불리한 전황 소식으로 인해 오나라 군대의 사기는 이미 많이 떨어져 있었다.

　게다가 월나라 군대가 오나라를 공격한 것은 부차에게 원수를 갚기 위한 것이었기 때문에 오나라 백성들을 다치게 하지 않았을 뿐만 아니라 오나라 창고 안에 양식과 천을 사람들에게 모두 나누어 주었다는 소식을 듣자 병사들은 마음속으로 모두 '우리가 무엇 때문에 길을 재촉한단 말인가? 천천히 간들 나쁠 것이 없지 않은가?'라는 생각을 품고 있었다.

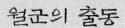

월군의 출동

원래 월왕 구천은 부차가 직접 오자서기원전 485년 주 경왕35년, 오왕
부차11년, 월왕 구천 12년를 죽이는 것을 눈앞에서 목격한 후 회계로 돌아가자마
자, 즉시 오자서의 죽음을 여러 신하들에게 알리고 아울러 앞으로 오나라에
대처할 계략을 논의하였다.

대부 문종은 얼굴에 기쁨을 가득 머금고 말하였다.

"오자서의 자살은 부차 스스로가 자신의 유력한 오른팔을 자른 것이나
마찬가지이니, 우리나라가 원수를 갚는 일이 더 수월해졌다고 할 수 있습니
다. 그러나 부차는 오자서를 죽인 일이 우리에게 기쁨을 주었다는 사실을
알지 못할 것입니다. 부차가 정말로 우리들에게 마음을 놓고 있는지 그
여부에 대해서 알아볼 방법을 찾아봐야 합니다."

"제 생각에 대왕께서 고소로 사람을 보내 부차에게 우리나라에 가뭄이 들어 곡식을 거둬들이지 못해 백성들이 다음해에 심을 씨앗까지 몽땅 먹어 버려 곤란한 상황에 처했으니, 볍씨를 빌려줄 것을 청하신 후 다음 해 수확을 걷어 들이면 다시 돌려드리겠다고 말씀해 보십시오 그가 만일 우리에게 여전히 좋은 감정을 가지고 있다면 반드시 빌려줄 것입니다."

"무엇 때문에 그렇게 하는 것이오?"

구천은 이 말이 무슨 말인지 이해하지 못하였다. 그러자 문종은 구천의 귀에 대고 소근 소근 무엇인가 말을 하였다.

월왕 구천은 문종을 고소로 보내 이 문제를 처리하도록 하였다. 오왕 부차는 과연 월나라의 상황을 이해하고 사람을 시켜 창고에서 일 만석의 볍씨를 꺼내어 문종에게 빌려주면서 문종에게 분부하였다.

"너희는 내년에 반드시 갚아야 한다"

문종은 볍씨를 빌려 가지고 돌아오자 월나라 군신들은 모두 몹시 기뻐하였다.

구천은 사람을 시켜 이 일 만석의 볍씨를 여러 신하와 백성들에게 나누어 주었다.

다음해, 문종은 부차의 명령에 따라 일만 일천석의 볍씨를 오나라로 돌려 보냈다. 그 가운데 천석은 이자였다. 부차는 물론 기뻐서 문종에게 후하게 상을 내리는 한편, 사람을 시켜 볍씨를 창고 속에 집어넣도록 하였다.

205

부차는 이번 일로 적지 않은 손실을 입었으나, 전혀 알지 못하였다. 왜냐하면 월나라에서 갚은 볍씨 가운데 팔 천석은 쪄서 익혀 말린 것으로 겉으로 봐서는 분간할 수가 없었다.

문종은 사람을 시켜 싹이 나올 수 있는 삼천석의 볍씨와 쪄서 익혀 말린 팔천석의 볍씨를 함께 섞어 넣도록 하였고 그런 것을 돌려보냈으나 부차는 전혀 알지 못했다.

이듬해 오나라 백성들은 정부 창고에서 받은 볍씨를 논에 뿌렸으나 대부분 싹이 트지 않아 그 해 수확이 형편없었다.

월왕 구천은 여러 신하들과 오나라에 대기황이 발생한 틈을 타 공격하는 것이 어떠냐는 문제에 대해 논의하였다. 이에 범려는

'우리 병사들의 훈련이 아직 부족하고, 군사력 또한 충분한 것이 아니다. 그러니 다른 나라를 공격하기에는 아직까지 역부족이다.'

라고 생각했다.

범려는 한편 회계성 남쪽 회계산에 사는 한 소녀가 검술에 정통하다는 이야기를 듣고 그녀를 초청하여 군대를 훈련시키도록 하자는 의견을 올렸다. 그러자 월왕 구천은 그 자리에서 당장 범려에게 그녀를 찾아오도록 명하였다.

월왕 구천이 얼핏 살펴보니, 체구가 마르고 작아 왠지 마음속에 꺼림직한 생각이 들어 그녀에게 물었다.

"네 검술솜씨가 뛰어나다고 들었는데, 나에게도 알려주지 않겠는가?"

소녀가 대답하였다

"저는 수많은 맹수들이 들끓는 깊은 산에서 성장하여 자연스럽게 몸을 보호하고 생명을 구하는 기술을 터득해야만 했습니다. 더구나 제게 무술을 가르쳐줄 사람을 찾지 못하여 모두 제 스스로 천천히 연마해낸 것입니다."

"검술의 도리는 상당히 오묘하여 싸움터에 나갈 때, 적에게는 반드시 편안한 태도로 보여야 하며 마음속에는 충만한 용기가 필요합니다. 겉으로 는 얌전한 여인 같지만 손놀림은 오히려 민첩한 토끼와 같아야 합니다. 또한 시간과 거리를 정확하게 파악해야만 비로소 한 사람이 백 사람을 당해 내고, 백 사람이 만 사람을 당해내는 힘을 낼 수 있습니다. 이렇게 한다면 싸움에서 이기지 못할 것이 없으며, 공격에서 이기지 못할 것이 없나이다."

구천은 그녀에게 무술을 한번 보여 달라고 청하였다. 그녀가 칼을 뽑아 휘두르기 시작하였는데, 휘두르면 휘두를수록 손놀림이 더욱 빨라졌다. 자 세히 살펴보니 한 줄기 백광이 어느덧 사람과 하나가 되어 이리저리 번뜩이 었다. 이 모습에 구천은 넋을 놓고 쳐다보면서 계속 박수를 치며 탄성을 질렀다.

소녀가 무술 시범을 끝냈으나 얼굴이 상기되거나 숨도 전혀 차보이지 않았다. 구천은 다시 몇 명의 무사로 하여금 목검으로 그녀와 겨루어 보도 록 하였다. 무사들은 비록 건장하고 민첩한 사람들이었지만, 애당초부터 소녀의 적수가 되지 못하였다. 결국 소녀의 목검에 의해 그들이 입고 있던 옷 여기저기에 구멍이 뚫리고 말았다.

월왕 구천은 매우 기뻐하며 소녀에게 "월녀越女"라는 칭호를 내렸다. 그리고, 왕궁의 시위대 대장에게 부대로 가서 신체 건강하고 동작이 민첩한 3천 명의 병사를 뽑아 월녀에게 검술을 배우게 하도록 명령하였다. 반년도 채 안 돼, 이 3천 명의 검사들은 모두 뛰어난 무예를 갖추게 되었다.

범려는 월왕 구천에게 또 한 사람을 추천하였다. 이 사람은 이름을 진음陳音이라 불리는 초나라 사람이었는데 활솜씨가 대단히 뛰어났다.

구천은 그에게 활 쏘는 법에 대해 물었다.

"저는 초나라의 촌사람으로 활쏘기를 배운지는 오래되었습니다. 어느 정도 자랑할 만한 솜씨가 있다고 자신하긴 하지만, 사실 그 이치에 대해서는 잘 알지 못합니다."

"겸손해할 필요 없소. 나에게 얘기 좀 해주구려."

"그러시다면 제가 활 쏘는 법을 말씀드리겠습니다. 만약 혹 틀리더라도 이해해주십시오."

그래서 진음은 곧 활쏘기에 대한 역사와 방법에 대해 소개하기 시작했다.

"활 쏘는 것은 일종의 기술로써 가장 먼저 탄궁彈弓이 등장하였으며, 그 이후에 사전射箭이 등장하였습니다. 그리고 그 뒤에 연사連射할 수 있는 쇠뇌弩가 생겼습니다. 탄궁彈弓은 먼 옛날에 한 효자가 발명한 것으로, 그가 살던 당시에는 사람이 죽으면, 모초茅草로 싸서 산에 버렸기 때문에 맹수들이 그 시체를 뜯어먹었습니다. 이 효자는 자기 부모의 시체가 이처럼 맹수들에게 뜯어 먹히는 모습을 차마 볼 수 없어 부모의 시체 옆에 앉아 지키고 있게 되었습니다. 대나무를 구부려 돌덩이를 던지자, 맹수가 놀라 도망가는 것을 발견하고, 차츰차츰 활 만드는 방법을 생각해내기 시작하였습니다. 신농씨 시대에 이르러서 비로소 어떤 사람이 긴 대나무에 등나무넝쿨로 싼 활을 만들고 나무의 끝을 뾰족하게 만들어 활을 만들었습니다. 그래서 헌원 황제께서 치우蚩尤를 정벌하실 적에 나침반에 의지해 방향을 구분하였으며, 또한 주로 이 활에 의지해 치우를 물리쳤다 합니다."

"황제 이후 초나라에 호부弧父라는 사람이 활을 매우 잘 쏘았다고 합니다. 그의 재능이 후에 후예后羿에게 전수되었으며, 후예는 방몽逄蒙에게 전수하였으며, 방몽은 성이 금琴이라는 사람에게 전해 주었다고 합니다. 그래서 활 쏘는 기술이 초나라에 전해지면서 점차 중원일대까지 전파되었던 것입니다. 이 일은 이미 하왕조 말년, 상왕조 초년의 일입니다. 금琴이라는 성씨를 가진 사람은 당시 천하가 매우 어지럽고 제후들이 서로 다투어 크고 작은 전쟁이 끊이지 않음을 보고 활과 화살이 전쟁을 종결시킬 수 있는 무기가 될 수 없음을 깨닫고 이를 다시 개량하여 활 위에 장치를 만들어 화살을 계속 쏠 수 있는 쇠뇌를 만들었습니다.

주 선왕宣王 20년경 초나라에서 초나라 임금 웅거熊渠의 세 아들이 쇠뇌를 쏘는 기술이 가장 뛰어났습니다. 이 세 형제 가운데 첫째는 웅강熊康, 둘째는 웅악熊鄂, 셋째는 웅집지熊執疵라고 불렀는데, 웅거는 이들에게 각각 "미후亶侯", "익후翼侯", "위후魏侯"라고 봉해주었기 때문에 초나라 사람들은 언제나 자랑삼아 "이 세상에서 쇠뇌를 가장 잘 쏘는 사람은 다름 아닌 우리 초나라의 세 후이시다"라고 말들 하였다고 합니다. 그 후 초 영왕靈王때 초나라 사람들 가운데 쇠뇌를 쏠 줄 알고, 쇠뇌의 활을 사용할 줄 아는 사람이 점점 많아졌습니다. 저의 진가陳家는 고조부로부터 활 쏘는 기술을 배운 뒤, 지금까지 5대째 전해 내려오고 있습니다."

진음은 잠깐 쉰 뒤에 계속해서 말하였다.

"저는 사실상 활 쏘는 방법에 대해 어떻게 말해야 할 지 잘 모르오니, 대왕께서 제게 한번 활을 쏘도록 허락해주십시오."

구천은 진음에게 백보쯤 되는 거리에 과녁을 설치해놓고 과녁 위에 사람 머리를 그려놓은 다음, 진음에게 계속해서 세 발의 화살을 쏘도록 시켰는데, 세 번 다 사람의 머리 위에 꽂혔다.

그가 백발백중하는 모습을 보고 구천은 매우 흡족하여 범려에게 자질이 뛰어나고 총명한 병사 1만 명을 선발하여 진음에게 활 쏘는 방법을 배우도록 명하였다. 3개월이 지나자, 이들 역시 활을 잘 쏘게 되었다. 후에 진음은 월나라에서 죽었으며, 월왕 구천이 그를 회계산 서남쪽 약 4리쯤 되는 작은 산 아래 매장하고, 그 산을 "진음산(陳音山)"이라 개명하였다.

"월녀"와 "진음"의 지도 아래 월나라 부대의 전투 능력은 커다란 발전을 이루게 되었다.

마침 오나라 군대가 제나라를 공격하기 위해 출병한 틈을 타 월왕 구천은 오나라를 공격하고자 하였다.

그러나 상국 범려와 대부 문종은 오왕 부차가 비록 오자서를 죽였지만,

오나라 내부가 여전히 견고하여 생각처럼 잘 되지 않을지도 모른다고 생각하였다. 그래서 그들은 "오나라 내부가 붕괴될 때를 기다려 다시 출병하자"고 월왕 구천에게 건의하였다.

구천은 기분이 약간 좋지 않은 표정을 지으며 말했다.

"나라의 원수를 갚고 원한을 씻고자 우리는 이미 10년이란 세월을 노심초사해 왔소 이 10년 동안은 온갖 수치와 굴욕을 참아온 세월이었소 그대들은 내가 매일 어떤 생활을 하며 지냈는지 잘 알지 않소! 방안에 깔아 놓은 것이 건초와 장작이었음을 모르시오? 나는 방을 출입할 때마다 들보에 매달아 놓은 돼지 쓸개를 핥으며 지냈소 나에게 이런 '와신상담'의 생활이 어찌 즐거운 나날이었겠소?"

그는 마치 범려와 문종을 나무라듯이 말하였다.

"7년 전부터 우리들은 원수를 갚기 위하여 준비를 해왔소 그 당시 나는 고소에서 회계로 돌아오자마자 즉시 온 나라에 젊고 튼튼한 남자들은 과년한 여자들에게 장가들지 못하게 하였으며, 나이 들고 몸이 쇠약한 남자는 젊은 여자에게 장가들지 못하게 하였소 또한 집안에 딸이 17세가 되어도 시집을 못 갔으면, 부모가 처벌을 받도록 하였으며, 아들이 20살이 되었는데도 장가를 들지 못했다면, 역시 그 부모 되는 이가 처벌을 받도록 하였소
여인이 아이를 낳을 때 나에게 알리면 나는 산파를 보내어 그녀가 아이 낳는 일을 돕도록 하였소 특히 아들을 낳을 경우에는 나는 미주米酒에 개고기를 산모에게 보냈으며, 딸을 낳을 경우에는 미주와 돼지고기를 보냈소.

여자들이 한 달간 몸조리를 하는 동안 나는 두 차례에 걸쳐 이와 같은 물건을 보냈소. 세 아이가 있는 집에는 내가 대신 돈을 내어주고 유모를 고용하여 도움이 되도록 하였으며, 두 아이가 있는 집에는 내가 그를 대신해 그 중 한 아이를 길러주었소. 젊은 사람이 죽었을 경우에는 내가 돈을 내어 안장해주고 마치 내 친자식이 죽은 것처럼 대했소. 고아와 과부, 그리고 환자에게는 음식과 약을 보내주었소. 백성들이 회계로 나를 보러오면 나는 반드시 좋은 말로 그들을 응대해주었으며, 그들에게 음식을 먹이고 수레를 보내 그들이 집으로 가는 길을 전송해주었소. 길에서 어린아이를 만나면 나는 반드시 맛있는 음식을 주고 친절하게 대해 주었소."

"그런데 나 자신은 어찌 지냈소? 우리 부부가 어떻게 스스로를 대하고 살았는지 당신들은 전부 보았을 것이요. 축하연회나 손님을 접대할 때가 아니면 나는 용포도 입지 않았소. 7년 동안 노래 한곡 제대로 즐기지 못하고 지냈소, 이렇게 한 것이 다 무엇 때문이었겠소?"

구천은 말을 하면 할수록 더욱 격동하여

"7년 동안 나는 백성들에게 나 자신을 위해 세금을 한 푼도 거둔 적이 없소. 그러므로 지금 백성들 집집마다 적어도 3년 동안 다 못 먹을 양식과, 5년 동안 입어도 다 입지 못할 옷감이 쌓여 있어 모두 부족함 없이 즐거운 생활을 하고 있소. 최근 3년 동안 백성들은 항상 나에게 출병하여 오나라를 공격할 것을 요구하며, 그들 자신이 부대의 선봉이 되어 나라를 위해 치욕을 씻고자 바라고 있소. 민심이 이와 같은데, 내가 어떻게 그들을 실망시킬 수가 있겠소?"

문종이 대답하였다.

"대왕께서 하신 말씀은 모두 옳으신 말씀이옵니다. 다만 전쟁을 한다는
일은 전적으로 주관적인 조건에만 의지해서는 아니 되옵고, 역으로 상대방
의 상황을 살펴보아야만 합니다……"

"문대부, 더 이상 말할 필요 없소!"

구천은 문종의 말을 중간에 끊고서 말하였다.

"당신이 말하고자 하는 도리는 나도 모두 이해하고 있소."

그렇게 말한 후에, 구천은 대신들에게 이번의 출병의 중요함을 언급하였
다.

"만약 가능하다면, 이번 기회에 단숨에 오나라를 멸망시켜 10년 동안
묵은 깊은 원한을 통쾌하게 씻고 싶소. 만일 이번 기회에 오나라를 멸망시
키지 못한다면, 적어도 다시 재기할 수 없게 오나라의 군마를 지치게 하였
다가 다시 기회를 엿보아 오나라를 멸망시키면 되오. 만약 오나라가 사람을
보내 단판을 지으려고 한다면, 나는 우리 월나라에 유리한 조건을 제시할
것이오."

상국 범려와 대부 문종은 구천의 이와 같은 결단을 보고서 더 이상 아무
런 말도 하지 못하였다. 그들도 월나라의 군대가 방금 숫돌에 갈아놓은
예리한 칼처럼 한번쯤 칼이 어떤지 시험해 보아야 한다는 사실을 알고 있었
다.

멀리 산동에 있는 오나라 정예부대의 전쟁 소식에 대해서는 쉽게 알 수가
있었다. 그러나 다만 걱정 되는 점이 있다면, 부차가 만일 이 소식을 듣고
산동에서 급히 돌아오게 된다면, 승산이 있다고 보기에 힘든 상황이 될지도
모른다는 사실이었다.

구천은 조정의 주요 대신들을 불러 모아 놓고 군대를 출동시켜 오나라를
정벌해야만 하는 이유에 대해서 매우 엄중히 선포하였다.

"누가 감히 지금 나에게 오나라를 치지 말라고 하는가! 그런 자는 반드시
당장에 사형에 처할 것이다!"

이 해 6월 병자일에 구천은 월나라의 정예부대 4만 7천 명을 소집하여
회계 서문밖 광장에서 출정의식을 거행하였다.

많은 장정들이 군 소집 명령 통지를 받고 집을 떠날 때, 그들 부모 형제
들은 눈물을 흘리며 군령을 준수하고 힘껏 적을 죽여 나라의 대원한을 갚
아야만 한다고 당부하였다. 그렇기 때문에 광장에 모인 4만 7천 명의 장
정들 가운데 그 어느 누구도 기백이 당당하지 않은 자가 없었다. 모두 한
결같이 고소로 쳐들어가 나라의 치욕을 씻고자 하는 의욕과 용기로 불타
올랐다.

구천이 맹세문을 낭독하였다.

"내가 듣기에 옛날에 현명한 군주는 군대의 숫자가 많고 적음을 개의치 않으며, 다만 자신이 좋은 처지에 놓였을 때 공신을 잊어버리고, 위험에 처했을 때 혼자 도망치게 될 것을 걱정 한다 들었소 지금 오왕 부차에게 비록 코뿔소가죽으로 만든 갑옷을 입은 13만의 병사가 있다고는 하나, 그 자신의 행동이 옳지 못함은 걱정하지 않고, 오로지 군사가 적어 두려울 수밖에 없는 이웃나라를, 수차례 무력으로 침범해 영토를 확장시킬 야심에 가득 차 있소 이러한 부차의 행동으로 백성들의 분노가 이미 극에 달하였으니, 천지도 용납치 않을 것이오 이제 우리가 하늘을 대신해 출병해 망령되이 천하의 패왕으로 자칭하는 오나라를 멸할 것이니, 그대들은 나 개인을 위해 원수를 갚겠다는 작은 용기를 버리고, 폭군을 없애 세상을 구하겠다는 큰 용기를 갖기 바라오. 오늘 출발에 앞서 특별히 말하는 바, 여러분들은 꼭 명심하여 기억하길 바라는 바이오 전진할 땐 용감하게 적과 맞서 싸워 적을 죽이고 돌아와 상을 받게 되리라는 생각을 가질 것이며, 후퇴할 땐 반드시 군율에 복종하여 군법을 어지럽혀서는 안 될 것이오."

맹세의 말을 다 마치자, 월나라 군대는 즉시 호호탕탕 출발을 하였다.

구천은 대춧빛 나는 붉은 말을 타고 선두에서 출발하였으며, 그 뒤에는 상국 범려와 대장 제계영, 예용이 뒤따랐다. 그 뒤를 이은 4만 7천 명의 장정들이 손에는 큰 창을 들고 허리에는 철칼을 찼으며, 팔굽에는 청동과 소가죽이나 넝쿨로 만든 방패를 끼고 있었다. 그리고 등에는 5일 동안 먹을 건량을 짊어지고 단숨에 삼강구를 지나 고소성으로 돌격해 들어갔다.

월나라 노인과 부녀자들은 길 양편에 서서 손을 흔들며 그들을 전송하는 한편 보관하기 쉬운 찹쌀떡이나 단주먹밥 등과 같은 건량을 작은 포대에 싸서 자식들이 길을 떠날 때 건네주었다. 그러나 그들 가운데 누구하나 눈물을 흘리거나 상심해 하는 사람이 없었다. 왜냐하면 그들은 자식들이 안심하고 전쟁에 나갈 수 있기를 바랄 뿐, 그들이 집안 걱정하는 것을 원치 않았기 때문이다.

절수浙水를 건넌 후 월나라 군대는 매우 순조롭게 진군하였다. 오나라가 소수 순찰부대만 변경에 남겨 국경을 지키게 하였던 까닭에 이들은 월나라의 적수가 되지 못하고 순식간에 월나라 군에게 패하고 말았던 것이다. 고소 남쪽에서 30리가량 떨어진 삼강구에 이르러서야 겨우 비교적 규모가 큰사실상 몇 백 명에 불과한 오나라 군대와 부딪치게 되었다. 그렇지만, 월나라 군대는 전혀 힘들이지 않고 이들을 물리쳤다.

구천은 명령을 내려 삼강구에서 밤을 지내고, 다음 날 아침 일찍 고소로 쳐들어 갈 준비를 하도록 지시하였다. 이때는 이미 구천이 출병한 지 9일째 되는 날이었다. 그들은 이렇게 불과 10일 만에 회계에서 서쪽으로 출발하여 절수를 건넌 후에 다시 동북쪽으로 방향을 바꾸어 오나라 군의 방비가 엄중한 평망平望과 취리檇李 일대를 피해서 준리에서 서북쪽으로 지금의 송강宋江을 돌아 전산호澱山湖 북쪽에서 곧장 동리로 치달린 다음, 지금의 오강吳江을 건너 삼강구에 도착한 것이다. 이미 여리黎里에 주둔하고 있는 오나라 군의 배후에 도착하였다는 사실은 월나라 군대가 이미 오나라 영토 안으로 오십 여 리를 들어왔다는 의미였다.

화평조약을 맺다

삼강구는 오나라의 송강宋江, 루강婁江, 동강東江 등이 서로 교차하는 곳으로 고소성에서 멀지 않을 뿐만 아니라, 원래 이곳은 중요한 군사 요충지로써 오나라의 많은 군대가 주둔하고 있던 곳이었다. 그러나 남쪽의 여리와 평망 일대에 주둔하고 있던 오나라 군이 경보를 알려오지 않아 방심하고 있던 터라 다음날 삼강구에 주둔하고 있던 오나라 군대는 월나라 군대에게 쉽게 무너지고 말았다.

고소성 안에 있던 오나라의 태자 희우는 그 날 밤 월왕 구천이 군사를 이끌고 이미 삼강구까지 침입해 왔다는 보고를 받았으나, 평망 일대에 주둔하고 있던 부대로부터 보고가 없는 것이 이상하게 여겨졌다. 그렇지만, 그는 두뇌가 매우 민첩한 사람이라 즉시 명령을 내려 고소성을 지키는 군사들을 전부 집결시키는 한편 성문을 단단히 굳게 걸고, 명령 없이는 절대로 성문을 열지 못하게 하였다. 이와 동시에 사람을 파견해 밤길을 재촉하도록 하였다.

그리고는 고소성 서문을 나와서 지갑地岬을 따라 걷다가 길게 들어간 태호 남쪽의 동쪽 동정산東洞庭山에 이르러 작은 배를 저어 맞은 편 기슭으로 건넌 다음 평망 일대의 오나라 군대에게 북쪽으로 곧장 들어가 앞뒤에서 월나라 군대를 협공하라는 명령을 전하게 하였다.

평망에서 삼강구까지는 불과 30여리 밖에 안되는 거리였기 때문에, 평망에 주둔해 있던 오나라 군대는 이튿날 오후에 황급히 도착할 수 있었다.

태자 희우는 지원군이 도착한 것을 보고는 성을 방어하고 있던 부대를 이끌고 삼강구로 달려나가 월나라 군대와 맞서 싸웠다. 처음에 희우는 자신의 병사들이 사용하는 병기가 철로 주조한 것이라, 월나라 군의 병기보다 좋을 것이라고 믿어, 승리할 수 있으리라고 여겼다. 그런데 뜻밖에도 월나라 군대 역시 철로 주조한 병기를 사용해 양군의 실력이 서로 막상막하였다. 처음에는 오나라 군대가 월나라 진영을 휘저으며 이리저리 적을 무찔렀으나, 시간이 길어지면서 오나라 군대는 차츰 힘이 부치기 시작하였다. 그럴 수밖에 없는 것은 우선, 오나라군이 월나라 군에 비해 그 수가 적었으며, 게다가 남쪽에서 급히 장거리를 달려와 쉴 사이도 없이 전장에 뛰어들었으니, 하룻밤을 푹 쉰 월나라 군과는 체력적인 측면에서 차이를 보일 수밖에 없었다.

이번 전쟁은 늦은 오후 날이 어두워지기 시작하면서 필사적인 싸움이 시작되어, 달이 뜬 이후에도 계속되었다. 한밤중이 지나자, 오나라 군대는 둘로 나누어져 크게 혼란에 빠졌다. 날이 밝자 땅바닥에 누워있는 시체는 대부분 오나라 병사들의 시체였으며, 그나마 남아 있던 얼마 안 되는 오나라 병사들도 순식간에 전멸당하고, 일부는 흩어져 남북으로 갈라져 도망치고 말았다. 남쪽으로 도망친 병사들은 태호를 따라 서쪽으로 도망쳤으며, 북쪽으로 도망친 사람들은 고소성으로 들어가 성문을 꼭꼭 닫아걸었다.

오나라 태자 희우는 부상을 입고 월나라 군사에게 포로로 사로잡히게 되었다. 구천은 처음에 인질로 잡아두려고 생각했으나, 그가 사납게 욕을 하면서 대들자, 그만 화가 나서 그를 죽이도록 명령하였다.

구천은 전장을 깨끗이 치우도록 명령하는 한편, 양국의 부상병을 소집하여 삼강구에서 상처를 치료해주고, 다시 부대를 재편성하였다. 그리고 그곳에서 하룻밤을 쉰 후 날이 밝자 바로 고소로 돌격해 들어갈 것을 명령하였다. 삼강구는 고소에서 얼마 떨어져 있지 않았기 때문에 얼마 안 걸려 바로 도착할 수 있었다.

범려가 살펴보니, 고소성문은 굳게 닫혀있기는 하나, 성 위에서 지키는 부대가 전혀 보이지 않았다. 그러자 즉시, 성을 공격할 것을 명령하였다. 명령이 떨어지자 월나라 부대는 분분히 배낭 속에서 양피 뗏목을 꺼내어 해자를 건널 준비를 하였다. 그러나 해자를 지키고 있던 오나라 군의 수비는 몹시 삼엄하였다. 그들은 월나라 군이 해자를 건너려하자 일제히 화살을 쏘아 강을 건너는 월나라 군에게 부상을 입혔다. 또 그들은 성위에서 석궁을 이용하여 큰 돌멩이를 월군의 진지를 향해 쏘아 수많은 병사들에게 부상을 입혔다. 그러나 월나라 군대는 이에 굴하지 않고, 용감하게 성을 공격하였다. 이때 이미 상당히 많은 군사들을 잃었으나 겨우 동쪽과 동남쪽의 부곽附郭 두 개와 북문 밖의 왕성王城만을 점령하고 고소성 안으로는 진격해 들어가지 못하고 있었다. 이 때문에 범려는 월나라 군에게 화살과 돌이 미치지 않는 곳으로 잠시 몸을 피한 다음 다시 명령을 기다리라고 지시하는 한편, 병력을 일부 파견해 고소 부근의 성진城鎮을 점령하도록 명령하였다. 이때, 그는 병사들에게 군기를 엄수하고 민간의 재물과 여인을 약탈해서는 안 되며, 또한 가혹한 수단으로 오나라 백성들을 대하지 않도록 지시를 내렸다.

다른 한편으로 범려는 고소성 밖의 거점을 장악하고 성에 갇혀 있는 오나라 군의 식량공급을 차단시켰으며, 부곽附郭의 창고에 저장해 두었던 오나라 군의 쌀과 옷감을 꺼내어 부근의 오나라 백성들에게 나누어주도록 하였다. 그리고 동시에 군대를 반으로 나누어 고소 북쪽에 있는 장강 남쪽기슭에 매복시켜 오왕 부차가 돌아오지 못하게 막도록 하였다. 이러한 상황은 부차가 북쪽에서 들은 소식과 비슷하였으나, 포로로 잡혀간 태자 희우의 사망소식은 그때까지 듣지 못하고 있었다.

오왕 부차는 3천의 검사와 주야를 쉬지 않고 급히 돌아오면서, 월나라 군대의 저지를 받을까 두려워 고소 북쪽의 길로는 감히 들어서지 못하고, 하남河南 동남부에서 황하를 따라 서주徐州와 회음淮陰을 지나, 홍택호洪澤湖와 고우호高郵湖 사이를 뚫고 지금의 의징儀徵부근에서 미처 월나라 군대가 도착하지 않은 틈을 타 장강을 건넌 다음 잠시 쉬었다. 그 다음, 왕손락王孫駱을 고소로 보내 월왕 구천과 이야기를 나누며 그의 태도를 알아보도록 하였다. 비록 그의 오나라 군대가 중원에서 두 차례 승리를 거두었다고는 하지만, 후사가 끊기고 가족이 사로잡히는 상황 속에서 이들을 믿고 월나라와 다시 싸워 이긴다는 것이 쉽지 않다는 것을 알고 있었다. 그래서 그는 왕손락에게 가능한 굴욕을 당하지 않는 범위 내에서 화해를 청해 보도록 명령하였다.

왕손락은 말솜씨가 대단히 좋았다.

그는 "오나라가 과거 월나라를 멸망시킨 적이 있으며, 월나라가 지금 고소를 포위하고 있으니, 양국이 이미 비긴 것이다."라고 말하였다. 그리고 그는 구천이 양국 백성의 생명을 중히 여기어 평화적으로 양국의 분쟁을 해결하기를 희망한다고 전하는 한편, 이후로 다시는 월나라를 부속국으로 생각지 않을 것이니, 월나라 군대를 물릴 것을 청하였다.

월왕 구천이 범려, 예용, 제계영을 불러 상의한 결과, 오왕 부차의 병마가 아직까지는 저항할 힘이 전혀 없는 것이 아니니, 만약 정말로 맞붙어 싸운다면 우리가 반드시 완전한 승리를 거둘 수 있는 보장이 없는 데다가, 설사 이긴다 해도 손실이 매우 크리라고 생각했다. 그래서 구천은 오나라와 맹약할 것을 결심하였다.

그런 연후, 그는 사람을 시켜 왕손락을 불러 자신의 결정을 알린 다음 즉시 왕손락을 오나라의 대표로 삼고 범려를 월나라의 대표로 삼아 회의를 열고 양국의 화평을 선포하도록 명하였다. 이틀 후 구천은 부대를 이끌고 월나라로 돌아갔다. 범려와 제계영 역시 오나라 각지에 주둔하고 있던 부대를 거두어 월나라로 돌아갔다.

오왕 부차는 월나라 군대가 철수한 후에 장강을 건너 고소로 돌아왔다. 그는 성에 돌아와 보니 종묘가 불타고 왕궁의 보화가 약탈당했다고 하지만 민간에는 큰 오히려 손실이 없는 것을 보고 마음이 조금은 놓였다. 그러나 왕손락이 태자 희우의 시체를 수습하여 돌아온 것을 보자 한바탕 통곡을 하였다. 한편으로 당시 아들의 충고를 듣지 않은 것을 깊이 후회하면서, 또 한편으로 오자서의 말을 들었어야 하는데, 자신이 죽음으로 몰았다는 사실을 깨닫고 후회가 밀려왔다.

며칠이 지나, 그는 전쟁으로 인해 받은 백성들의 고통을 줄이고 국가의 재정 손실을 줄이기 위해 소수 부대의 병사만을 남기고 모두 집으로 돌아가도록 하였다. 그는 백성들이 쉬면서 편안한 날을 보낼 수 있기를 희망하였다. 그러나 오나라의 백성들은 이미 그에게 실망하고 있었던 차라 그가 돌아온 것을 결코 환영하지 않았다.

사람들은 부차가 힘으로 선량한 백성을 탄압하고 소인배 백비를 총애한 결과 충신 오자서를 죽게 만들었고, 결국 월나라 군에게 뒷덜미를 치인 것은 부차가 "스스로 자초한 재앙"이라고 여겼다. 더구나 오나라 백성들은 부차를 원래부터 용맹한 사람으로 보지도 않았다. 3천 명의 검사를 이끌고도 감히 월나라 군과 싸움 한 번 제대로 해보지도 못한 채 왕손락을 보내 월나라와 화해를 구하게 하였으니, 너무나 망신스런 일이라고 생각하였다.

그런데 이보다 더 무서운 일은 현재 오나라 백성들이 월나라에 대해 적대감을 가지기보다는 오히려 호감을 갖게 되었다는 사실이었다. 전쟁이 일어나기 몇 년 전부터 오나라에서는 계속해서 흉년이 들어 백성들의 생활이 몹시 고통스러웠다. 그렇지만 오왕 부차는 전쟁을 위해 계속하여 식량을 거두어 가고 자식들을 전쟁터로 내몰아 백성들 마음속에는 벌써부터 불만이 가득 차 있었으나 감히 입 밖으로 말을 못하고 있는 상황이었다. 그런데, 이번 월나라 군대는 오나라 백성들의 재산을 약탈하거나 정복자의 태도로 대하지 않고, 오히려 굶주림과 추위에 떨고 있는 오나라 백성들의 모습을 보고, 많은 양의 식량과 옷감을 내어 사람들에게 나누어주었다.

게다가 월왕 구천이 다시 회계로 돌아가고 난 후에, 자신의 식량창고에서 5천 석의 곡식을 오월 양국 국경에 살고 있는 오나라 농민들에게 나누어주도록 하였다. 이뿐만 아니라 당장 눈앞에 일이 없는 월나라 병사들을 시켜 오나라 백성들의 농사 일을 도와주도록 하였다. 월나라 병사들이 오나라 백성들의 농사일을 도와줄 때도 한결같이 자신들이 먹을 차와 식량을 직접 가져와 먹으며 오나라 사람들의 초대에 응하지 않았다. 오나라의 농민들은 월나라 사람들의 이러한 모습을 보고 마음속으로 더욱 더 감격해하지 않을 수 없었다. 그러므로 오나라 백성들은 점점 더 월나라사람들에게 호감을 쌓아갔다.

반대로 오왕 부차는 고소로 돌아온 후에, 비록 대부분 군대를 해산 시켰다고는 하지만 종묘와 고소대의 재건을 위해 곧바로 사람들을 부역으로 소집했을 뿐만 아니라, 비어 있는 국고와 정부 지출을 위해 백성들로부터 계속하여 곡식과 세금을 거두어 들였다.

월나라 사람들에 의해 불타버린 종묘 재건에 대해서는 오나라 백성들도 당연히 해야 할 일로 여겼으나, 고소대를 다시 수리하는 일에 대해서는 아무도 마땅하게 여기는 사람이 없었다. 왜냐하면 고소대는 바로 부차가 즐기며 노는 곳이었기 때문이었다.

식량에 대해서도 오나라 백성들은 최근 몇 년 동안 작황이 좋지 못해 사실상 납부할 수 없는 어려운 형편이었으나 어느 누구도 관부의 독촉으로부터 벗어날 수가 없었다.

이 때문에 오나라 백성들은 자신들의 생활이 점점 어려워질수록 국왕 부차에 대한 미움도 하루하루 더 커져만 갔다. 그들은 시간이 갈수록 마음이 오나라에서 멀어져 갔지만, 월나라에 대해서는 갈수록 호감을 가지는 상황 속에 놓이게 되었다.

결전

주 원왕元王이 왕위를 계승하여 천자가 되던 그 해기원전 475년는 월왕 구천이 왕이 된지 벌써 12년이 되는 해였다. 이때 그는 출병하여 오나라를 공격하고자 계획을 세우고 있었는데, 그 해 7월 마침 초나라 대부 신포서申包胥가 회계를 방문하였다. 월왕 구천은 신포서에게 지금 오나라의 국력이 쇠약하고 백성들이 모두 오왕 부차를 미워하고 있고, 그에 반해 월나라는 백성이 많고 군사가 강하니 이러한 상황에서 오나라를 공격해도 좋을지에 대해 물었다.

"나는 이런 면에 대해 아는 바가 매우 적어 대왕께 아무런 도움도 드리지 못할 것 같습니다."

신포서는 기꺼이 자신의 의견을 표시하지 않았다.

구천은 일찍이 신포서가 진泰나라에 가서 지원병을 요청하여 오나라 군대를 물러나게 했다는 이야기를 들어 알고 있었다. 이미 구천은 신포서라는 사람의 재능이 뛰어나다는 것을 알고 있었기에 공손한 태도로 그의 의견을 다시 간청하면서 어떻게 해야 오나라와 싸워 승리를 얻을 수 있는지 물었다. 그리고 최근 몇 년 동안 자신이 부차에게 어떤 관심을 가졌으며, 백성들을 사랑했는지 신포서에게 들려주었다.

신포서는 그가 말하는 것을 한참동안 듣고서 다시 거절하기도 미안하여, 싸울 때 주의해야 할 몇 가지 상황에 대해 이야기하였다.

"대왕!"

그는 말하였다.

"대왕께서 하신 일은 매우 훌륭하십니다. 제가 분명히 말씀드릴 수 있는 수 있는 것은 어느 누구도 대왕보다 이처럼 더 훌륭하게 하실 분은 없을 것입니다. 그러나 제 생각에 전쟁에서 가장 중요한 것은 지식과 학문이며, 인자한 마음과 애정을 지니는 것은 두 번째 할 일이라고 생각합니다. 그리고 끝으로 결단력 있는 용기와 의지가 필요하다고 생각합니다."

"원수나 대장이 되는 사람이 만약 풍부한 군사 지식과 학문을 갖고 있지 않다면, 행군을 하든 작전을 계획하든 간에 군대를 민첩하게 지휘할 수 없을 것입니다. 또한 정확하게 적의 의도를 파악하여 상대방의 장점과 단점을 관찰할 수가 없습니다. 어진 마음과 애정이 없다면 비록 동료를 비롯한 부하들과 함께 동고동락한다고 해도 그들의 존경을 받지 못할 것입니다. 그리고 결단력에 용기와 의지가 없다면, 장수는 승리를 잡을 기회를 놓치게 됩니다.”

신포서가 한 말은 구천을 만족시키지는 못하였다.

이 때문에 두 달이 더 흐른 뒤에 그는 다시 주요 대신들을 모아 놓고 오나라 공격에 대한 문제를 논의하였다. 그러나 그의 대신들이 낸 의견 역시 대부분 신포서가 한 말과 같을 뿐, 어느 누구도 지금 출병하여 오나라를 공격해야 한다는 문제에 대해서는 언급하지 않았다.

회의를 마친 후, 구천은 침실로 돌아와 뒷짐을 지고 방안을 왔다갔다 하며 깊은 생각에 잠겼다.

“몇몇 대부들이 한 말은 누구나 잘 알고 있는 사실이며, 공연히 오랜 시간 회의만 했지 아무런 결과도 없었다. 내가 왜 그들의 의견을 들으려고만 할 뿐, 내 스스로 결정하지는 못하는 건가?”

이튿날 아침 구천은 부인을 깨워

“내가 군대를 이끌고 가서 부차를 철저하게 무너뜨려 십 수 년 동안 쌓아온 원한을 갚겠소!”

고 말하고는 급히 문을 나섰다.

구천은 먼저 일을 처리하는 부서로 가서 그의 곁에서 시중을 드는 시종에게 모든 대신들을 소집하도록 명령을 내린 다음, 서둘러 군영으로 가서 북잡이에게 북을 쳐서 부대를 소집하도록 명령하였다. 그리고 그 자신은 노천 지휘대 위에 앉아서 사람들을 기다렸다.

얼마 후 세 번째 북소리가 울리고 나자 부대가 모두 도착하였다. 구천은 즉시 각 부대의 장관들로 하여금 점호를 하도록 명령하였다. 그런데 이때 한 장관이 자신의 부하가운데 사병 두 명이 어제 밤 휴가를 받지 않고 몰래 밖에 나가 그때까지 돌아오지 않고 있다는 사실을 발견하였다. 구천은 즉시 지휘대를 걸어 내려와 이 두 명의 사병을 지휘하는 십장什長: 한 명의 십장은 열명의 사병을 관리한다을 심문하였다. 바로 이 때 두 명의 사병이 급하게 헐레벌떡거리며 뛰어들어 왔다. 구천은 즉시 명령을 내려 십장과 두 명의 사병을 묶어 옥에 가둔 후 처분을 기다리도록 하였다.

그런 후에 구천은 지휘대로 걸어 올라가 쥐 죽은 듯 조용하게 서 있는 4만 대군을 향해 선포하였다.

"우리 월나라 군대는 나라의 국치를 씻기 위해 치욕을 참아온 정의의 부대이며, 또한 규율을 엄하게 준수하는 부대이다. 각 사병들은 상관의 명령에 절대 복종해야 하며, 장군은 부하들을 성실하게 지도하고 가르쳐야 한다. 만약 그렇지 않다고 한다면 어찌 정의의 군사가 될 수 있겠는가? 오늘 이 십장은 부하들을 잘 관리하지 못해 자신의 부하가 밤에 군영을 빠져나갔어도 알지 못하고 있었으니, 그의 책임이 없다고 볼 수 없다. 이 두 명의 사병은 상관의 허락을 받지 않고 몰래 군영을 빠져나갔으니, 그들 눈에는 처음부터 상관의 존재가 존재하지 않았던 것이다."

"우리 월나라 군대의 명예를 손상시키지 않기 위해서 나는 지금 그들 세 사람을 사형에 처할 것이다. 단 그들 세 사람의 가족에 대해서는 나라에서 책임지고 보살필 것이다."

잠시 쉰 후, 구천은 계속하여 말하였다.

"나는 이 세 사람을 여러분들의 경계로 삼을 것이니, 지금 이 순간부터 다시는 명령을 어기는 자가 나오지 않기를 바란다. 그럼 오늘 나는 여러분 모두에게 하루 동안의 휴가를 줄 것이다. 단 내일 해 뜨기 전에 군영으로 돌아와 보고를 해야 할 것이며, 아침을 먹고 나서 바로 오나라를 정벌하러 출발할 것이다."

말을 다 마친 후, 구천은 군율 담당 장수를 슬쩍 쳐다보며 손짓으로 그 세 사람의 사형을 지시한 후, 지휘대를 걸어 내려와 말을 타고 돌아갔다. 지휘대 위의 몇몇의 장군들은 등을 돌려 지휘대를 내려가는 구천의 눈에서 눈물이 흘러내리는 것을 보았다.

그 날 구천은 대부들과 함께 군수 물자 운반과 진격 노선에 대해 상의하고 군영에서 묵었다.

다음날 월나라 군대가 출병하였다. 대군을 이끄는 월왕 구천은 지난 번 오나라 정벌을 떠날 때와 마찬가지로 대춧빛 감도는 붉은 말에 올라타고 선두에 섰으며, 그 뒤에서 대장 범려를 비롯한 부장 제계영, 예용, 그리고 고성苦成과 고여皐如가 뒤를 따랐다.

대부 문종은 월나라에 남아서 국사와 후방을 지원하는 책임을 맡았다.

월나라의 늙은 부모와 부녀자들은 이 날 아침 일찍부터 길가에 나와 송별을 나누며 지난번과 마찬가지로 자식들에게 상관의 명령에 잘 따르고, 적을 무찔러 나라의 은혜에 보답해야 한다는 말을 잊지 않고 당부하였다. 송별하기 위해 길가에 나온 사람들은 지난번과 마찬가지로 아무도 눈물을 흘리지 않았다.

4만의 대군이 취리에 도착하자 월왕 구천은 행군을 멈추고 그곳에서 야영하기로 결정하였다. 부대가 야영 준비를 다 마치자 구천은 전군을 한곳에 모아놓고 일장 훈계를 시작하였다.

"나는 언제나 여러분들과 백성들을 사랑해 왔다. 비록 오늘 우리 전군이 국치國恥를 씻기 위해 출정을 하게 되었으나, 여러분들에 대한 나의 사랑은 결코 변치 않을 것이다. 여러분은 잘 들어라. 여러분들 가운데 부모가 있으나 봉양할 사람이 없는 자, 부모가 병이 들었으나 보살펴줄 사람이 없는 자, 본인이 병이 나서 싸움을 할 수 없는 자, 몸이 쇠약해서 투구나 갑옷, 병기를 멜 수 없는 자는 모두 나에게 보고하라. 나는 그런 사람들은 모두 집으로 돌려보내 줄 것이다."

그런데 뜻밖에도 이 4만이나 되는 대군 가운데 집으로 돌아가겠다고 나서는 사람은 한 사람도 없었다. 도리어 모두 동시에 무기를 들어 구천을 향해 큰 소리로 말하였다.

"우리들은 대왕과 함께 원수를 갚겠습니다. 우리들은 어느 누구도 집으로 돌아가지 않을 것입니다!"

이날 하룻밤을 쉰 후 월나라 군대는 모두 원기 왕성한 모습으로 복수의 순간을 생각하며 오나라 정벌을 위해 야영지를 출발하였다.

월왕 구천은 전투용 수레 위에 앉아서 대군을 이끌고 앞으로 전진하였다. 그는 진군 도중에 큰 거북이가 길에 엎드린 채 고개를 들어 구천을 향해 눈을 부릅뜨고 있는 것을 보고, 구천은 황급히 수레에서 일어나 두 손으로 수레의 "식軾"을 붙잡고 큰 거북이에게 목례를 하였다.

구천과 같은 수레에 탔던 장군들은 모두 이상하다고 생각되어 그 연유를 물었다

"대왕께서는 어째서 큰 거북이에게 예를 행하십니까?"

구천이 말하였다.

"우리 군대는 과거 오나라가 우리나라를 업신여겨 왔던 사실을 꾹 참고 있다가 오늘에 와서야 비로소 고소를 짓밟고 국치를 씻을 결심을 하게 되었다. 이 큰 거북이가 비록 지식이 없는 동물이기는 하나 지나가는 수레를 보고 고개를 들어 나를 쏘아보는 모습이 제법 용기가 있어 보였다. 옛 사람들이 이르길 '싸움터에 나가 적을 무찌르기 위해서는 반드시 적에 대한 경의를 품어야만 한다'고 말하지 않았던가? 그래서 나는 이 큰 거북이를 보고서 일어나지 않을 수가 없었던 것이다."

월나라 군대는 모두 이 말을 듣고 하나 같이 구천의 사려 깊은 행동에 감탄과 칭찬을 하였다. 그러면서 그들은 구천이 자신들을 이끌고 반드시

원수를 갚아 원한을 씻을 것이라 확신하였다. 이러한 확신이 들자 그들은 구천을 위해 자신들의 목숨을 바칠 것을 더욱 더 굳게 결심하였다.

월나라 군대의 진격 노선은 지난번과 같이 지금의 절강 회계를 출발하여 전당강錢塘江을 지난 후, 동북쪽으로 나아가다가 다시 "춘신春申"이라는 곳에서 황포강을 건너 "유囿: 지금은 송강(松江)이라 부른다"를 지난 다음, 다시 서북쪽으로 방향을 바꾸어 곧바로 고소로 진격하였다. 지난번과 차이가 있다면, 지난번에는 오나라 군대의 저지가 없어 삼강구에 이르러 겨우 적을 만날 수 있었으나, 이번 경우에는 오나라의 정예부대가 "유"에 주둔하며 방어를 하고 있었다는 점이다. 이 정예부대는 다름 아닌 오왕 부차의 수하에 있는 "검사劍士"부대였다.

월왕 구천은 "춘신강春申江" 북쪽해안에 오나라의 "검사"부대가 주둔해 있다는 보고를 받고, 즉시 군법을 집행하는 장수를 불러 전군에 명령을 시달하도록 하였다.

"오늘부터 각 대장들은 자신의 부하들을 잘 지휘통솔하도록 하고, 명령에 따르지 않는 자는 군율에 따라 참수하도록 하라!"

그리고 그는 전군을 세 개의 부대로 나누어 제계영과 예용을 좌우 양군의 대장으로 임명하고, 이들이 지휘하는 1만 2천 명의 병사들에게 소가죽 갑옷을 입히고 긴 창과 방패를 들려 양쪽 측면에서 오나라 군을 공격한 다음 중간지점에서 다시 회합하도록 명령을 내렸다.

구천 자신은 6천 명의 정예군을 직접 이끌고 중앙 지점을 향해 진격하였다. 그리고 1만 명의 군사를 야영지에 남겨 무기와 식량을 관리하며 영지를

지키도록 하였다. 이들은 모두 대장 범려가 이끄는 후방의 지원부대로 선봉
에 선 부대가 어려움에 처할 때 즉시 출동해 원조토록 하였다.

　구천은 각각 임무를 분담해 맡긴 후에, 다시 제계영과 예용을 곁에 불러
그들에게 조심스럽게 이야기하였다.

　"그대들은 고의로 우리 부대의 행동을 적이 알 수 있도록 노출시키시오
그러면 적은 그대들을 발견하고 날이 새기 전에 군대를 보내 양쪽 길에서
그대들을 막을 것이오 그 때 내가 이 6천 명의 군사를 이끌고 "춘신강"을
건너 그들 뒤에 매복하고 있다가 공격을 개시할 것이오 내가 적군을 향해
공격하면 함성과 북소리로 신호를 보낼 것이니, 그대들은 북소리와 신호에
따라 오나라군을 향해 공격하시오. 계획대로 된다면 틀림없이 오나라를
대패시킬 수 있을 것이오."

　밤이 이슥해지자 대부 제계영이 인솔한 좌군은 "춘신강"을 따라 신속하
게 상류를 향해 5, 6리쯤 전진한 후 조용히 강을 건너 매복해 있다가 날이
밝자 신호에 따라 다시 동쪽을 향해 전진하였다.

　한편 대부 예용이 이끄는 우군 역시 조심스럽게 강을 따라 동쪽으로 10
리쯤 진군하다가 강을 건넌 다음 좌군과 마찬가지로 신호를 듣고 다시 서쪽
을 향해 전진하였다.

　이 시간 월왕 구천 역시 6천 명의 정예부대를 이끌고 배 위에서 기다리고
있다가, 오나라 군이 출동하자 바로 강을 건너기 시작하였다.

　오나라 군대는 과연 속임수에 빠져 부대를 둘로 나누어, 하나는 동쪽으로
하나는 서쪽으로 월나라군을 추격하였다. 그러나 그들이 출발한 지 얼마

안 되어 월나라 군이 정면에서 "춘신강"을 건너 뒤를 바짝 추격해 왔다. 그들이 막 방향을 바꿔 추격해오는 월나라 군을 맞아 싸우려고 할 때, 천지를 진동하는 북소리와 함께 고함소리가 울려퍼지며 좌우 양쪽에 매복하고 있던 월나라 군의 기습 공격을 받았다. 오나라 군대는 순식간에 사방이 모두 적에 둘러 쌓여 허둥지둥 혼란에 빠지고 말았다. 그리고 얼마 지나지 않아 오나라 군은 자신들이 중과부적이라는 사실을 깨닫고 병기를 버리고 모두 도망쳐 버렸다.

드디어 유성圍城이 월나라 군에게 점령당하였다. 오나라의 패잔군은 유성 서북쪽에서 월나라 군의 공격을 받고 또 한번의 심한 타격을 입었다. 그리고 일부 고소를 향해 도망쳤던 패잔병들도 삼강구에서 배를 기다리고 있을 때 월나라 군대가 들이닥쳐 대패를 하고 말았다. 이번 싸움으로 3천 명이었던 오나라 검사 가운데 목숨을 구해 가까스로 고소로 도망친 사람들은 불과 1천 명도 채 못 되었다. 더욱 낭패스러운 일은 오나라 패잔병들이 고소성에 막 들어가려고 하는 순간 그들을 뒤따라 온 월나라 군을 본 오나라 군이 성문을 굳게 닫고 열어주지 않았으며, 또한 고소성이 월나라군에 의해 물샐틈없이 겹겹이 포위되어 이러지도 저러지도 못하는 상황이 되어 버렸다는 사실이다.

오왕 부차는 황급히 고소성의 장정과 퇴역 병사들을 불러 모아 성을 지키게 하는 한편, 창고를 조사해보니 아직 성안에 있는 사람들이 여덟 달 정도 버틸 만한 식량이 비축되어 있다는 사실을 알고 성을 굳게 지키기로 결심하였다. 그리고 또 다른 한편으로 사람들을 파견해 성 밖의 주요 성진城鎭에 가서 지원병을 모아오도록 명령을 내렸다.

월왕 구천은 지난번에 오나라를 공격했던 경험이 있었기 때문에, 그는 고소를 포위하고 나자 여분의 병력을 동원하여 오나라의 주요 성진을 공격해 하나씩 점령해 나갔다. 오나라의 옛 도읍지였던 무석無錫뿐만 아니라 오나라의 주요 성진이 모두 맥없이 월나라의 손아귀에 들어가 버렸다. 더욱이 오나라 사람들은 이미 월나라에 호감을 가지고 있었던 터라 월나라 사람들을 침략자로 보기는 커녕 도리어 월나라군을 환영하는 모습까지 보였다.

월왕 구천은 제계영, 예용 등과 논의를 하며 온갖 방법을 다 동원해 고소성을 공격하였고, 오왕 부차 역시 성안에 갇혀서 월나라에 맞설 방법을 강구하였다. 서너 달이 흐르면서 구천은 성을 공격하는 것보다 성에서 적이 빠져나오지 못하게 조용히 포위하고 있다가 식량이 떨어져 굶주렸을 때 적을 공격하는 것이 가장 좋은 방법이라는 사실을 깨달았다.

오왕 부차의 측근들 역시 몇 개월 동안 방어전을 벌이면서 성을 공격해오는 적에게 돌멩이를 던지거나 활을 쏘는 방법만이 고소성을 지킬 수 있는 최선의 방법은 아니라는 사실을 부차에게 건의하였다. 왜냐하면 이미 성안에 싸울 수 있는 장정들 뿐만 아니라 식량과 병기 역시 시간이 흐를수록 그 수가 점차 줄어들고 있었고, 더욱이 오나라의 백성들조차 부차에게 충성심을 보이지 않았기 때문이다. 그래서 시간을 끌면 끌수록 오나라에게 점점 더 불리한 상황이 될 수밖에 없었다. 따라서 부차는 어쩔 수 없이 포위망을 뚫고 고소성을 나가지 않으면 안 되는 상황에까지 이르게 되었다.

"그러면 어디로 도망을 가야 한단 말인가?"

오왕 부차는 태재 백비와 상의한 결과, 고소성 서쪽에 있는 태호쪽으로 포위망을 뚫고 나가는 것이 비교적 성공률이 높다고 결론지었다. 태호쪽

방향은 월나라 군의 포위가 가장 소홀한 곳이었고, 만일 포위망을 뚫을 수만 있다면 배를 타고 신속하게 황산黃山에 이를 수 있었기 때문이었다. 황산 일대의 주민들은 월나라 군과 접촉한 적이 없었기 때문에, 오나라 군을 도와 줄 것이라고 판단했던 것이다.

논의를 끝낸 후에, 오왕 부차는 비밀리에 왕손락, 화등에게 5백 명의 검사를 주고 다음날 날이 어두워지면 서문을 열고 곧장 태호로 달려가도록 명령하였다. 그리고 부차는 군사를 둘로 나누어 왕손락과 백비에게 각각 백 명의 검사를 이끌고 먼저 태호에 도착해 수구水口. 지금의 서구(胥口)에서 배를 찾아 기다리도록 하였다. 그리고 자신은 왕비와 함께 장군 화등이 지휘하는 사백 명의 검사를 직접 이끌고 선발 부대와 마찬가지로 서문을 빠져 나간 다음 서남쪽으로 방향을 바꿔 고서산 남쪽으로 빠져 수구에 도착하는 계획을 세웠다. 그러나 이 계획은 난관에 봉착하고 말았다. 월나라가 마치 이러한 계획을 미리 알고 있었다는 듯이 이틀 동안 계속하여 서문 성 밖의 순찰을 강화하는 한편, 매일 저녁 밤새도록 성밖에 횃불을 환하게 밝혀 놓았다. 이 때문에 오백 명의 오나라 군이 일시에 포위망을 뚫고 나가기란 쉽지 않은 일이었다.

이들의 계획이 난관에 부딪치자, 오왕 부차의 성질 또한 갈수록 난폭해져 갔다. 또한 그는 사람들을 끊임없이 의심하기 시작하였다.

'내 신변에 있는 사람 가운데 월나라와 내통하는 첩자가 있는 게 분명하다. 그렇지 않다면 내가 서문을 뚫고 나가려한 일을 적이 어떻게 그리 쉽게 알 수 있단 말인가.'

그는 속으로 곰곰히 하나하나 되짚어 보았다.

왕손락은 나의 조카이니 배반할 리가 없고, 화등은 무식한지라 성이 포위된 후에도 시시각각 월나라 군과 필사적으로 싸워왔으니 그 역시 정탐꾼 같지는 않았다. 만약 문제가 있다면, 아마도 태재 백비에게서 새어나갔을 것이란 생각이 들었다. 태비 이 자는 월나라에서 지내다 왔기 때문에 고소에 돌아온 후에도 수차례 월나라의 편을 들어 말을 한 것을 보면 월나라에서 적지 않은 뇌물을 받았을 것이라는 생각에 미쳤다.

"그래 바로 그놈이다. 바로 그놈이다!"

부차는 혼잣말로 하였다.

"내 비밀을 누설한 놈이 바로 그놈이 틀림없다!"

설사 그렇다 하더라도 부차는 지금 백비를 어찌할 수 있는 아무런 방법이 없었다. 왜냐하면 성안에 싸움할만한 사람들이 비록 5천명이 넘는다고 하지만, 대부분 임시로 선발된 퇴역병사나 장정들뿐이고 검사는 실제로 고작 1천여 명에 지나지 않았기 때문이다. 게다가 이들 1천 명의 검사들조차도 태재 백비가 이끄는 부대였기 때문에 부차 자신의 목숨조차도 백비에게 의지하고 있는 셈이라, 함부로 백비의 솜털조차 건드릴 수가 없는 처지였다. 지금은 잠시 그의 분노를 삼켜야 할 뿐이었다.

'앞으로 내가 그와 끝장을 낼 기회가 있겠지!'

라고 그는 속으로 생각하였다.

고서산 위에서

오왕 부차가 고소성을 지킨 지 이미 1년이 지나고 있었지만 월나라 군대는 여전히 성을 공격할 낌새를 보이지 않고 있었다. 그렇기에 부차가 점점 더 어려운 상황에 처하게 되었다. 그동안 창고에 남아있던 양식마저 이미 바닥을 들어내어 기껏해야 1개월 정도 버틸 수 있는 상황이었고, 게다가 상처 입은 병사들이 치료도 제대로 받지 못한 채 죽어 가는 모습을 두 눈 뻔히 뜨고 지켜봐야만 했다. 이런 상황이 되니 성을 넘어 투항하는 사람들이 속출하였다. 부차가 이를 금하였지만 아무런 소용도 없었다.

부차는 고소성을 지킨 지 12개월 반 만에 이러한 위기의 상황을 더 이상 버티지 못하고 결국 목숨을 걸고 포위망을 뚫을 결심을 하게 되었다. 그는 왕손락과 백비를 불러 자신의 생각을 말하였다. 그들 또한 성을 굳게 지키는 것만이 최선의 방법이 아니라는 생각을 하고 있었던 터라 모두 그의 결정에 동의하였다.

달이 뜨지 않은 추운 밤을 이용해 오왕 부차는 3백여 명의 검사를 이끌고 조용히 고소성문을 나와 화등으로 하여금 길을 열게 하고, 태재 백비로 후방을 방어하도록 하였다. 이와 동시에 왕손락으로 하여금 먼저 수구에 도착해 배를 준비하도록 명령을 내렸다.

부차가 성을 나와 5리도 채 벗어나지 못해 뒤에서 창칼이 부딪치는 소리와 함께 비명소리가 들려오기 시작했다. 실은 월나라 순찰병이 말발굽 소리가 나는 것을 듣고 자세히 살펴보니, 한 행인이 고소성에서 나와 서쪽을 향해 빠르게 달려가는 것을 발견하고 분명히 오나라 군이 포위망을 뚫은 것이라는 판단이 들어 급히 대장 제계영에게 보고하였던 것이다. 이 소식을 접한 제계영은 즉시 병사를 이끌고 그 뒤를 추격한 것이었다.

부차가 막 고서산 아래 수구에서 몇 리 떨어지지 않은 곳에 이르렀을 때 뒤에서 추격해오던 월나라 군사들이 이미 후방의 오군을 따라잡아 그들과 싸우기 시작했던 것이었다.

"대왕, 상황이 좋지 않습니다. 수구에는 지금 배가 없습니다."

부차는 목소리의 주인공이 왕손락임을 알고 급히 그와 회합하였다.

"수구에 배가 없으니, 지금은 어디에도 갈 수 없습니다. 먼저 고서산에 올라가 산세에 의지해 적군과 싸우면서, 날이 밝으면 그때 다시 어떻게 할 것인지 결정해야 할 것 같습니다."

오왕 부차는 이 때 별다른 방법이 없자 왕손락의 말대로 어쩔 수 없이 말에게 채찍질을 가하며 산으로 급히 올라갔다. 산 위에 올라서서 그는 희미하게나마 보이는 오월 양군의 육박전을 지켜보았다. 귀에 들리는 것은 모두 탁탁 칼 부딪치는 소리와 함께 사람의 비명소리만 들릴 뿐, 어느 쪽 사람인지 알 수가 없었다.

월왕 구천은 오왕 부차가 포위망을 뚫고 도망쳤다는 말을 듣자 한밤중에 일어나 3천 명의 군사를 이끌고 추격하였다. 그는 고서산 아래까지 추격한 후 제계영을 만나 부차가 산 위로 도망쳤다는 사실을 알게 되었다. 그는 이 고서산이 홀로 우뚝 서 있는 산이라 사방에서 포위만 한다면 부차가 도망갈 길이 없다는 것을 알고 즉시 제계영에게 산을 포위하도록 명령하였다. 날이 차츰 밝아오는 가운데 오왕 부차가 말을 타고 산등성이 위에 서서 아래를 내려다보았다. 산 아래에는 이미 월나라 군이 밀집해 있었고, 산 위로 올라오는 길목에 막사가 하나 보이는데, 보아하니 월나라 장군이 있는 곳 같아 보였다. 마침 막사 밖에서는 말을 탄 몇 사람이 산위를 가리키고 있었다.

부차는 자신이 이미 막다른 골목에 들어섰다는 것을 깨달았다. 지금 고서산 위에서 적을 몇 명 더 죽이고 자신도 스스로 목숨을 끊거나, 아니면 적의 포로가 되어 모욕을 당할 수밖에 없는 처지에 있다는 사실을 알았다. 왕손락도 지금 화친을 하기에는 막 북벌에서 돌아와 강력한 군사력이 뒷받침되었던 지난번 상황과는 다르다는 사실을 잘 알고 있었다. 고서산 위에 있는 오나라 군의 숫자는 겨우 3백여 명에 불과한 데다 지난 밤, 밤새 길을 달려오면서 전투를 치뤘기 때문에 모두 제 몸 하나 지탱하기도 어려울 정도로 지쳐 있었다. 그런데 다행히도 눈앞의 적들은 아직까지 오나라의 이러한 상황을 파악하지 못한 것 같았다. 만약 그렇지 않았다면 벌써 돌격해 왔을 것이라는 생각이 들었다.

이런 상황에서 왕손락은 월나라와 화친을 맺고자 월나라 장수를 찾아갔다. 그는 최대한 공손하게 예를 표하기 위해 추운날 어깨를 들어내 놓고 산길을 무릎으로 천천히 기어 걸어갔다.

그는 월왕 구천의 앞에 이르러서도 여전히 땅에 무릎을 꿇고 공손하게 말하였다.

"오나라의 신하 왕소락은 지금 부차를 대신하여 대왕을 알현하고 부차의 말을 전하고자 찾아 왔나이다. 지난번 월왕성에서 부차는 감히 천명을 거역하지 못하고 대왕과 맹약을 맺었나이다. 지금 대왕께서 군사를 일으켜 부차를 죽이고자 하시는데, 부차가 어찌 감히 순종하지 않겠습니까? 다만 지금의 고서산은 지난번 월왕성 때와 다를 바가 없으니, 만약 대왕께서 가련하게 여기시어 부차의 목숨을 용서하시고 오나라의 향연畜烟을 보존케 해주신다면, 부차는 영원히 대왕의 충성스런 신하가 되기를 원하옵나이다."

이 말은 확실히 월왕 구천을 감동시켰다.

'지난번 나는 어떠한 상황에 놓여 있었던가? 부차가 나에게 어떻게 대하였는가? 나 역시 그가 예전에 나에게 했던 것처럼 나를 위해 말을 씻는 일을 시키면 그만일 텐데, 이렇게 그를……'

옆에 서있던 범려는 구천이 즉각 대답하지 못하는 것을 보고서, 왕손락의 말에 구천이 동정심을 일으켜 자칫 오나라와의 화친을 허락할지도 모른다는 생각이 들었다. 그래서 그는 황급히 앞으로 나와 한 발자국 구천 곁으로 걸어가서 말하였다.

"대왕, 그 해의 일은 하늘이 월나라를 오나라에게 보냈지만, 오나라는 너무나 어리석어 잘 다스리지 못했습니다. 지금의 상황은 하늘이 오나라를 월나라에게 보내신 것이오니, 어찌 우리들이 천명을 어길 수 있겠나이까? 대왕께서는 잘 생각해 보십시오. 대왕께서는 매일 아침 일찍 군사를 위해 애 쓰시면서 밤이 깊어서야 겨우 쉴 수가 있었사온데, 이것은 바로 부차에 대한 대왕의 큰 원한을 갚기 위한 일이 아니었습니까? 대왕께서 이를 바라신 지가 오늘로 꼭 18년이 되었으며, 저희 신하들 역시, 대왕께서 가슴을 펴시고 사시기를 희망한 지도 벌써 18년이 되었사옵니다. 대왕께서는 설마 대왕을 위해 목숨을 내걸고 싸움에 임한 우리 병사들을 다시 죽게 하려는 것은 아니시겠지요? 대왕! 대왕께서는 당시 우리 군이 패해 포로로 잡혔던 치욕을 결코 잊으셔서는 안 되시옵니다."

구천은 범려의 말이 사실 틀린 말이 아니며, 장수들이 목숨을 걸고 고생한 까닭이 바로 오늘 때문인데, 어떻게 그들을 실망시킬 수 있겠는가하는 생각이 들었다. 그러나 구천은

"범대부, 나는 사실 당신 말을 무척이나 따르고 싶소. 다만 모질게 마음을 먹지 못할 것 같으니, 어떻게 해야 하겠소?"

"저에게 맡기십시오."

범려는 이 기회를 틈타 큰 소리로 말하였다.

"왕손선생, 월왕께서는 나라의 대사를 이미 나에게 맡기셨소. 당신은 어서 돌아가시오. 만약 돌아가지 않는다면, 아마 당신에게 미안한 일을 저지르게 될 것이오!"

왕손락은 화친을 구하는 일이 희망이 없다는 것을 알고서 어쩔 수 없이 눈물을 흘리며 월왕 구천에게 고별을 하고 돌아갔다.

월왕 구천은 마음속으로 여전히 오왕 부차를 몹시 불쌍하게 여겼다. 그는 왕손락이 눈물을 흘리면서 하직을 하고 떠날 때 그에게 부차에게 말을 전해 달라고 당부하였다.

"나는 용甬: 지금의 영파(寧波) 동쪽에 있는 바다 섬에 그가 가서 살 수 있도록 해줄 것이요. 그곳에는 삼백여 가구가 살고 있으니 그를 평생토록 돌봐줄 수 있을 것이요. 그에게 그곳에 가서 사는 것은 어떤지 물어봐 주시오."

왕손락은 산 위로 돌아와서 있었던 상황을 오왕 부차에게 보고한 후, 차마 오나라가 망하는 최후의 모습을 볼 수 없어 자살하고 말았다.

오왕 부차는 마음속으로 몹시 괴로웠다. 그는 하늘을 우러러 탄식하였다.

"하늘이 우리 오나라에 재앙을 내려, 내 대에서 나라가 망해 조종祖宗의 향연을 끊게 되었으니, 나는 죽어 마땅하다. 지금 오나라의 땅과 백성들이 모두 다 월나라에 귀속되었고, 나 역시 늙어 월나라 임금을 보살필 방법이 없으니 더 이상 살 수가 없도다."

이어 그는 곁에 있던 수하에게 분부하였다.

"내가 죽은 후에 너희들은 나의 얼굴을 덮어라. 나는 오자서를 볼 면목이 없도다."

그러한 후에, 부차는 차고 있던 칼을 뽑아 자신의 목에다 대었다. 일찍이 중원에 위엄을 떨쳤던 오나라의 임금은 이렇게 자살로 생을 마감하고 말았다.

부차가 죽자, 그의 부하들은 그를 따라 자살하지 않고 산을 내려와 월나라에 투항하였다. 이 투항 행렬 속에는 태재 백비도 포함되어 있었다.

월왕 구천은 백비를 찾아 묶도록 명한 후 징을 치고 북을 두드려 부하들을 집합시켰다. 그리고 대중 앞에서 선포하였다.

"오나라의 태재 백비는 신하로서 불충하여 마침내 나라를 멸망에 이르도록 하였다. 지금에 와선 죽음이 두려워, 가장 먼저 투항해 자신의 생명을 보존하고자 하였다. 이런 자는 우리 월나라가 용서할 수가 없다. 나는 지금 그의 목을 쳐 후세에 나라를 팔아 영화를 구하고자 하는 사람들에게 본보기로 삼고자 하노라!"

백비와 그의 처자는 이렇게 해서 죽었다.

월왕 구천은 사람을 시켜 오왕 부차를 태호 옆에 있는 탁유산卓猶山 위에 장사를 지냈으며, 부차를 위해 월나라 병사들로 하여금 바구니로 흙을 나르게 해 무덤을 만들어 주었다. 그리고 부차 옆에 백비를 묻어주었다.

일을 모두 끝낸 후, 구천은 고소성의 오나라 왕궁에서 크게 연회를 열어 월나라 병사들에게 술과 음식을 마련해주고 3일 동안 통쾌하게 술을 마시도록 하였다.

오나라는 이미 월나라에게 망해 그날부터 오나라의 모든 영토는 월나라의 땅이 되었다. 그리고 18년 동안 쌓였던 오나라에 대한 치욕을 말끔히 씻어 버리고, 오나라에 사람을 파견하여 통치한다고 선포하였다.

오나라는 주 태백太伯이 나라를 세운 해부터, 부차가 왕위를 계승하기까지 모두 26대가 흘러, 거의 천 년에 가까운 역사를 가지고 있었다. 구천에게 멸망 당한 해는 부차가 오나라 왕이 된 지 23년째 되는 해이며, 구천이 월나라 왕이 된 지 24년기원전 473년이 되던 봄이었다.

그 후

월왕 구천이 오나라를 멸망시켰다는 소식은 중원 일대의 제후
들을 크게 놀라게 만들었다. 그들은 혹여 월나라가 오나라에 비해 대처하기
가 더욱 힘들지도 모른다는 생각에 분분히 회계로 사신을 보내 월나라가
원수를 갚고 치욕을 씻은 일을 축하하는 한편, 월나라와 교류하고 싶다는
뜻을 전하였다.

　이 일은 월왕 구천을 기쁘게 하였을 뿐만 아니라, 이 일로 인하여 구천은
하나의 이치를 깨닫게 되었다. 누구든 능력만 된다면 오왕 부차와 같이
중원에 나가 천하의 패자가 될 수 있다는 사실이었다. 그것은 바로 북쪽의
제후들이 한결같이 전쟁을 두려워하는 겁쟁이들이라는 사실이었다.

　그래서 오나라를 멸망시킨 지 불과 2개월 만에 월왕 구천은 각국의 제후
들에게 사람을 파견하여 6월에 강소 서주徐州에서 회합을 가질 것을 알리는
동시에 주 원왕元王에게 사람을 보내 예물을 바치고 경의를 표하며 자신이

제후가 될 자격을 충분히 갖추었음을 표하였다. 뒤이어 월왕 구천은 1만의 정예부대를 이끌고 서주에 이르러 각국의 제후들과 대면하였다. 각국의 제후들은 그를 보자 그가 오나라를 멸하고 나라를 되찾은 일을 축하하기만 할 뿐, 그 어떠한 입장도 보이지 않았으며, 또한 그와 맹약도 맺지 않았다.

그러나 그는 이 회합에서 주 원왕이 보내온 예물과 가장 필요로 하는 물건을 받게 되었다. 즉, 주 원왕이 그를 남방 제후 가운데 수령으로 삼은 일이었다. 구천은 회의 석상에서 즉시 명령을 내려 회하淮河 남쪽 토지를 초나라에게 돌려주도록 하였다. 이 땅은 본래 오나라가 침략해 점령했던 지역이었다. 그리고 이어서 그는 오나라가 과거 점령했던 송나라와 노나라의 땅을 모두 되돌려 주었다. 그런 연후에 각국의 제후들과 헤어져 고소로 돌아갔다.

그는 오나라의 수도였던 고소로 돌아와 문대文臺에 술자리를 마련하고 오나라의 멸망과 북진의 성공을 자축하였다. 대부 문종은 회계에서 급히 달려와 연회에서 월왕 구천을 위해 축배를 들며 미리 준비한 축사를 낭송하였다.

그는 말하였다.

"하느님의 도우심으로 우리의 대왕께서 이미 천명을 얻으셨나이다. 대왕의 덕행 덕분에 총명한 신하들이 자신들의 지혜를 발휘할 수 있었으며, 조상의 영령들께서 정령政領이 실행 될 수 있도록 도와주셨나이다. 또한 사방의 귀신들도 대왕의 덕을 흠모하여 대왕을 떠받들었나이다. 대왕께서 영원히 신하들의 노고를 잊지 않으신다면, 신하들도 역시 영원히 대왕께 충성을 바칠 것이옵니다. 우리 월나라의 명성과 위엄은 하늘과 같이 끝없이 넓어 그 무엇으로도 가리거나 덮을 수 없습니다. 저는 다시 이 한 잔의 술로써 대왕의 만수무강을 기원 드리는 바입니다."

월왕 구천은 처음 두 마디에 별 반응을 보이지 않았으나, "신하들의 노고를 잊어서는 안 된다"는 말에 이르러 구천의 얼굴색이 갑자기 흐려지면서 더 이상 말을 하지 않았다.

"우리의 대왕께서는 어질고 현명하시며, 또한 인애仁愛를 널리 펴실 수 있는 위대한 덕을 지니신 분이시옵니다."

대부 문종은 계속해서 말하였다.

"오늘 대왕께서 원수를 멸하시어 오나라를 영원히 역사의 무대 위에서 사라지게 하셨습니다. 아울러 월나라로 돌아오시는 것을 잊지 않으셨습니다. 그 때 대왕께서는 대범하게 공이 있는 자에게는 상을 내리셨고, 사악한 소인배들은 영원히 추방시켜 등용의 기회를 막으셨습니다. 우리 월나라의 군신들이 모두 일치단결 하였기에 하느님께서는 오래도록 무한한 복을 내리실 것이옵니다. 저는 다시 대왕께 이 한 잔의 술로써 축하드리오며, 대왕의 만수무강을 비옵니다!"

문대에 자리한 월나라 문무대신들은 문종의 축사를 다 듣고나자 손뼉을 치고 환호하며, 술잔을 들어 건배하였다. 월왕 구천은 다만 냉랭하게 술잔을 들었을 뿐, 얼굴에는 즐거운 기색이 전혀 보이지 않았다. 총명한 상국 범려는 옆에서 구천의 표정을 발견하고 순간 하나의 생각이 그의 뇌리를 번뜩 스쳐지나가자 웃음을 거두고 말았다.

연회가 끝난 후, 범려는 월왕 구천에게 하직인사를 한 다음, 대부 문종과 함께 문대를 걸어 나왔다. 그는 일부러 문종의 팔을 끌어 당겨 월나라 군신들 뒤에서 천천히 걸으며,

"문대부, 대왕께서 원수를 갚는 대사가 이미 완성되었으니, 당신 또한 월나라를 떠나 당신이 하고 싶은 사업을 하시는게 어떻겠습니까?"

범려는 입을 문종의 왼쪽 귀에다 가까이 대고서 소곤소곤 이야기하였다. 이 말을 들은 문종은 어리둥절하여

"무엇 때문이오?"

말소리가 별안간 커졌다.

"대왕이 처음 오나라에 가시면서 우리가 전당강가에서 대왕을 배웅할 때, 당신은 대왕께서 당신에게 불쾌한 표정을 지으셨던 것을 발견하지 못했습니까? 제 생각에는 당신이 일찌감치 이곳을 떠나는 것이 좋을 듯 합니다."

문종은 아무런 대답도 하지 않은 채, 걸으면서 조용히 생각했다.

'범소백范少伯이 오늘 저녁 나에게 이런 말을 한 목적이 도대체 무엇일까?

255

그의 관직은 나 보다 높으며, 대왕 앞에서도 그의 말은 나보다 힘이 있는데, 그가 이런 말을 한 것은 결코 나의 지위를 원하는 것이 아니었을 것이다. 그렇다면 혹 대왕이 정말로 나에게 불만을 가지고 있는지도 모를 일이다. 내 생각에…… 그럴 리가 없는데, 그럴 리가 없을 텐데, 대왕은 분명 그럴 사람이 아닌데, 전당강가에서 송별할 때, 대왕은 나에게 기분 나쁜 표정을 지었다고 하는데, 정말 그런 일이 있었던 것일까? 내가 왜 보지 못했을까? 아니다 없었다. 하지만 범소백이 무엇 때문에 이런 말을 한 것일까?'

갑자기 그는 자신의 팔을 잡았던 손이 풀어지는 것을 느꼈다. 그가 머리를 돌려 쳐다보니 범려가 바로 그에게 인사를 하며 수레를 타고 자신의 숙소로 돌아가려고 하는 중이었다. 문종 또한 범려에게 예를 행한 후에 자신의 수레를 찾아 타고 숙소로 돌아갔다.

이날 밤, 문종은 방안에서 뒷짐을 지고 왔다 갔다하며 마음을 가라앉히지 못 하였다. 날이 샐 무렵 겨우 자리에 들어 잠을 청하고자 하는데 하인이 와서 문을 두드렸다.

"상국 범려가 사람을 시켜 편지를 보내왔습니다."

문종은 심부름 온 사람의 손에서 친히 꽁꽁 묶은 나무 죽간을 받아 들고 촛불아래 펼치고 자세히 보았다.

"범려가 매우 공손하게 대부 문종에게 말씀드립니다.
하늘에는 춘하추동 사계절의 변화가 있지만, 봄에 자생하는 것은 겨울이 되면 떨어지기 마련입니다. 인생의 조우에는 좋은 것도 있고 나쁜 것도 있습니다. 평안하고 즐거운 날이 오래 계속되면, 그 후에 오는 것은 반드시 불행하고 나쁜 일입니다. 이러한 이치를 알면서도 여전히 아첨하지 않고 공정한 태도로 일을 하는 이는 아마도 현인군자일 것입니다. 범려는 비록 어리석은 사람이지만, 어느 때 자신의 능력을 바치는 것이 적합하며, 어느 때 물러나야 하는지 알고 있습니다. 옛 사람들이 일찍이 '새가 높은 곳에서 날면, 아무리 좋은 활이라도 거두어들여야만 하고, 교활한 토끼를 모두 잡고 나면 아무리 훌륭한 사냥개라도 사냥꾼에게 잡아먹힐 운명을 피하기 어렵다'는 말을 하였습니다. 월왕 구천은 긴 목과 새와 같이 뾰족한 입을 갖고 있어서, 사람을 바라볼 때 눈빛은 매와 같고 길을 걸어갈 때 그의 걸음걸이는 이리와 같습니다. 이러한 용모를 가진 사람과는 환난을 같이 할 수는 있지만, 그와 안락을 함께 할 수는 없습니다. 내 생각에는 당신이 월나라를 떠나지 않는다면, 당신은 반드시 해를 입게 될 것입니다. 이것은 매우 분명한 사실입니다."

문종은 편지를 읽고서 범려의 말이 일리가 있을지는 모르나,

'나는 지금까지 월왕에게 공로만 세웠을 뿐 그에게 죄를 지은 적이 없지 않은가? 나는 월왕 구천이 도리를 모르는 사람이라고는 생각지 않는다!'

설사 이렇게 생각했지만, 문종은 그래도 불안하여 자신의 말과 행동에 대해 매우 조심하며, 마음속으로 자신도 모르는 사이에 월왕에게 죄를 지을까봐 두려워하였다.

다음해 구천 24년 9월 정미丁未일에 범려는 월왕 구천 앞에서 사직을 청하는 말을 하였다.

"옛 사람이 말하길 나라의 왕이 우환을 당하면, 신하된 자들은 반드시 힘써 왕을 위해 우환을 없애야 하고, 나라의 영수가 치욕을 당했을 경우에는 신하된 자들은 반드시 희생을 각오하고 왕을 위해 치욕을 씻는 일에 힘써야만 한다고 말씀하셨습니다. 방법은 비록 서로 다르지만 도리는 오히려 한가지입니다. 제가 대왕을 받들어 모시면서 사전에 장차 발생할 재앙을 제거하지 못하였고, 또한 일이 저질러진 후에 눈에 보이는 환난을 해결하지 못했습니다만, 다만 있는 힘을 다해 대왕을 보좌하여 환난을 없애고 제후 가운데 패자가 되어 천하에 이름을 떨치시기만을 바랐습니다."

"저는 마음속으로 대왕께서 처음 고소에 가셨을 때, 제가 '주욕신사主辱臣死: 신하는 임금의 치욕을 씻기 위해 목숨을 바침'의 도리에 따르려고 하지 않은 까닭은 반드시 치욕을 참고 대왕을 도와야만 비로소 신하의 직분을 다하는 것이라고 생각했기 때문입니다."

"오늘 대왕께서 원수를 해치우시고 오나라를 평정시킨 일은 마치 지난날 상商왕조의 탕湯이 하夏왕조의 걸桀을 제거하고, 주周 무왕武王이 상商의 주紂를 멸망시키고 왕업을 이룩한 것과 같습니다."

월왕 구천은 별안간 이 말을 듣자 잠시 멍하니 쳐다보다가 눈물을 주루룩 흘리면서 말하였다.

"상국, 나 구천이 원수를 갚아 원한을 씻고 국가를 되찾은 것은 모두 당신의 계획과 도움때문이오 지금 당신이 월나라를 떠나려고 한다면, 이것은 하늘이 우리 월나라를 버리고자 하는 것과 같은데 당신이 떠난 후에 나보고 어느 누구의 도움을 받으란 말이요? 지금 당신이 무엇이든 원하는 것이 있으면 말해 보시오. 내 모두 들어 주겠소."

"당신이 월나라에 있겠다면 나는 땅을 한 덩어리 떼어서 당신에게 줄 것이요. 그러나 만일 월나라를 떠난다면, 나는 당신의 처자를 죽일지도 모르오. 그러니 어떻게 하겠소?"

범려는 이 말을 듣고 마음속으로 자신이 과연 예상한대로 구천이 배은망덕한 사람이라는 것을 빨리 알아차린 것이 다행이라고 생각했다. 그러나 그는 여전히 꼿꼿하게 말하였다.

"공명정대한 사람은 한번 마음을 정하면 다시는 변경하지 않습니다. 그런 사람은 설사 자신의 목숨을 희생할지언정 다른 사람에게 의심받기를 원치 않으며, 더욱이 자신을 속이지 않습니다. 저는 이미 이곳을 떠날 결심을 했습니다. 저의 처자가 무슨 죄가 있겠습니까? 대왕께서는 저에게 농담으로 하시는 말씀이라 생각합니다. 그럼, 대왕, 건강하십시오."

범려는 집으로 돌아와서 행장을 꾸린 다음, 아내와 두 아들을 데리고 배를 타고 항주만을 출발하여 바다를 향해 떠났다.

월왕 구천은 범려가 떠난 후 수심에 젖어 대부 문종을 불러 그에게 물었다.

"범려를 추격하여 그를 돌아오게 하는 것이 어떤가?"

문종은 범려가 떠난 이상 돌아올 리가 없다고 추격하지 말 것을 권하였다.

구천은 달리 방법이 없자 회계산 주위 백리의 토지를 범려의 봉지로 삼는 한편, 장인을 불러 범려의 동상을 만들게 한 다음 그가 정사를 보는 대청 위에 세워 놓고 문무백관들과 함께 국사를 논의하였다. 그러나 그가 떠난 후, 월나라의 대부 고성, 예용, 부동, 고여 등과 같은 사람들도 점차 월왕 구천이 다시는 그들을 중용하지 않고 본체만체하는 것처럼 보였기 때문에 그들은 더 이상 구천에게 어떠한 일을 권하는 것도 귀찮아졌다. 대부 부동은 심지어 미친 사람처럼 가장하고 더 이상 아무 일도 하지 않았다.

이러한 광경을 대부 문종은 다 보았다. 그는 마음속으로 매우 괴로웠지만 자신의 생각을 구천에게 말할 수 없었기 때문에 아무런 표시도 하지 않았다.

월왕 구천의 신복들은 문종의 불쾌한 표정을 보자 그 중 한 사람이 구천의 귀에 대고 문종에 대한 불평을 토로하였다.

"대부 문종은 지난날 대왕을 위해 나라를 잘 지켜 대왕으로 하여금 후방에 대한 근심을 덜어 드렸으며, 또한 대왕을 위해 군대를 훈련시키고 후방을 도와 대왕으로 하여금 오로지 오나라만 대적하실 수 있게 하였습니다. 그런 까닭에 오늘날 대왕께서는 제후들 가운데 패자로 칭해지고 있습니다. 그러나 문종에게는 아직껏 관직을 올려주지도 않았으며, 더욱이 상조차 내리시지 않고 계시니, 문종이 불쾌한 감정을 갖고 있는 것은 당연한 일이옵니다. 대왕께서는 그를 경계하셔야 할 것이옵니다.”

어느 날, 구천이 가만히 살펴보니 문종은 일찍부터 조정에 나와 일을 보고 날이 어두워질 무렵에야 비로소 집으로 돌아갔다. 다음날 그는 문종에게 물었다.

“월나라의 앞날이 아직도 어렵고 위험이 많은가! 그렇지 않다면 대부께서 매일 이렇게 정무를 열심히 돌보는 것은 무슨 까닭인가?”

문종은 구천의 말을 듣고 깜짝 놀라 마음속으로

‘내가 너를 위해 온 힘을 다해 일을 하고 있으며, 매일 아침 일찍 조정에 나왔다가 저녁 늦게야 집에 돌아가는데 아직도 무슨 불평이 남아있는 것인가?’

그는 순간 적당한 대답이 생각나지 않아 그저

“제가 매일 일찍 나와 저녁 늦게 돌아간 것은 오로지 대왕을 위해 오나라를 멸망시키고 수치를 씻고자 하는 바람 때문이었습니다. 지금 이미 오나라가 멸망했는데, 대왕께서는 아직도 무슨 근심꺼리가 있사옵니까?”

구천은 그의 말을 듣고 가만히 있으면서 아무런 대답도 하지 않았다.

그러나 그때 그에게는 하나의 생각이 머리 속에서 맴돌았다.

'문종은 능력이 대단한 사람이다. 지금 나라를 다시 찾았으니, 이제 그는 쓸데가 없다'고 생각하였다.

오나라가 멸망한 그 이듬해 정월, 월왕 구천은 갑자기 문종을 그의 앞에 불러 그를 상국으로 승진 시킨 후, 그에게 물었다.

"옛 사람들의 말이 '다른 사람을 이해하기는 쉬워도 자기 자신을 이해하기는 어렵다'고 말하지 않았소. 지금 상국에게 한마디 묻겠는데, 상국은 도대체 어떤 사람이요?"

문종은 이 말을 듣고서 대답하였다.

"대왕께서는 지금까지 제가 용감하다는 것은 알지만 제가 백성들을 도와주고 싶어 한다는 마음을 알지 못하십니다. 대왕께서는 지금껏 제가 충성스럽다는 것은 알지만 제가 사람들에게 신임을 받고 싶어 한다는 마음을 모르시옵니다. 대왕께서 지금 저에게 어떤 사람이라고 물으신 까닭은 저를 믿지 못하고 계신 것이 분명하옵니다. 과거에 저는 충성과 지혜를 다해 대왕을 받들어 섬겼으나, 대왕께서 저에 대해 불만스럽게 여기는 점이 있음이 분명하옵니다. 대왕께서 저를 의심하신다면 저는 당연히 죽어 마땅할 것입니다. 저는 결코 죽음을 두려워하지 않으며, 또한 죽어야 마땅할 때에 목숨을 아끼지는 않지만 다만 말을 다 마친 후에 죽기를 원합니다. 오자서는 부차에게 죽음을 당하기 전에 사냥꾼은 토끼를 잡지 못하게 되면 자기가 기른 사냥개를 죽여서 먹으며, 적을 무찌를 계획을 낸 대신은 적이 패한 후에 죽게 된다'고 말한 적이 있으며, 범려 역시……"

구천은 문종의 말이 채 끝나기도 전에 말을 가로 막았다.

"문대부, 당신이 나를 도와 원수를 갚기 위해 많은 계략을 짜낸 것만은 확실하오. 그러나 선왕께서 비록 세상을 떠나셨으나, 내가 오나라에 포로로 잡혔던 일로 인하여 선왕께서는 지하에서도 굴욕을 받았을 것이 틀림없소. 그러니, 당신이 나 대신 선왕을 위로해주길 바라오."

'아! '너를 대신해 선왕을 위로하라고'?"

문종은 월왕 구천이 자신을 가만두지 않을 것이 분명하다는 사실을 알아차렸다. 여기까지 생각이 미치자 그는 마음을 가다듬고서 고개를 돌려 구천에게 말하였다.

"옛 사람들이 '큰 은혜는 보답이 없고, 큰 공은 상이 없다'고 말하였는데, 이 말이 바로 이런 경우로군요. 나는 지난날에 범려의 말을 듣지 않은 것을 후회합니다."

그가 다시 고개를 돌렸을 때, 구천은 이미 몸에 차고 있던 칼을 빼어 땅에다 던졌다.

문종은 허리를 굽혀 칼을 집어 들고 고개를 젖혀서 웃으며 말하였다.

"나라에 충성을 다 하였으나, 임금 한 사람 비위를 맞추지 못하였으니, 죽어 마땅합니다. 하지만 오늘 이후의 충신들은 반드시 나를 거울로 삼을 것이요."

말을 마친 후, 문종은 구천에게 등을 돌려 무릎을 꿇고 들고 있던 칼로 자신의 목을 찔러 죽었다.

문종이 죽자, 월나라의 대부들은 병을 핑계로, 또는 늙었다는 핑계로 반 년도 채 안되어 고성, 예용, 부동, 고여 등이 모두 월나라를 떠나 인적이 끊어진 깊은 산속에 들어가서 다시는 세상에 나오지 않았다.

제계영 역시 군대의 지휘권을 넘겨주고 조정에서 물러나 제계諸稽산으로 가서, 그곳에서 사탕수수를 심고 사탕을 만들며 지내며 다시는 월나라의 국사에 관여하지 않았다. 그러나 얼마 안 있어 병이 들어 세상을 떠났다.

또 2년이란 세월이 지나자, 월왕 구천 역시 병으로 세상을 떠나고 말았다.

월왕 구천이 나라를 건국한지 대략 240년간 월나라의 국력은 매우 강성하였다. 그러나 이 240여년이 지나자 월나라의 국력도 점점 쇠약해져 갔다. 그 후 초나라와의 전쟁에서 월나라 군대가 패함으로써 오나라의 옛 땅을 빼앗기고 말았다. 이 지역은 바로 오늘날의 장강 이남의 강소성 전 지역을 가리킨다. 그들은 또한 절수浙水를 공격하여 월나라의 수도인 회계를 점령함으로써 월나라는 결국 멸망하고 말았다. 월나라의 왕족들은 남쪽의 복건과 절강성 연해안 일대로 도망쳤지만 모두 초나라의 통치에 복종하였다. 한漢

대에 이르러 월왕 구천의 후예인 민군閩君 "사요姒搖"가 한나라 군대를 도와 진秦나라를 평정시킨 공로로 월왕으로 봉해졌지만, 월왕 구천과 같이 중원에서 패자로 군림할 만한 기개는 없었다.

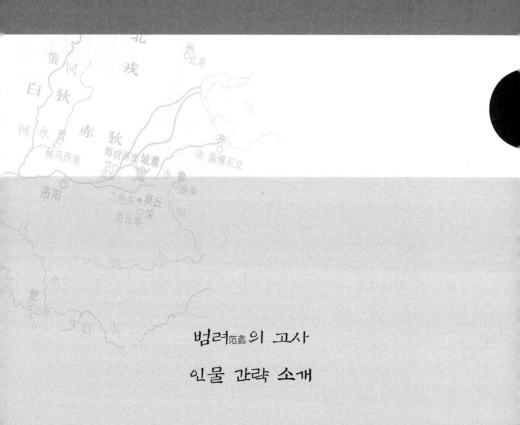

범려范蠡의 고사

인물 간략 소개

중국 고서 가운데 범려가 월나라를 떠난 이후의 일에 대해 기록한 책이 전해지고 있다.

전해오는 말에 의하면, 범려는 월나라를 떠난 후에, 강소성 해변가에 머물러 살면서 이름을 "저이자피鴟夷子皮"로 바꾸어 불렀다고 한다.

그는 아내와 아들을 데리고서 황무지를 개간하여 먹고 남아도는 양식을 팔아 생활을 꾸려갔다. 몇 년이 지나지 않아서 그는 많은 돈을 모을 수 있었다.

제나라 임금이 범려에 관한 소문을 듣고 사람을 보내 그를 상국으로 삼을 것을 청하였으나, 범려는 탄식하며 말하였다.

"나의 벼슬은 상국에 이르렀고, 장사를 하여 많은 돈을 벌었소 인생에

있어 성공이라면 이것보다 더 높은 것이 어디 있겠소? 사람이 늙어서 고위
관직에 앉게 되면 반드시 불행한 일을 당하게 마련이오.”

그는 제나라의 상인相印을 돌려주고, 자신의 가산을 친구와 동네사람들에
게 나눠준 후에, 행장을 꾸려 아내와 아들을 데리고서 그가 살던 지역을
떠났다.

범려는 도陶: 지금의 산동의 정도(定陶)라는 땅에 이르러 그곳이 “천하의 중심
지”라는 생각이 들어 그곳에 정착하여 토지를 사 농사를 지으면서 예전과
같은 방법으로 장사를 시작하였다. 그는 몇 년이 채 안 되어 또 많은 돈을
벌었다. 사람들이 그에게 성명을 물으면 그는 “도주공陶朱公”이라고 대답했
다.

범려는 “도陶”땅에 온 후 다시 아들을 하나 더 얻었다.

10여년이란 세월이 흐른 뒤, 도주공은 이미 천하에 이름을 떨치는 큰
부자가 되었다. 그는 “도”에서 큰 점포를 열고 장사를 하였으며, 큰 아들과
둘째 아들을 각 나라에 보내 장사를 하도록 시켰다.

어느 날, 범려는 뜻밖에도 그의 둘째 아들이 초나라에서 사람을 죽여
지금 초나라 감옥에 갇혀 사형을 기다리고 있다는 소식을 전해 받았다.

“사람을 죽이고서 사형을 기다리는 것은 어쩔수 없는 일이다.”

범려는 가족들을 향해 탄식하고는 그의 막내아들에게 초나라로 가서 형
을 만나도록 시켰다. 그는 사람을 시켜 마차를 준비한 다음 거친 모직물을
수레에 싣고, 그 모직물 안에 1천일鎰: 1鎰은 이십량을 말한다의 황금을 넣었다.

그리고 그의 막내아들에게 그 수레를 끌고 초나라로 가도록 하였다.

이 때, 범려의 큰 아들이 마침 다른 지방에서 돌아왔는데, 둘째가 일을 저질렀으며, 아버지가 셋째를 보냈다는 말을 듣고 마음이 몹시 불안하여 아버지에게 자신이 초나라에 가서 동생을 만나보고 오겠다고 말하였다. 큰아들은 몹시 속상해하면서 말하였다.

"큰 아들이란 집안에서 집안일을 돌보야만 합니다. 지금 동생이 죄를 저질렀는데, 아버님께서는 저를 보내어 그를 만나보도록 하시지 않으시고 막내를 보내셨는데, 이것은 분명히 제 능력이 부족하기 때문입니다."

말을 마치고 자살을 하고자 하니 그의 어머니가 가로막았다.
범려의 아내는 범려에게 권하길,

"제 생각에 큰 아이를 보내는 것이 좋을 것 같습니다. 당신이 셋째를 보낸다면 둘째를 구하기도 전에 첫째가 먼저 죽고 말 것입니다."

이 말에 범려는 대답하지 않을 수 없어 한숨을 쉬면서 말하였다.

"좋소, 큰 아이를 보냅시다."

큰 아들이 집을 떠나려할 때, 범려는 그에게 한 통의 편지를 주면서, 그에게 초나라에 가면 장莊선생에게 전하라고 시켰다. 장선생은 범려의 친한 친구로 초나라에서 명성이 대단하였다. 그는 또 큰 아들에게 분부하길,

"너는 장선생을 만나거든 수레에 있는 모든 황금을 전부 그에게 넘겨주거라. 너는 기억해야 한다. 절대로 장선생에게 따지지 말고, 일체 그가 하는 대로 맡기고 상관하지 말거라. 알겠느냐?"

첫째 아들은 고개를 끄덕였다. 그 역시 길 떠날 때 따로 수백 냥의 황금을 지니고 떠났다.

초나라에 도착하여 장선생을 만나자, 큰 아들은 그의 부친 분부대로 편지와 수레에 실은 황금을 모두 그에게 넘겨주었다. 그러나 마음은 편치 않다. 왜냐하면 장선생은 원래 가난한 사람인데 "어떻게 내 동생을 구할 수 있겠는가?"라는 생각이 들었기 때문이었다.

장선생은 편지를 보고서, 범려가 그에게 아들을 구해달라는 것임을 알았다. 한참동안 생각한 후에 그의 큰 아들에게 빨리 초나라를 떠나 집으로 돌아가는 것이 가장 좋겠다고 말하였다. 그는 큰 아들에게

"설사 네 동생이 집으로 돌아가더라도 너희들은 절대 그가 어떻게 풀려 나왔는지를 물어서는 안 된다."

고 당부하였다. 큰 아들은 인사를 하고 나왔으나, 몰래 초나라에 머물렀다. 그는 속으로

'장선생이란 분이 마치 큰소리치면서 대단한 사람처럼 구는데, 그가 정말 능력이 있을까? 그는 날보고 집으로 돌아가라고 하는데, 괜찮을까? 나는 둘째를 구하려고 온 것인데, 어떻게 둘째가 감옥에서 나오기도 전에 집으로

돌아갈 수 있겠는가? 방법을 생각해봐야 한다.'

라고 생각했다. 그래서 그는 초나라 국왕이 총애하는 대관들을 물어서 몰래 그들을 찾아가 그가 별도로 가지고 온 황금을 그들에게 주고 그의 동생을 구해줄 것을 부탁했다.

　장선생은 비록 집안이 가난하긴 하였지만 함부로 무리한 요구를 하지 않는 사람이었기 때문에 초나라의 왕과 대신들에게 존경을 받았다. 이 날 그는 범려의 청탁을 받고 그의 아내에게 말하였다.

　"범선생이 보낸 이 황금을 당신이 잠시 보관하고 있다가 일을 다 처리한 후에 다시 그에게 보냅시다."

　그는 왕궁으로 가서 왕에게 아뢰었다.

　"별 하나가 어떤 지역으로 들어왔는데, 이는 장차 초나라에 해를 끼치게 될 것이오니, 대왕께서는 급히 나라의 죄인들을 사면하시어 이 해로움을 막으셔야 할 것이옵니다."

　이튿 날 청탁을 받은 초나라의 대관이 범려의 큰아들을 찾아가

　"대왕께서 즉시 당신의 동생을 풀어줄 것이오!"

　라고 전했다. 큰 아들은 뛸 듯이 기뻤다. 그러나 그는 또 물었다.

"어떻게 아십니까?"

대관이 말하길

"우리 국왕께서는 매번 죄인을 풀어준다고 선포하기 전에 항상 먼저 국고를 봉쇄하도록 명령을 내려 도적들이 돈을 빼앗아가지 못하도록 하고 집에 돌아가서 사면을 기다리게 하십니다. 어제 저녁에 대왕께서 국고를 봉쇄하도록 명령을 내리셨기 때문에 국고를 지키는 관원들이 오늘 아침에 일을 다 처리했습니다. 나는 대왕께서 내일 죄인들을 사면하도록 명령을 내리실 것이라고 생각하오."

범려의 큰 아들은 동생이 내일 사면하게 된다면, 그 1천 일의 황금을 장선생에게 거저 주는 것이라는 생각이 들어 몹시 안타까웠다. 한참 생각한 끝에, 큰 아들은 장선생을 찾아가 이번 초나라에 온 목적이 동생을 구하기 위해서이며, 오늘 들리는 말에 동생이 내일 사면된다는 말이 있어 장선생에게 인사를 하고 돌아가고자 한다고 말하였다. 장선생은 큰 아들을 보자 우선 놀람을 금치 못하였다. 게다가 그의 말을 듣고 그가 황금을 가지고서 돌아가고자 한다는 것을 알고, 그는 방안에 있는 커다란 상자를 가리키며 큰 아들에게 가지고 가게 하였다.

범려의 큰 아들은 1천 일의 황금을 다시 가지고 돌아왔다. 그는 대단히 기분이 좋았다. 그는 생각하길

'내가 내일 동생과 황금을 가지고 집으로 돌아가면 아버지께서 나에게

일 처리를 아주 잘했다고 칭찬하실 게 틀림없어.'

　장선생은 범려의 큰 아들을 전송한 후에 기분이 몹시 언짢았다. 범려의 큰 아들이 어찌 이 모양일까? 나에게 그의 동생을 구해달라고 황금을 놓고 가려니, 내일 그의 동생이 풀린다니까, 오늘 집에 와서 다시 황금을 가지고 가다니, 천하에 어디 이런 사람이 있을꼬.

　"좋아! 내 너에게 따끔하게 혼을 내주겠다!"

　이 말을 하면서 장선생은 자신도 모르게 땅바닥을 발로 찼다.
　장선생은 다시 왕궁으로 들어서 왕에게 아뢰었다.

　"어제 제가 대왕께 별 하나가 초나라에 불리하다고 말씀드리며 죄인들을 사면하시라고 청하였사옵니다. 그런데 오늘 거리에서 사람들이 한결같이 도주공이라고 부르는 사람의 아들이 초나라에서 큰 죄를 지어 목이 잘리게 되었는데, 도주공이 사람을 보내 대왕의 신변 사람들에게 많은 황금을 주고 대왕께 그의 아들을 풀어주도록 청했다는 말들을 하고 있습니다. 그래서 대왕께서 내리신 대사면이 초나라의 백성들이 무지하여 법을 어긴 것을 불쌍히 여기셨기 때문이 아니라, 전적으로 도주공의 아들 때문이라고들 말하고 있사옵니다."

　초왕은 이 말을 듣자 몹시 화가 나서 말하였다.

"과인이 비록 어리석지만 부당한 돈을 받은 사람들에게 농락당할 수는 없다!"

그리하여 초나라 왕은 그날 오후에 도주공의 아들을 사형시킨 후, 내일 다시 대사면을 시행하도록 명령하였다. 일이 이렇게 되자 범려의 큰 아들은 다음날 황금과 무거운 관을 싣고 집으로 돌아가는 수밖에 없었다.

큰 아들이 집으로 돌아오자, 가족들은 모두 몹시 상심했으나 범려만은 도리어 웃었다.

그가 말하길,

"나는 큰 아이가 이번 일로 갔을 때 이미 둘째까지 죽게 만들 것이라는 것을 알았다. 그가 동생을 사랑하지 않아서가 아니라, 상황을 잘 알지 못해서이다. 너는 어려서부터 나와 함께 고생하면서 밭을 갈고 장사를 하여, 돈 버는 일이 쉽지 않다는 것을 잘 알고 있기 때문에 돈 쓰는 것이 아까워 쓰지 못한 것이다. 셋째는 어려서부터 부유한 생활만을 해왔기 때문에 고생을 알지 못하므로 돈 쓰는데 매우 대범하다. 내가 처음에 셋째를 보냈다면 이번 일에 돈쓰는 것을 개의치 않았을 것이다. 큰 아들은 돈 쓰는 것을 아까와 했기 때문에 끝내 둘째를 죽게 한 것이니, 이치상 필연적인 것이었다. 그러니 무슨 상심할 일이 있겠는가? 나는 큰 아이가 문을 나설 때부터 밤낮으로 그가 황금과 둘째의 시체를 가지고 오기만을 바랐다."

이 사건은 실화인 것 같지는 않다. 왜냐하면 첫째, 범려가 구천을 도와 오나라를 멸망시키고 나라를 되찾은 것으로 보아 그의 지혜가 매우 뛰어났

을 것이라는 점이다. 둘째를 구하려고 했다면, 그가 어떻게 한 순간에 부인
과 큰 아들의 말을 믿을 수 있으며, 둘째가 죽을지도 모른다는 사실을 명백
하게 알면서도 첫째를 초나라로 보낼 수 있었겠는가? 이러한 실패는 애당초
범려와 같은 사람이 할 일이 아니다. 둘째, 장선생이 범려의 큰 아들이
황금을 다시 가져갔다고 해서 범려의 부탁을 외면하고 도리어 해를 끼치게
했다는 사실로 미루어 볼 때 절대 범려와 같은 사람이 신임할 수 있는
친구는 아니었다는 점이다. 따라서 만약 범려가 장선생을 정말로 믿었다고
한다면, 범려의 지혜가 그다지 높지 않은 것이 분명하기 때문이다.

이 외에 일부 책에서는 범려가 월나라를 떠날 때 고소에서 데리고 온
서시를 데리고 갔다고 하는데, 역사상 근거를 찾을 수 없으므로 본서에서는
언급하지 않겠다.

범려 즉, 도문공은 그 후 줄곧 "도"에서 살았다. 들리는 말에 그의 묘는
두 곳에 있다고 전하는데, 그 거리가 상당히 멀리 떨어져 있다. 하나는
정도의 도산 남쪽에서 5리쯤 떨어진 곳이고, 또 하나는 호남 화용華容 서쪽
에 있다고 전한다. 이 두 개의 묘에는 모두 "도주공묘"라는 비문이 새겨져
있는데, 어느 것이 진짜인지 누가 짐작할 수 있겠는가?

春秋列国形势

춘추시대의 형세도

오(吳)나라

오나라는 중국 춘추전국시대 동남지역에 세워졌던 제후국 가운데 하나이다. 춘추 전국 시대(春秋戰國時代, BC 770년~BC 221년)는 춘추 시대와 전국 시대를 아울러 부르는 말로 기원전 770년 주(周)왕조의 천도 후부터 기원전 221년 시황제(始皇帝)의 통일 이전시기를 일컬으며 선진시대(先秦時代)라고도 한다. 오나라의 성씨는 희(姬)씨로 시조는 주 문왕(文王)

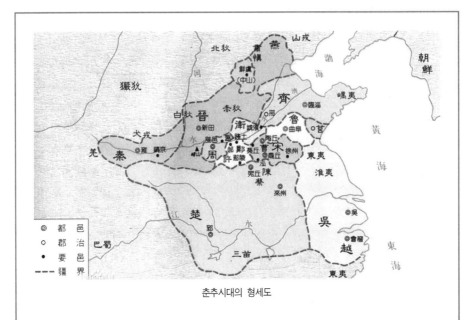

춘추시대의 형세도

의 큰 아버지인 태백(太伯)과 중옹(仲雍)으로 알려져 있으며, 지금의 강소성(江蘇省) 소주(蘇州) 지역을 도읍으로 정하고, 강소성 일대와 상해 대부분, 그리고 안휘성(安徽省)과 절강성(浙江省) 지역의 일부분을 영토로 삼았다. 오나라는 원래 초(楚)나라의 속국이었으나 진(晉)나라가 초나라를 견제하기 위해 오나라를 원조한 덕분에 나라가 부강해져 한 때 오나라의 왕 합려(闔閭)는 채(蔡)나라, 당(唐)나라와 연합하여 초나라의 수도인 영(郢)을 함락시킬 정도로 부강한 나라가 되었으나 지금의 절강성과 복건성 일대를 장악하고 있던 월(越)나라와의 지속된 전쟁으로 인해 중상을 입고 죽음을 맞이하면서 국력이 쇠퇴하였다. 후에 복수를 다짐한 오나라의 왕 부차(夫差)에 의해 다시 힘을 키운 오나라는 월나라를 공략하고 속국을 만든 다음 해상을 통해 북상하여 BC 484년 노(魯)나라와 함께 지금의 산동성 태안(泰安)에서 제(齊)나라를 대패시킨 후 하남성 봉구(封邱)에서 제후들과 회맹(會盟)하여 패권을 다투었다. 하지만 재기를 꿈꾸며 기회를 엿보고 있던 월나라의 왕 구천은 부차가 수도를 비운 틈을 타서 바닷길로 회하(淮河)로 들어가 오나라 군대의 퇴로를 끊고 오나라의 수도를 공격하였다. 이로써 오나라는 BC 473년 월나라에 의해 멸망하고 부차 자신은 자살로써 생을 마감하였다.

范蠡　文种　越王勾踐　吳王夫差　伍子胥　伯嚭

월(越)나라

월나라는 중국 춘추전국시대 동남지역에 있던 제후국 중의 하나이며, 우월(于越)이라고도 부른다. 월나라의 성씨는 사(姒)씨이며, 조상은 하(夏)나라 때 소강(少康)의 서자였던 무여(無 餘)라고 전하며, 구천(句踐)이 통치하던 시기에 전성기를 누렸다. 월나라는 회계(會稽) 지금의 절강성 소흥시(紹興市)에 도읍을 전하고 절강성과 복건성 일대를 영토로 삼았다. 월나라 역시 초(楚)나라의 속국이었으나 월나라 윤상(允常)에 이르러 국력이 크게 신장되면서 처음으로 왕호를 사용하였다. 춘추시대 말기 오나라와의 치열한 전쟁으로 인해 "오월동주(吳越同舟)" 라는 말이 전해져 올 정도로 두 나라의 전투는 매우 유명하다. BC 494년 월나라는 부초산(夫 椒山)에서 오나라 왕 부차(夫差)에게 패배하고 속국이 되었으나 와신상담을 하면서 국력을 회복시킨 구천(句踐)이 드디어 BC 473년 오나라를 멸망시키고 그 여세를 몰아 북진하여 제(齊)나라, 진(晉)나라 등을 비롯한 여러 나라와 서주(徐州)에서 회맹을 하고 맹주의 자리에 올랐다. 이 때 월나라의 영토는 지금의 강소성 이북 운하의 동부지역, 강소성 남부, 안휘성 남부, 강서성(江西省) 동부, 절강성 북부 지역에까지 이르렀다. 후에 점차 쇠락의 길을 걷다가

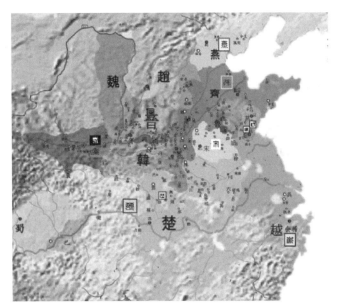

오월전쟁 이후 월나라의 영토

BC 306년 구천의 6대손인 무강에 이르러 초나라에 멸망하였다.

합려(闔閭)

합려(기원전 544 ~ 496 재위)는 중국 춘추전국시대 오나라의 왕 제번(諸樊)의 아들로써 이름은 광(光)이며, 공자광(公子光)으로도 불린다. 기원전 514년 오저서의 추천을 받은 자객 전제(專諸)를 시켜 오나라 왕 요(僚)를 살해하고 왕위를 찬탈하여 왕의 자리에 올랐다. 그 후 그는 손무, 오자서 등을 기용하여 초나라의 수도인 영(郢)을 공격해 함락시킬 정도로 부강한 나라로 만들었으나 그 이듬해인 기원전 505년에 본국이 월나라에 침략을 당하고 동생 부개(夫槩)가 왕을 칭하고 쿠데타를 일으키는 바람에 가까스로 도

오왕 합려

망친 초나라 왕을 뒤쫓지 못하고 어쩔 수 없이 본국으로 돌아와 난을 평정하였다. 기원전 496년 10년 전의 원한을 풀기 위해 합려는 월나라를 공격하였지만 월나라 범려(范蠡)의 계략에 빠져 중상을 입고 패배를 당하고 말았다. 한 때 춘추 5패의 한 사람으로 불리기도 했던 합려는 결국 월나라와의 싸움에서 패해 소주(蘇州)의 호구(虎丘)에 묻히게 되었는데, 그는 세상을 떠나면서 손자 부차에게 월나라에 복수를 명하는 유언을 남겼다.

오왕 합려

부차(夫差)

부차夫差(?~BC 473)는 중국 춘추시대 말기 오(吳)나라의 왕(BC 496~473 재위)으로서 합려(闔閭)의 손자이다. 합려는 월나라 왕 구천(句踐)과 싸우다 패하여 죽었다. 그는 죽으면서 태자였던 부차에게 복수할 것을 유언하였다. 부차는 왕이 된 뒤 밤낮으로 전법(戰法)과 무예를 익혀 BC 494년 군대를 이끌고 월나라를 공격하여 지금의 강소성 태호(太湖) 근처인 부초산(夫椒山)에서 싸워 이겼다. 구천이 지금의 절강성 소흥현인 회계산(會稽山)으로 물러나 강화를 요청하자 부차는 구천을 죽이라는 오자서(伍子胥)의 간언을 듣지 않고 그의 요청을 받아들였다. 그 후 BC 482년 부차는 지금의 하남성 봉구현 황지(黃池)에서 제후들과 회맹(會盟)하여 패자가 되었다. 그 사이 와신상담 설욕의 기회만 기다리던 구천은 국력을 충실히 길러 부차가 황지에서 진(晉) 정공(定公)과 패자의 자리를 다투고 있는 사이에 오나라를 쳤다. 부차는 곧 회맹을 끝내고 돌아왔으나 오나라는 국력이 쇠락해져 결국 월나라의 침공을 받고 멸망하였다. 부

부차 서시를 만나다

차는 오자서의 간언을 듣지 않았던 것을 후회하며 자살로 생을 마감하였다.

구천(句踐)

구천(?~BC 465)은 중국 춘추시대 월나라의 왕(BC 497~465 재위)이다. 월나라는 구천의 부친인 윤상(允常) 때부터 오(吳)와 숙적관계에 있었다. 부친 윤상이 세상을 떠난 후 구천은 쳐들어온 오나라의 왕 합려(闔閭)에게 중상을 입히고 격퇴하는 쾌거를 올렸다. 그러나 BC 494년 합려의 유언에 따라 다시 월나라를 침략해온 오나라의 왕 부차(夫差)에게 패하여 회계산(會稽山)에서

월왕 구천

굴욕적인 강화를 맺어야만 했다. 그 후 자신의 신하였던 범려와 함께 군비를 증강하고 힘을 키우며 와신상담(臥薪嘗膽)하기를 무려 20년, BC 473년 구천은 드디어 오나라 왕 부차를

구천 와신상담

물리쳐 자살하게 함으로써 복수에 성공하였다. 이후 월나라의 국력은 더욱 막강해져 구천은 패왕(霸王)이라는 칭호를 얻게 되었다.

오자서(伍子胥)

오자서는 중국 역사상 가장 유명한 장수중의 한 사람으로 힘에 있어서는 삼국지의 여포에 못지않고 지략에 있어서는 제갈공명에 못지않은 힘과 지략을 겸비한 불세출의 명장이다. 그래서 지금도 오자서는 관우와 항우 등과 함께 중국인들이 가장 좋아하는 영웅으로 추앙받고 있다. 오자서는 이름이 원(員)이고, 자서(子胥)는 그의 자(子)이다. 중국 춘추시대 말기 초(楚)나라 의 대부 오사(伍奢)의 둘째 아들이다. 그의 선조는 원래 성이 건(乾)이고 이름이 황(荒)이었는데, 주(周)나라에 공을 세워 오철공(伍哲公)에 봉해졌기 때문에 자손들은 오(伍)씨 성을 가지게 되었다.

후에 오자서는 초나라의 태자소부(太子少傅) 비무기의 모함으로 태자태부(太子太傅)로 있던 아버지와 역시 관리였던 맏형이 처형당하자 복수의 화신이 되어 오나라로 망명하였다. 그가 반란에 적극 협조한 것도 실은 유능한 광(합려)이 왕위에 오름으로써 부형의 원수를 갚을 수 있는 초나라 공략의 길이 열릴 것으로 믿었기 때문이다. 기원전 515년, 오나라의 공자 광은 사촌 동생인 오왕 요를 시해한 뒤 오왕 합려라 일컫고, 자객을 천거하는 등 반란에 적극 협조한 오자서를 중용하였다. 이때 오자서는 손자병법의 저자인 제나라 출신의 손무를 오왕 합려에게 천거하였고, 오왕 합려는 손무를 군사, 오자서를 대장으로 삼고 6만 명의 병력을 동원하여 초나라를 공격하여 수도인 영도까지 점령하였으나, 때마침 진나라가 초나라를 구원하고자 지원군을 파견해 왔고, 월나라의 침략과 함께 합려의 동생 부개가 반란을 일으킴에 따라 오나라는 어쩔 수 없이 초나라 정복을 포기하는 수밖에 없었다. 동생 부개의 난을 진압한 오왕 합려는 초나라와의 전쟁 중에 오나라를 공격한 월나라의 구천을 공격하였지만 월나라의 명신 범려의 활약으로 오히려 패하고 자신은 전쟁 중에 당한 부상으로 세상을 떠났다.

합려의 뒤를 이어 왕위를 계승한 아들 부차(夫差)는 오자서를 상국(相國)에, 대부 백비(伯嚭)를 태재(太宰)에 임명하고 2년 후 절치부심 끝에 월나라 왕 구천을 부초(夫椒)에서 격파하고 구천을 죽일 것을 강력하게 건의하였으나 이미 서시(西施)라는 미인에 빠진 부차는 구천을 용서하고 말았다. 게다가 월나라로부터 많은 뇌물을 받은 백비가 오자서가 이미 제나라와 결탁하였다는 참언을 올리자 부차는 속루(屬鏤)의 검을 주어 자결을 명했다. 오자서는 자결하기 전에 비분에 찬 어조로 다음과 같이 부차에게 말하였다. "그 옛날 선왕들께는 대대손손 보좌를 해온 훌륭한 신하들이 있었기 때문에 난제에 부닥쳐도 그 득실을 잘 헤아려서 큰 위험에 빠지지 않을 수 있었습니다. 지금 왕께서는 어진 신하의 충직한 간언을 버리고, 우매한 간신배들을 가까이하여 국정을 전횡하시니, 신하와 백성들은 대왕의 뜻에 따르지 않게 될 것입니다. 이는 바로 대왕을 파멸의 길로 이끄는 원인이 될 것입니다." 그리고는 다시 그의 부하들에게 "내 눈을 도려내어 수도 고소성(姑蘇城지금의 강소성 소주) 동문에 걸어두라! 월나라 군대가 입성하는 꼴을 똑똑히 봐 주겠다."고 말하였다. 이 말을 듣고 부차는 크게 분노하며 오자서의 시신을 찢어 전당강(錢塘江)에 던져 버리라고 명했다. BC 473년 마침내 월나라의 공격에 크게 패한 부차는 자결하면서, "오자서를 만날 낯이 없구나!"라고 하면서 죽었다고 한다.

손무(孫武)

손무는 중국 춘추시대의 병법가이자 전략가이다. 그의 자는 장경(長卿)이며, 손자(孫子)는 그에 대한 존칭이나 한국에서는 손자로 더 많이 알려져 있다. 손무는 제(齊)나라의 명문인

손무

전씨(田氏)집안 출신으로, 전완(田完)의 5대손인 손무의 조부가 군공(軍功)을 얻어서 손씨(孫氏)를 하사 받아 손씨의 선조가 되었다. 손무는 초년부터 병서를 즐기고, 황제(黃帝)와 사제(四帝)의 전투나 고대의 이윤(伊尹), 강상(姜尙), 관중(管仲) 등의 용병술을 연구했다고 한다. 기원전 517년경 가문에 내분이 일어나고 손무는 일족을 따라서 강남 지방 오나라로 피하여 오나라의 재상 오자서를 알게 되었다. 그 후 손무는 중국 최초의 병법서인 『손자병법』13편을 저술하였으며, 오왕 합려에게 기용되어 대군을 이끌고 초(楚)나라를 공격하였다. 손무의 전략에 따라 오나라 군대는 연전연승하여 초나라의 수도 영(郢)을 함락하고 초나라를 멸망 직전까지 몰아붙였으나 진나라의 개입으로 오나라는 철군하였다. 그 후로도 오나라는 손자

의 전략과 강력한 군대를 바탕으로 패자의 위세를 떨쳤다. 기원전 496년, 손무의 반대에도 불구하고 합려는 월나라를 공격하였으나 패배하고 합려도 부상의 후유증으로 사망하였다. 손무와 오자서는 합려의 후계자 부차를 보좌하여 국력을 키운 뒤 월나라를 공격하여 크게 승리하였다. 하지만 부차가 패자가 될 무렵 손무는 은퇴하여 이후의 생애는 알려져 있지 않다. 그는 "적과 나를 알면 백 번 싸워도 위태롭지 않다(知彼知己, 百戰不殆)"고 하는 유명한 말을 남겼다.

손무

범려(范蠡)

범려는 중국 춘추전국시대 월나라의 정치가이자 군사가로서 자는 소백(少伯)이다. 그의 출생지는 원래 초나라의 완지(宛地: 하남성의 남양(南陽))였지만 고향에서는 미치광이로 손가락질을 받았다. 그러나 널리 인재를 구하던 월나라의 대부 문종의 눈에 띄어 월나라 왕 구천을 섬기게 된다. 당시 오나라와 월나라는 치열한 전쟁을 벌이고 있었는데, 구천은 지난 전쟁에서 오나라를 격파한 것에 자만하여 정병 3만으로 오나라를 다시 공격하였으나 도리어 부차에게 대패하여 회계산에서 죽음의 위기에 빠지게 되었다. 이에 범려는 오나라 대부 백비를 뇌물로 매수하고 부차에게 미녀를 바쳐 구천을 죽음의 위기에서 간신히 구해냈지만 구천은 여전히 노나라에 사로잡혀 월왕의 치욕스러운 마부노릇을 강요당했다. 당시 범려가 구천을 수행하며 오나라에 머물 때 부차가 범려에게 자신의 신하가 될 것을 권유하였으나 그는 부차의 권유를 완곡하게 사양하고 구천에게 끝까지 충성을 다하였다. 마침내 범려의 계략으로 월나라로 무사히 돌아간 구천은 와신상담(臥薪嘗膽)하며 범려가 제안한 각종 부국강병책을 받아들여 결국 오나라를 멸망시키고 회계산의 치욕을 씻었으며, 후에 구천이 춘추 5패 가운데 한 사람으로 올라서는데 가장 큰 공헌을 하였다. 그러나 범려는 갑자기 모든 관직을 버리고 홀연히 잠적하면서 대부 문종에게 토사구팽(兎死狗烹), 즉 "월왕은 어려움을 함께 할 수 있어도 부귀를 함께 누릴만한 사람이 못됩니다. 토끼 사냥이 끝나면 사냥개를 삶는 법이니 대부께서도 관직을 버리고 물러나십시오."라고 하는 유명한 충고를 남겼지만 문종은 그 이야기를 그냥 흘려버렸다고 한다. 그러나 결국 문종은 범려의 예상대로 모반했다는 누명을 쓰고 자결하고 말았다.

285

월나라를 떠나 잠적한 범려는 후에 제나라로 도망쳐 이름을 치이자피(鴟夷子皮)로 고치고 농사를 지으며 생활했다고 한다. 그곳에서 거부가 된 범려의 재능을 알아본 제나라 사람들이 그를 재상으로 삼으려 하자 범려는 모았던 재산을 모두 다 사람들에게 나눠주고 산동성의 도(陶)라는 곳에 가서 장사를 시작해 다시 거부가 되었으며, 사람들은 그를 도주공(陶朱公)이라고 불렀다고 하며, 의술에도 조예가 깊어 한의학에도 통달했다고 한다. 월나라를 떠나 제나라에서 두 차례나 거상(巨商)의 면모를 보였던 범려는 엄청난 재물을 모았기에 지금은 중국인들에게 "재신(財神)"으로 추앙받고 있다.

범려

문종(文種)

문종은 춘추시대 말기 초나라 출신으로 월나라 왕 구천의 신하이다. 문종은 범려와 대비되는 사람이다. 그 또한 월왕의 참모로서 뛰어난 활약상을 보여준 인물이다. 일찍이 월왕 구천이 오왕 부차에게 패해 포로가 되었을 때에도 사실 문종의 권고를 무시했기 때문에 일어난 일이며, 결국 월왕은 범려와 함께한 문종의 도움으로 가까스로 목숨을 부지할 수 있었다. 구천이 3년 동안 오나라에 억류되어 있을 때 월나라의 내정을 담당하여 훗날 구천이 패자로 등극하기 위한 기반을 확실히 닦아 두었던 사람도 문종이다. 구천은 문종의 계책을 사용하여 20여 년간의 절치부심 와신상담 끝에 오나라를 멸하고 부차를 죽여 그

문종

원수를 갚았다. 후에 문종을 의심한 구천은 오나라를 멸하는데 7가지 계책 중 3가지만을 사용하고 나머지 4가지 계책은 아껴 자기를 향해 사용할 것이라는 말로 문종을 죽였다. 범려는 구천에게 화를 당할 것을 알고 미리 달아나 화를 면했으나 문종은 계속 구천 곁에 남아 있다가 화를 당했다. 문종은 구천에게 오나라를 이길 수 있는 계책 일곱 가지를 권했는데 그 내용은 다음과 같다.

첫째, 재물을 보내어 오나라의 임금과 신하들의 마음을 기쁘게 해주며(捐貨幣, 以悅其君臣)

둘째, 곡식의 가격을 올려 그들의 창고를 비우게 하며(貴糴粟槁, 以虛其積聚)

셋째, 아름다운 미녀를 보내어 그들의 마음과 의지를 빼앗으며(遺美女, 以惑其心志)

넷째, 솜씨 좋은 목공과 좋은 재목을 보내어 그들의 궁실을 크게 짓게 하여 그 나라의 재물들을 탕진하게 만들며(遺之巧工良材, 使作宮室, 以罄其財)

다섯째, 아첨을 잘하는 신하를 부추겨 그들의 생각을 어지럽히며(遺之諛臣, 以亂其謀)

여섯째, 직간 하는 충신들을 구석으로 몰아 스스로 죽게 만들어 그 나라의 임금을 보좌할 수 있는 인재의 벽을 얇게 만든다(强其諫臣使自殺, 以弱其輔)

일곱째, 그들로 하여금 사사로이 재물을 축적하게 하며 한편으로는 군사를 동원하여 나라 밖으로 멀리 원정을 하게 하여 그 나라의 재정을 피폐하게 만든다(積財練兵, 以承其弊)

결국 문종은 범려의 말처럼 "토사구팽(兎死拘烹)"을 당하는 비운을 당하고 말았다. 이러한 역사는 300년 후 유방을 도와 항우를 물리쳤던 장량과 한신도 이와 같은 경우를 당하였다. 현상에 연연하지 않았던 범려와 장량은 성공적인 새 삶을 살았고, 권력에 집착했던 문종과 한신은 받들던 주군으로부터 죽임을 당하고 말았다.

전제(專諸)

전제는 고대 중국의 "4대 자객" 가운데 한 사람으로 일컬어지며, 오나라 당읍(堂邑)으로 지금의 남경 사람이다. 일찍이 오나라의 공자 광은 왕위 계승에 불만을 품고 요왕(僚王)을 죽이고 왕위를 찬탈하고자 기회를 엿보고 있었는데, 이때 초나라에서 도망쳐 온 오자서는 공자 광이 왕위를 탐내고 있음을 알아채고 전제를 공자 광에게 천거하였다. 은밀히 때를 기다리던 공자 광은 기원전 515년 요왕(僚王)를 초청하여 연회를 열고 술이 거나해지자 공자 광은 몸이 불편하다는 핑계를 대고 잠시 자리를 비우면서 전제로 하여금 비수가 숨겨진 생선을 요왕에게 바치도록 하였다. 요왕 앞에 이른 전제는 갑자기 생선 뱃속에서 비수를

자객 전제

전제

꺼내 요왕을 찔러 죽였다. 하지만 결국 전제도 좌우의 호위병에 의해 죽임을 당하고 말았다. 그 후 공자 광이 왕위에 오르게 되니 이가 바로 오나라 왕 합려(闔閭)이다. 합려는 전제의 아들을 상경(上卿)에 봉해 전제에 대한 은혜를 갚는다.

요왕을 찌르는 전제

백비(伯嚭)

백비는 춘추시대 말기 초나라의 명신 백주리(伯州犁)의 손자이며 부친은 백극완(伯郤宛)으로 초나라의 좌윤(左尹)을 지냈다. 그는 사람 됨이 강직하고 현명하여 백성들에게 깊은 존경을 받았으나 소부(少傅) 비무기(費无忌)의 모함을 받고 죽임을 당하고 가족 역시 연루되어 모조리 참형을 당하게 되었다. 하지만 백비는 간신히 목숨을 부지한 채 오나라로 도망쳐 피신하게 되었는데, 이때 오자서는 지난날 자신의 처지를 생각하고 백비를 오나라 왕 합려에게 추천하였다. 오왕 합려는 오자서의 말을 믿고 그를 중용하여 대부의 벼슬에 오르게

백비

되었다. 후에 오나라를 침공한 월나라의 구천이 오나라 군대에게 대패하고 회계산(會稽山)으로 후퇴했으나 결국 사로잡혀 포로가 되었다. 이때 구천은 미녀와 금은보화로 백비를 매수하여 오왕 부차에게 화의를 주선토록 요청하였다. 오자서의 반대에도 불구하고 뇌물을 받은 백비는 화의를 성사시키고 끝내 오자서를 죽음으로 몰아넣었으며, 오자서가 죽자 드디어 오나라도 월나라에게 망하고 말았다.

일찍이 오자서가 백비를 오왕 합려에게 추천하여 대부가 되었다는 소식을 들은 대부

백비

피리는 오자서를 힐난하여 "백비의 눈길은 매와 같고 걸음걸이는 호랑이와 같으니, 이는 필시 살인할 악상(惡相)이오 그런데 귀공은 무슨 까닭으로 그런 인물을 천거하였소?" 이에 오자서는 "뭐 별다른 까닭은 없소이다. 하상가(河上歌)에도 '동병상련' 동우상구(同憂相救)란 말이 있듯이 나와 같은 처지에 있는 백비를 돕는 것은 인지상정이지요."라고 대답하였다. 그로부터 9년 후 초나라를 공략하여 대승을 거둔 오자서는 마침내 부형의 원수를 갚을 수 있었지만 그 후 오자서는 불행히도 피리(被離)의 예언대로 월나라에 매수된 백비의 모함에 빠져 죽고 말았다. 오자서는 스스로 자결을 하면서 백비를 저주하며 후회했지만 이미 때는 늦고 말았다.

서시(西施)

서시

　　중국 춘추시대 월(越)나라의 미녀로써 초선, 왕귀비, 왕소군 등과 함께 고대 중국의 4대 미녀 가운데 한 사람으로 꼽힌다. 서시는 원래 절강성 제기(諸曁)의 저라산苧蘿山 서쪽에서 나무꾼 아버지와 샀빨래를 하는 어머니의 딸로 태어났다. 저라산 서쪽 마을 사람들의 성은 대부분 시(施)씨였는데, 그녀를 서시라고 부르는 것도 서쪽 마을의 시씨(施氏)라는 의미이다. 원래 서시는 가슴앓이가 있어서 길을 걸으면 가슴이 울리는 통증에 시달려 걸을 때마다 눈살을 찌푸리곤 했다고 하는데, 그녀의 찌푸린 모습까지도 아름답기 그지없어 보는 사람마다 넋을 잃고 감탄을 했다고 하한다. 이 소문을 들은 동쪽 마을에 사는 시씨(施氏)의 추녀 하나가 서시를 흉내 내어 항상 눈살을 찌푸린 채로 돌아다니자 이를 본 마을의 부자들은 그 흉한 모습을 보지 않으려고 외출을 삼갔으며 가난한 사람들은 처자를 이끌고 이사를 가버렸다고 하는 서시빈목(西施嚬目)이라는 고사가 전해지고 있다.

　　오나라에 패한 월왕 구천(句踐)은 회계(會稽)의 치욕을 씻으려고 대부 문종의 책략을 이용하여, 서시와 정단(鄭旦)을 데려와 아름다운 옷을 입히고 여러 가지 기예를 가르친 뒤 재상 범려(范蠡)를 사신으로 보내 오왕 부차에게 바쳤다. 서시의 미모에 빠진 부차는 월나라를 멸망시켜야 한다고 주장하던 오자서를 죽이면서까지 나랏일에 소홀하고 있다가 결국 월나라에 패망하고 말았다. 서시에 관련된 고사성어와 전설은 매우 많은데, 오나라가 망한 뒤 범려를 따라 오호(五湖)에서 놀았다고도 전해지며, 일설에는 오나라 사람이 분노하여 서시를 붙잡아 강에 빠뜨려 죽였다고도 한다. 또한 서시를 나타내는 고사성어 중에 침어(沈魚)라는 말이 있는데 물고기가 물에 비친 서시의 아름다운 모습에 도취되어서 헤엄치는 것도 잊어버리고 강바닥으로 가라앉았다고 할 정도로 천하절색의 아름다움을 지녔던 여인으로 전해지고 있다.

비무기(費無忌)

비무기는 중국 춘추시대 초나라 사람으로 간신(姦臣)으로 유명하다. 그는 초나라 태자 건(建)의 소부(少傅)을 맡고 있었는데, 평왕의 명령으로 태자 건의 태자비 간택을 위해 진나라(秦)로 가게 되었다. 평소 권력에 야심을 품고 있었던 그는 진나라의 공녀의 아름다운 모습을 이용해 평왕의 측근이 되고자 평왕에게 공녀를 후궁으로 삼고 태자(太子)에게는 다른 여인으로 태자비로 삼도록 건의하였다. 결국 평왕은 진나라 공녀를 후궁으로 삼고 태자 건에게는 다른 여자를 태자비로 주었다. 이 사건으로 권력을 얻은 비무기는 향후 평왕이 죽고 태자 건이 즉위하면 자신이 위험해질 것을 걱정하여 평왕에게 태자 건을 중상모략 하였다. 결국 평왕은 비무기의 말을

비무기

믿고 태자 건을 좌천시켰으나 비무기는 여전히 태자 건이 재기할 것을 두려워하여 태자 건이 역모를 꾸몄다고 모함하였다. 하지만 사전에 알아챈 태자 건은 송 (宋)나라로 망명하였지만 이 사건에 휘말린 대부(太傅) 오사(오자서의 부친)와 아들 오상을 비롯한 오씨 일족이 주살을 당하고 오자서는 오나라로 도망하였다. 이렇게 평왕의 최측근이 되어 권력을 휘두르며 정적들을 숙청하였다. 결국 극완(郤宛)도 비무기의 모략으로 죽임을 당하고 말았다. 이처럼 초나라가 혼란한 틈을 타 오나라가 초나라를 침략하게 되었고 이로 인해 백성들은 비무기를 원망하게 되었다. 기원전 516년 평왕이 죽고 소왕이 즉위하면서 백성들이 비무기를 원망하는 말이 많아지자 그 다음 해 영윤(令尹) 자상(子常)이 민심을 달래기 위해서 비무기를 죽였다.

신포서(申包胥)

신포서는 중국 초(楚)나라 소왕(昭王) 때의 대부(大夫)이다. 성은 미(羋), 씨는 신(申), 이름은 포서(包胥)이다. 또한 왕손포서(王孫包胥)이라는 이름으로도 불린다. 초 평왕, 초 소왕, 초 혜왕 등 초나라 3대 임금을 섬겼으며, 초나라가 오(吳)나라의 침략을 받아 국가의 운명이 위태롭게 되자 그가 진(秦)나라에 가서 애공(哀公)에게 구원병을 요청하였는데, 7일 동안

신포서

먹지도 않고 울면서 초나라의 절박한 상황을 호소하였다. 그 모습에 감동한 애공은 "초나라는 무도한 나라지만 충신이 있는 나라는 멸망시켜서는 안 된다."는 말을 하고 전차 5백대를 파견하여 다음해인 기원전 505년 오나라 군대를 공격하여 마침내 오나라를 물리치는데 성공하였다. 초나라의 소왕이 그의 공적을 치하하여 식읍 5천호를 내렸지만 신포서는 선조의 무덤을 지키지 못하였다고 거절하였다.

계찰(季札)

오나라의 왕 수몽(壽夢)에게는 제번, 이매, 여제, 계찰 등의 네 아들이 있었는데, 막내아들인 계찰(季札)이 가장 현명하고 유능하여 수몽은 그에게 왕위를 물려주려고 하였다. 그런데 계찰은 군위(君位)는 장자(長子)가 이어야 한다며 굳게 거절하였다. 마침내 오왕 수몽은 형제들이 차례로 군위를 이어 계찰이 임금이 되도록 하라는 유언을 남겼고 이 형제들은 선왕의 유언을 지켜, 과연 계찰에게 왕위가 돌아가도록 애써 전쟁을 일삼으며 수명을 재촉하여 막내인 계찰에게 왕의 자리가 돌아가도록 애썼다. 이렇게 하다가 마침내 여제까지 죽게 되었다. 여제는 역시 동생인 계찰에게 왕위를 전하였지만, 계찰이 사양하여 달아나니 여제의 아들 요(僚)가 임금이 되었다. 이에 수몽의 큰 아들인 제번의 아들인 공자 광(수몽의 맏손자)이 불만을 품고 초나라에서 피난온 영웅 오자서의 도움으로 요를 살해하고 임금이 되었으니, 이가 오월춘추의 패자(覇者)로 유명한 오왕 합려이다. 한편 계찰은 연릉(延陵)에 봉해져 연릉계자(延陵季子)라고 불리었다. 이와 관련된 이야기가 『사기(史記)·오태백세가(吳太伯世家)』에 나온다.

계찰

일찍이 이러한 계찰이 부왕의 명을 받아 사신으로 진(晉)나라로 떠났을 때, 오나라의 북쪽으로 올라가는 도중에 서(徐)나라의 임금을 만났다. 그 때 서나라 임금은 계찰의 허리에 찬 보검이 마음에 들었으나 그것을 달라고 할 수 없었다. 계찰 역시 서나라 임금의 마음을 알았으나 사신으로 중원 각 나라를 돌아다녀야 하고 노정이 험하였기 때문에 검을 주지 않았다. 귀국하는 길에 서나라에 도착해 보니 서나라 임금은 이미 죽고 없었다. 이에 계찰은 자신의 보검을 풀어 무덤가의 나무에 걸어놓고 떠났다. 옆에서 따르는 이가 물었다. "서나라 임금은 이미 죽었는데 누구에게 주는 것입니까?" 이에 계찰이 "나는 처음에 마음속으로 이 칼을 그에게 주기로 결심하였는데 그가 죽었다고 해서 내가 어찌 나의 뜻을 바꿀 수 있겠는가?"하였다. 이 후로 사람들은 이 이야기를 계찰괘검(季札挂劍)이라 부르는데 계찰(季札)이 검을 걸어 놓는다는 말로써 신의(信義)를 중시하는 것을 비유한다.

인물 간략 소개

293

지은이

가검성

柯劍星은 臺灣 國語日報社의 總編輯을 역임하였으며, 國語日報出版部에서 발행한 『水滸傳的故事』와 『錯別字解惑』 이외에 中國名人傳記叢書 중의 『張良』, 『蕭何』, 『韓信』 등의 역사인물에 관한 전기를 저술하였다.

옮긴이

임진호

현재 초당대학교 국제교류교육원장과 국제문화대학원 주임교수로 재직하고 있으며, 주요 저역서로는 『신화로 읽는 중국의 문화』, 『문화문자학』, 『문자학의 원류와 발전』, 『중국근대문화개론』, 『1421년 세계 최초의 항해가 정화』 등 다수의 저역서와 논문이 있다.

중국역사소설

오월춘추

2018년 12월 15일 초판인쇄
2018년 12월 24일 초판발행

지은이　가 검 성
옮긴이　임 진 호
펴낸이　한 신 규
편 집　김 영 이

펴낸곳　글터
주 소　138-210 서울특별시 송파구 동남로11길 19(가락동)
전 화　Tel.070-7613-9110 Fax.02-443-0212
E-mail　geul2013@naver.com
등 록　2013년 4월 12일(제25100-2013-000041호)

ⓒ 임진호, 2018
ⓒ 글터, 2018, printed in Korea

ISBN　979-11-88353-08-8 03820　**정가** 16,000원